悪役令嬢は嫌なので、
医務室助手になりました。3

プティルブックス

Character《キャラクター》

レイラ＝ヴィヴィアンヌ

医務室助手として働く儚げな伯爵令嬢。乙女ゲームのバッドエンドを避けるべく、攻略対象たちを遠ざけて過ごしていたはずが、メインヒーローであるフェリクスに恋心を抱く。しかし前世のトラウマから、自分の気持ちに悩んでいる。

フェリクス＝オルコット＝クレアシオン

この国の王太子で、金髪碧眼の麗しい青年。学園に通いながら、王族の執務をこなしている。湖で出会った運命の女性とレイラが同一人物であると知り、よりいっそうレイラへの想いを募らせるように。レイラへ近付く謎の魔術師・クリムゾンに敵対心を抱いている。

ルナ

レイラと契約している闇の精霊。レイラの良き理解者でもある。普段は黒い狼の姿をしており、レイラの影に身を隠しているが、子犬や人間に姿を変えることができる。

クリムゾン＝カタストロフィ

学園に侵入してレイラたちを襲った、謎の魔術師。公の場には、公爵家の跡継ぎ、ブレイン＝サンチェスターとして別人の姿で現れる。なぜかレイラに強く執着し、レイラが前世に囚われていることを見抜いているような行動を取る。

リーリエ＝ジュエルム

原作ゲーム内でフェリクスと結ばれるヒロイン。あるとき、この世界では珍しい光属性の魔力に目覚めたことで、フェリクスたち王族と行動するように。自由すぎる言動で周囲を困らせるだけでなく、フェリクスと距離を縮めていくレイラに嫉妬心を抑えきれなくなっている。

ノエル＝フレイ

子爵家令息で、天才と名高い魔術オタク。人付き合いが苦手だが、心を許した人にはデレることも。緋色の目を持ち、魔術師界隈では一目置かれる存在。

ハロルド＝ダイアー

騎士を輩出している伯爵家子息で、フェリクスの護衛をする堅物騎士。顔はこわいが、性格は優しくて純情。三度の飯より鍛錬が好き。

ユーリ＝オルコット＝クレアシオン

この国の第二王子。人懐っこい性格で、情報収集が得意。兄であるフェリクスのことを尊敬している。

Contents《コンテンツ》

第一章　夏季休暇

日々は過ぎていく。

危うく変な噂に巻き込まれそうになるも、なんとか回避してから数週間。

精霊の湖でフェリクス殿下と遭遇してから一週間経過した。

あの時はどうしようかと思ったが、殿下は思っていたよりも質問攻めにすることはなく、無事に月花草も採取して帰ることが出来た。

思い通りに行きすぎて怖いくらい。

あれからバレることもなく、何か言われることもなく、安寧な日々が続いたある日の昼下がり。

「しばらく晴れないだろうね」

水属性の魔術で作られた鏡の向こうにいるフェリクス殿下の視線は空に向けられている。

今日も今日とて週に一度の鏡通話。特に怪しまれることなく普通の会話が続いている。

私も思わず空を見上げる。

曇《くも》り空だが、空気は澄んでいた。

雨上がりの濡れた空気の香りが心地良い。

「そろそろ、夏の試験の時期ですね。雨ばかりなので、ちょうど良いかもしれません」

この世界ではなんと、四季が存在し、ちょうど今は初夏。時折、雨が降る時期だった。

天気を変える大魔術も存在するけれど、学園内のフィールドを使う重要な演習がない限り、そのような大魔術は使わない。

精々、防御膜を張って雨を防ぐ程度である。

防御膜の使い方は無限大で、私も敷物を直接敷くと濡れてしまうので、防御膜を地面の上に張ってからその上に敷いている。

「試験勉強か……。結果が貼り出されたのも、つい最近のことに思えるよ」

この学園、実は単位制を採用していて、この世界での扱いも、前世の中学や高校よりも大学に似ている。家庭教師もいるし、学園はより専門的な知識を学ぶという意味合いが強いのよね。あと、お父様が言っていたみたいに社交の意味も。

というわけで、必修科目はあるものの、基本的には選択授業を組み合わせて必要な単位を取っていくので、人によって授業の内容は違う。

まあ確かに私は闇属性だし、魔術は人によって向き不向きの差が激しいものね。例えば、ノエル様やハロルド様なんて系統が全然違うし……。そういうシステムになるのも必然かも。

そういえば、ハロルド様、魔素記号概論が終わってるとかなんとか、無表情の絶望顔で医務室に顔を出したっけ。

ちなみに、基礎科目は必修なので、その試験の合計点が廊下に貼り出される。控えめに言って鬼畜な仕様である……。

確かフェリクス殿下は首席で、ノエル様は二位だったっけ。

特に試験勉強に苦しみ喘いでいる様子もなかったノエル様は、授業を聞いて一回で理解出来るというよく分からない頭の構造をしていた。

フェリクス殿下は試験勉強ではなく、執務に喘いでいたのだけれど、それで首席だというのだから、この人たちは人間を止めていると思う。

そして、ハロルド様の成績は九位。普通にすごいのだが、それでも勉強に苦手意識を持っているらしい。

リーリエ様はどうやら十五位くらいだ。一学年が九十名ほどなので、頑張ったのだろう。

「ハロルドなんかは、身体を動かせなくてヤキモキしているだろうな。筆記試験も悪くないし、成績も良いのだけれど、この時期は気落ちしているね」

「野外で体を動かすのは気持ち良いですからね。思い切り魔術を使うなら彼の魔術の場合、放電しないといけませんし」

「あれ？　ハロルドの使う魔術を知ってたっけ？　戦闘訓練でハロルドは魔術を使っていなかったような気が」

あ。ヤバい。あの時の私は、月の女神ということになっていたんだった。

お、落ち着いて。ハロルド様と話す機会はたくさんあったんだから、怪しいことなんて何もないはず。

疑われないように、自然を装って、私は落ち着いて答えた。

「……たまたま聞いたんです。前回、ご一緒させてもらった時に」

フェリクス殿下はふっと笑う。

「ああ。ハロルドは勉強を教えてもらっていたんだっけ？」

「そうです！　そうです！」

どうしよう。力いっぱい頷《うなず》いちゃったけど、これ怪しく思われるかな。

あ、でも、殿下も別に何も言ってないし、問題ないのでは？

『私からはもはや何も言うまい……』

会話中に差し込まれたルナの声が何か悟りを開いたみたいに抑揚がないことが気になったが、気にしない。気にしたら負け！　ルナが諦めていようとも、私は諦めない！

殿下はいつものように微笑んでいるし、たぶんこの場もなんとか乗り切ったはず。

私に抜かりはない！　抜かりそうになったけど、セーフ！

「そういえば、ずいぶん前に読み終えていた本の感想会をしていなかったね。色々あって後回しになっていたけれど」

「そういえばそうですね？」

ここ数週間、リーリエ様の件で殿下は疲れ切っていたし、私は学園内の様子を知り得る限り報告していたので、その話題は後回しにされていた。

「どうでした？　かなり人を選ぶ作品だと思うのですが」

「サスペンスだというのは分かったたし、名門貴族の邸宅の謎について明かされていくのはハラハラしたよ。ページを捲る手が止まらなかった」

「サスペンスだけあって、トリックも凝っていましたからね。その部分も評価が高いですよね」

ちょっとした描写すらも見逃せないほど、伏線が張り巡らされていて、最初の部分の狂信者の噂が後々に関わってくるとは私も思わなかった。

「伏線が一気に回収されていく様は見事でしかなかったし、ラストの一文には戦慄《せんりつ》したなあ」

「皆さん、そう仰る方が多いので、この本は後ろのページを先に覗かずに、最初から順に読んでいただきたいですね」

ミステリーを後ろから読む人とか、最後のページを覗いてから読む人は一定数いるとは思うけれど、これは前から順に読んで欲しい。

「ただ、青年貴族の愛と執着に全てが持っていかれてしまって、今、印象的なシーンを挙げろと言われたら、青年が窓に板を釘打つシーンしか出てこない。主人公の女性は幸せそうだったが、あれは本当に幸せなのだろうか？」

「世間的にどうかは分かりませんが、二人は幸せですよ」

つまりは、メリーバッドエンドという代物である。

「私的には、最後のどうとでも取れる描写や仄暗《ほのぐら》さ、余韻の残る切なさなど、印象に残っています。胸に迫ってくるものがありまして」

しばらく引き摺る感じがまた良いのである。

「うん。芸術的ではあった。ただ、監禁はどうかと思う。レイラはああいう妄執《もうしゅう》がお好み？」

「フィクションに限ります」

「だよね」

現実の監禁男など、たとえイケメンでも無罪にはならないし、私的にはお近付きになりたくないし、知り合いにもなりたくない。

「ほら、私って事なかれ主義なところがあると思うので」

なるべく平和に生きたいものだ。

「レイラが事なかれ主義……？　嘘でしょ」

『自称事なかれ主義だな』

心から理解出来ないと言わんばかりの殿下。不可解そうな顔をしていらっしゃる……。

そして似たような声音のルナ。

だって、ほら私は破滅エンドを回避しようと色々と考えているわけだし。

『ご主人。今だから言うが、そなたはかなり派手な立ち回りをしていた気がするのだが』

「……」

世の中、成り行き上、仕方のないことだってあると思うの。

そう、世の中には例外もあるのだ。

勝手に一人で納得していたら、殿下は気がかりそうで。

「レイラは強いし、有能だし、結果は何かしら残してくるからその面では心配していないし、瑕疵《かし》が見当たらないからどう注意して良いのか分からないけど、一応言っておく。危険なことはしないでね。これは私の気持ちの問題みたいなものだけど」

『ご主人は時折、迂闊《うかつ》だからな。同意見だ』

解せぬ。

「私のことは良いのですよ。そうじゃなくて！　そう！　本の話でした」

『無理やり切り替えたな、ご主人』

突っ込み属性のルナの一言一言が耳に痛い。

無視することにした。

「いくら好きだとしても、世の中にはやって良いことと悪いことがあるでしょう？　好きだからって辛辣な言葉を投げかけるのは、どうかと思います」

「青年貴族が愛に狂う気持ちは理解出来るけど、監禁という方法を取るなんて理解に苦しむなぁ。そんな警戒される行動を取ったら逆効果だし、どう考えても悪手だと思う。もっと他に方法あったと思うんだよ」

「例えばどういった？」

顎《あご》に指を当てて、本格的に考え込む殿下。この小説を読んで何か思うところがあったのかも。

「うーん。まずは警戒を解くところから始めないと。後は相手の様子を逐一観察もしないとね。激情なんて非生産的な……。……もし私が彼の立場ならもっと上手くやるのに」

さり気なく腹黒いことを仰ってませんかね？　殿下……。

「この青年貴族もやり方を間違えなければ、普通の恋愛が出来ただろうにと考えてしまってね。……それにしてもどうしてこうなったのやら」

「一つ一つの小さな選択肢を間違い続けた結果ではないですか？」

フェリクス殿下は頷いた。

「些細な積み重ねが後に影響してしまった典型的なパターンだね。一つ一つの失敗がなまじ小さいから、余計にもどかしい。これは恋愛だけでなく、上に立つ者もそう言えるよね」

ふと思った。殿下がいつも冷静で感情的にならないのは、常に間違った選択をしないためなのではないかと。

だから、腹に据《す》えかねた時も、気色ばむことなく歪《いびつ》な怒り方になるのでは？

既に大人みたいな考え方をする殿下は、幼い頃から厳格な教育をされてきたのかもしれない。

殿下は優秀だから、それを熟《こな》すことが出来る器用さもあった。それが幸か不幸かは、簡単に判断出来ることではないけれど……。

「とにかく、反面教師になりそうな人物だったよ。興味深かった」

彼が、やけに神妙に頷いたのが印象的だった。

確かに、読書で学びを得たり反面教師にすることは私も度々あるので、気持ちはよく分かる。

殿下と本の感想をその後もぽつりぽつりと語り合った後、ふと夏季休暇の話になった。

「レイラは王都の屋敷に滞在するの？　夏季休暇だと学園の事務員も帰省していないし」

「ええ。我が家も夜会を開かなければなりませんし、私も呼ばれています」

「ああ。侯爵家になるんだっけ。そうか、じゃあ挨拶回りが大変だね。夜会には私たちも参加するようだから、次に会うのはその時かな？」

お父様――ヴィヴィアンヌ伯爵はこの度、陞爵《しょうしゃく》することが決定した。

そういえば、夏季休暇中、リーリエ様も一緒なのだろうか？

疑問に思った私は彼に尋ねてみることにした。

「そういえば、リーリエ様は夏季休暇中、どうされるのですか？」

何の気なしにした質問だった。

いつも一緒にいた彼らだけど、ゲームのシナリオとは違っているから、どうなっているものなのかと気になって、さらりと聞いただけのつもりだった。

え。殿下の顔が虚無に……？

フェリクス殿下は今、完全に表情が抜け落ちた。

一瞬、無表情になりかけたけれど、さすが殿下。すぐに表情を戻して、教室にいる時みたいな完璧な微笑を浮かべた。何か聞いてはいけないことを聞いてしまった感。

「それは、もちろん、夏季休暇中も私たちは共に行動するよ」

『ご愁傷様だな』

私の影に潜んだまま、ルナからあまりにも他人事――無情な一言が投下されたのだった。

休暇前の試験が終わったら、学園で働き始めてから初めての夏季休暇が始まる。

初夏、未だどんよりとした雲が、殿下の気分を表しているようにも見えたのは錯覚だろうか？

そして、貼り付けられた満面の笑みは、相変わらず文句のつけようもない完璧なもので、少し心配になって、つい白衣をぎゅっと握ってしまった。

さらに日々は過ぎていって夏季休暇がやってきて。学園の寮に残る生徒以外は皆、自分の屋敷に帰っていくため、学園内は少し寂しくなっていた。

私も王都にある屋敷に帰ることになっており、おまけに侯爵家としては初の夜会が待っていた。普段は夜会に出ない私だけれど、この日は出て挨拶をしなければならない。

きっと動き回る羽目《はめ》になるから、前日までに配置を頭に入れなくては。

ドンドンドンドンドンドン！

「ひっ！」

寮で荷物をまとめ、医務室に寄って手帳を詰めていたら、突然医務室のドアをやたらめったら叩く音がした。

突然、誰だろう？　急病人？

学園内にほとんど生徒は残っていないから、教師か事務員の人かもと思っていたら。

返事をする間もなく、勢い良く扉が開け放たれた。

「レイラ――――!!　愛しのお兄様が迎えに来たよ！」

『なっ、不審者⁉』

手を広げて、私に正面から抱きつくのは私の実の兄、メルヴィンだった。

ルナに不審者とか言われているのは、まあいつものことだ。

『やはり、この兄こそが危険人物だ。時折、目がイっているからな』

ルナは本気で慄《おのの》いているらしく、声が震えている。

そこまで？

影の中へと潜り込んだルナは、何かこの兄にトラウマでもあるのだろうか？

よく分からないまま、メルヴィンお兄様の腕の中で、再会の挨拶をした。

「お久しぶりですね！　お兄様！　領地の方がお忙しいようですね」

お父様とお兄様の活躍は度々聞くことがあり、隣の領地に跨って不作の問題を解決したり、新たな肥料を開発したりと、特に第一次産業に力を入れているようだ。

常にプラスアルファを無理なく蓄えられるように工夫された農作業のプロセスや、絹織物の名産品を他国にも注目してもらえるようにアレンジしたりと、肥沃《ひよく》でない土地でもやっていけるように手を尽くしているらしい。

『投資すべき折には躊躇《ためら》わず、私財をも注ぎ込め』というお父様の英断により、領民たちに技術を学ばせるために投資することがあるくらいなのだ。

後で何十倍にもなって返ってくるのだから良いだろう？　と躊躇わないのがお父様方式。

裏を取り確実に損をしないと分かった瞬間に大胆になる。

知は財産だというヴィヴィアンヌ家らしい思い切りの良さである。

さらに、技術を学ばせる際は、他の領民たちも招き、良心的な価格で技術提供の契約に勤しんで隣の領主に恩を売ったりと抜け目ない。

「災害があった際は支援してもらえるからな」とはお父様の弁。打算と計算に塗《まみ》れているが、お父様は生き生きとしていたから、まあそれで良いのかもしれない。

そんなお父様に学ぶべく、領地の一部を任されたお兄様は普段はバリバリと働いているというのに、今のシスコン状態からは見る影もない。

私を抱き込み、上から頭に頬擦りをして、「ふふふ……」と時折幸せそうな笑い声が零れる。どこか陶然《とうぜん》とした様子のお兄様の声には、熱のようなものが籠もっていた。

「夢にまで見た本物のレイラ……。抱き心地の良い体に、柔らかな髪。ちょうど良い高さの背……。もちろん大きくても小さくても良いけれど」

『変態だ……』

ルナはお兄様が何か行動する度にドン引きしているようだった。

「今日も僕の妹は麗しいね。戸惑《とまど》いがちな視線を向けられる度に胸に湧き上がってくるこの感情を僕はどうしたら良いのだろう？　レイラの傍にいられるなら、この想いを形にしなければ……！　どうしよう！　言葉じゃ表せない！　何を言えば良いのか、僕には……分からない！レイラ、どうしたら良い？　この僕としたことが！　胸の高鳴りのせいで、空気を上手く吸えないんだ……」

『ならば、息をするのを止めれば良いのではないか?』

遠回しに酷いことを言っているが、何がルナをそこまでさせるのだろう。

「レイラ。久しぶりの夜会だね! 今度こそは、レイラを目いっぱい飾りたい! いつも、嫌がるけど、今度こそ最上級に着飾ったレイラを見てみたい。もちろん、普段から可愛いし、美しいし、僕の女神であることに変わりはないけれど。レイラには際限がないから。ね? 嫌かもしれないけど、ここは久しぶりに会ったお兄様のためにも――」

「え?」

「良いですよ、お兄様の好きになさって」

「お兄様の言う通りにします」

「…………!! レイラ!」

お兄様が数秒間固まった後、私の体をさらにぎゅううううっと抱き締める。

く、苦しい! 死ぬ、死ぬから!

「ああ。僕の女神がついに微笑んだ! 特別綺麗に着飾ったレイラをエスコート出来るなんて、なんて栄誉《えいよ》なのだろう! 僕は次の日、死んだって良い!」

『ほう……?』

ルナの変な殺気は気のせいということにした。

「今回は、特別ですから。たまには周りの皆様の言う通りにしようと思いまして」

普段、私は控えめに着飾り、目立たないように帰ってくるのが通例だった。

お兄様をはじめ、お母様、侍女たちはいつも残念そうにしていて、少し申し訳なかったりもして。だけど、今回は事情もある。

数週間経って、沈静化して、ほとぼりも冷めてきた銀髪の少女の噂。

恐らく、あの場所にいた者たちは私の顔をよく覚えていないだろう。元々私を知っていた人は別として。

皆の前でフェリクス殿下と会話をしなくなって数週間経ったことだし、そろそろ皆は噂だと信じ切っている頃合いなはず。

眼鏡着用は、主に殿下対策となっているに等しいのである。

いまさら、銀髪の少女が云々と言ってくる者もいないだろうけど、念には念を入れたいということで、逆に着飾ることにした。あの時に目撃された私とは別人に見えるはず。

化粧とは、化けるという字のごとく、女性の印象を大きく変える技術なのだから。

そういう理由から、今回の夜会だけは侍女たちの熟練した技を存分に振るってもらうことにして、メイクとドレスで普段のレイラ＝ヴィヴィアンヌとは違った印象の淑女へと変身させてもらう。

まあ、つまりフェリクス殿下の問題さえ、どうにかしてしまえば万事解決！

今回、眼鏡をかけられないのは心もとないが、まあ……その辺はどうにかするとして。

「お母様もお喜びになるでしょうか？」

「当たり前だよ!!」

お兄様はずっと上機嫌のままで、迎えの馬車に乗るまで私の手を決して離さなかった。

『ご主人、早めにこの男をどうにかした方が良いと思う。王太子よりも、最優先事項はこの兄だ』

最近、ルナの口癖になってしまっている気がする……。

王都の屋敷に戻るとお母様が出てこなかった。

「あの、お母様はどちらに？」

「レイラお嬢様がドレス選びを全て任せるとのことで、それを聞いた奥様ははしゃいでいらっしゃいます」

「お兄様？」

「いやー。こんな機会ないから、さっき魔術で早めに連絡を送ったら、母上張り切っちゃってね。まあ、レイラを着飾れるんだから気持ちは大いに分かるけど。女神よりにするか、妖精よりにするか、どっちにしようかなあ。レイラの場合、胸も育ってきたし――ごふっ！」

お兄様がセクハラめいた発言をした瞬間、ルナが私の影から触手を出して、物理的にお兄様の鳩尾《みぞおち》に一発入れた。

る、ルナ……。

『犯罪の芽は摘まねば……』

あああ。ルナの目が本気だ……！

突然呻き声を上げたお兄様には、周りから訝《いぶか》しげな視線が集まっているし。

『周りからおかしなやつと思われるのも、精神攻撃の一種だな』

本当に、お兄様とルナの間に何があったのか？

「と、とにかく、私は一度部屋に行って、荷物を置いてきます」

お兄様の腕も外れたことだし、早く部屋に戻ろう。

王都の屋敷はたまにしか来なかったが使い勝手は分かっている。

途中、侍女たちに何度か質問をされた。内容は皆同じ。

『レイラお嬢様！　今回は私たちが全身コーディネートをさせていただいても構わないのですよね!?』

皆、鼻息荒く迫ってくるので若干引いた。

これでも人並みに着飾ってきたのだけれど。そう言うと皆、決まって同じことを言った。

『お嬢様の素材を生かさないなど、それは罪です！』

正直、大袈裟だと思う。何か一大イベントみたいになってるのも解せない。

何やら思いやられるというか、なぜ私本人よりも周りが盛り上がっているのだろう？

こんな機会でもなければ、そこまで着飾るつもりもなかったのに。

さらにメイドたち曰く、お父様もホクホクしながら騒動に混ざっているらしく、お母様の暴走を止めていないとのこと。お母様の暴走とは一体……？

ちなみに、一番酷いのは、お兄様だとも言っていた。

可愛がってもらっているのは、とても嬉しいと思う。だけど、ここまで盛り上げなくても。

ふうっと溜息をついて、自室のドアを開ける。

「あっ。こんにちは。部屋の窓が開いていたので、入らせていただきました。お久しぶりですね、レイラさん」

どこかで見たことのある紅の髪をした男と、どこかで見たことのある黒い猫の精霊がソファで寛いでいた。

「……」

パタン。思わず自分の部屋のドアを閉めた。

今の何。幻覚？

自分の部屋の中に見えた二つの影は見覚えのある存在。

クリムゾンルートという隠しルートをやる前に死んだ私からすれば未知の存在。

未知ということは、つまり私にとっての彼らは死亡フラグの塊が歩いているようなもの。

なんで！　部屋にいるの⁉　これはもう立派な不法侵入じゃない⁉

再び開ける。

ヒラヒラと手を振る紅の髪色の青年と、毛繕いをしている黒猫が見えた。

ぱたん。また閉めた。

「見なかったことにしよう」

『ご主人、現実逃避は良くないぞ。こういう時は相手から情報を吐かせ——聞く絶好の機会だろう？』

「今、吐かせるって言いかけたよね？」

ルナは同じ闇の精霊がお好みではないらしい。

そうだ。そんなルナが現実逃避をしていないのに、私だけ現実から目を逸《そ》らしている場合ではない。少しでも情報を引き出して、今後に備えなければ。戦争の基本は情報戦なのだから。

私は覚悟を決めて、ドアを開けて中にいる招かれざる客人たちに挨拶をした。

淑女の中の淑女を目標として育てられてきたからこその矜持《きょうじ》で、これ以上ないくらい丁寧なカーテシーを披露する。

「ご機嫌よう。クリムゾン様。驚いてしまったとはいえ、貴方様に不躾な振る舞いをしてしまい、大変申し訳なく思います。我が家にお招きの予定はありませんでしたが、どのようなご用件でいらしたのか私に分かりやすくご説明していただけないでしょうか？」

紛うことなき不法侵入である。言い訳でも聞いてやろうと隙のない微笑みを浮かべて、私は問うてみた。

「はは。切り替えが早く、話の分かる女性は好きですよ。それに貴女は俺と似た匂いを持ちますし」

部屋の中に入り、ルナは心得たように防音魔術と結界のようなものを張ってくれた。

「クリムゾン様」

前口上は良いから、さっさと言えと目線で促せば、彼の目に申し訳なさそうな色がほんの少しだけ宿った。

「事故だったんです」

「事件の犯人は皆、そう言うんです」

納得出来るように説明して欲しい。

狼の姿をしたルナが私の隣ですぐに飛びかかれるように臨戦態勢を取っている。

クリムゾンの精霊である黒猫は、毛を逆立ててこちらを睨み付けている。

恐らくだがこの二匹、お互いの主を心配しているだけでなく、お互いに虫が好かないと見た。

「異界を通じて移動していたのですが、座標を間違えて、敷地内に出てしまったんですよ。嘘ではないですよ。ほら、私の精霊も頷いてます」

精霊であるアビスは、主が嘘をついていないとコクコクと頷いている。

精霊は嘘をつかない。そういう性質を持っているから、彼の言っていることは嘘ではないようだ。

「……なら、本来はどこへ出るおつもりでした？」

その返答次第では、こちらも対応を考えさせてもらわなければ。

「ヴィヴィアンヌ家の裏通りです」

「我が家にご用でしたか？」

ますます警戒を強めれば、クリムゾンは困ったように苦笑して、ソファで足を組み替えた。

「用と言えば用はありますが、それは今日ではありません。今日は俺も、ヴィヴィアンヌ家の夜会に招待されているんですよ。俺の後見人――いえ、保護者が招待されているもので、俺はその付き添いですね」

「え？」

彼のことはほとんど知らない。他のルートをプレイしていて時折、怪しげに登場していたが、言ってしまえばそれだけで、彼自身のルートをプレイしなければ彼の事情は分からない。

とりあえず、我が家に招待されているならば、表向きは信用出来る家なのだと思う。それだけは分かる。

「ただ、お恥ずかしい話なのですが、俺は方向音痴でしてね。事前に確認しないと迷う自信しかありません」

『言っていることは本当ですよ。うちの主はワタクシがいなければ行き倒れることでしょう。それくらい方向音痴なので仕方ありませんな』

「うーん。否定出来ないところが辛いですねー」

つまりここに着いたのは偶然で、私と出会ったのも偶然というわけか。

「偶然窓が開いていたので入ってみたはいいものの、さてこの後はどうしたものかと思っていましたら、レイラさんの部屋だと気付きまして。ならば驚かせて差し上げようかなと、待たせてもらいました。貴女とは仲良くしたいと思っておりましたので」

「同じ、精霊持ちだからですか？」

「もちろんそれもありますが、一番の理由は貴女が俺と同じような空気を纏《まと》っているからです。

一目見た時から気になっていたのは、貴女が俺と同類だから。貴女は人間不信でしょう？　俺は勘が鋭いのでなんとなく分かりますし」

「……」

「そのくせ、信頼出来る相手を見つけたいと心の奥底で思っている。だからなのか、周りに人間不信であることをなかなか察してもらえない。貴女を観察しているうちに確信しました」

以前、図書館にいた時、話しかけられたことを思い出した。いつから観察されていたの？

「観察していたら、貴女のことを好きになってしまいました」

突然、この人は一体何を言い出すの……。

「冗談のように言われても、信じられませんよ」

「おや、これは手厳しい」

クリムゾンは、子どものような無垢さと無邪気さを込めて、本気なのか冗談なのか判別しにくい、よく分からないことを言い始めた。

彼が妖《あや》しいのは一目瞭然《いちもくりょうぜん》で、明らかに関わってはいけないと分かっているのに、思わず私は毒気を抜かれてしまった。

この人は、そういう人なの？

迷子で一人ぼっちだった子どもが、同じ仲間を見つけたみたいに、安堵《あんど》した表情を私に向けている。何かを期待するような純粋さは、混じりけが一切なくて。

ほとんど、彼のことは知らないながらも、悪いだけの人ではないことは分かる。

いいえ。違う。彼のことが分からないからこそ、私には彼を悪人だと決めつけることなんて出来ない。

ただ、一つだけ私から言えることがあるならば。

クリムゾン＝カタストロフィは、普通の人間の手に負えない、という断然たる事実。

「精霊は嘘をつきません。そんな彼らが保証してくれるなら、欠けた俺たちでも信頼し合うことが出来るのでは？　人間不信な俺たちは一生他人を疑い続けるでしょう。それなら、そんな似た者同士が友人になれば良いのです」

この人は、私と同じ？

私の中に微かに蘇《よみがえ》った、あの頃の記憶。痛みが似ているのなら、過去も似ているの？

自らの名を捨てた彼は、精霊を介さなければ人を信用することも出来ない。

「友人になろう」という言葉が甘い蜜のように甘美で仕方なかった。精霊を介せば、嘘かどうかを判別出来る。精霊の契約者が揃《そろ》えば、お互いがお互いを裏切らない。

だって、裏切ったら精霊を介して分かってしまうから。

彼の言葉を即座に理解してしまう私は、きっと彼と同類で、同じ穴の狢《むじな》で、似た者同士。

自嘲するような彼の口調には確かに覚えがあって。まるで鏡を見ているように私に似ている。

いくつもの条件が揃いすぎた運命の出会いは、きっと諸刃《もろは》の剣《つるぎ》だろう。

私の表情を見て、クリムゾンは私の感情を大方理解したのか、ますます嬉しそうに微笑んだ。

「信じられる誰かがいて、初めて人は立っていられる。そんな夢幻《むげん》のような理想があると知っ

ているからこそ、俺たちは苦しい。ね？　俺と唯一無二の友人になりましょう？　きっかけはどんなものでも良いのです。ここで友人になって仲を深めていけば、確かな絆になる」

「やけに、饒舌なのですね」

前世の記憶で知っていた、クリムゾン＝カタストロフィなんて、もはやほんの一部だったのかもしれない。

クリムゾンは、わずかにソファから立ち上がると、私の目の前まで近付いてきて視線を合わせ、また口元を楽しげに緩めた。

「それに実のところ」

「……！」

思わず身構えた私に構うことなく、彼はこう続けた。

「……貴女になら裏切られても良いかな、と矛盾したことを少し思ったりもするんですよ」

「……私を他人だと思えないから、余計にそう思いますか？」

「もちろん裏切られたら普通に哀しいですが。要するに俺は、貴女のことを嫌いにはなれないだけです。知れば知るほど、ね。こんな感情は初めてですよ」

それは、つまり。

「もしかして、クリムゾン様は、相互理解の大切さを訴えていますか？」

私は相互理解なんて不可能だと思っているけれど。もし、相互理解が本当に出来たのならば。

ああ、もう。相互理解というものが、どれだけ甘美で幸福なのか分かってしまうのは、皮肉だ。

複雑な思いを抱えた私に気付いたのか、もしくは私の考えなど全てお見通しなのか、彼はくすりと笑う。

「さすがレイラさんですね。言わずとも理解が早い。正直、ここまで相性の良い相手はいないと思いませんか？　今を逃したら、これ以上の相手はお互いに見つかりませんよ」

「クリムゾン様は、心から楽しそうに笑うのですね」

「ええ、俺は今とても楽しいですから」

確かな絆を求めているのに、己の質を知っているからこそ自分には無理だと分かっていて、それでもまだ求めている。怯えているのに、拒絶しているのに、喉から手が出るほど欲しくて仕方ないのだと。絶望しながら、希望に縋っている。

その希望を手に入れるため、彼はよりにもよって私のような女を必要としている。

彼の唇から紡がれる一言一言に動揺しながらも、よく似ているという事実を私は、否定しなかった。

決定的な違いは、私は友人の作り方を知っていて、彼が知らないということ。

友人とは「なろう」と言ってなれるものではないと私は前世を生きた分だけ知っていて、彼はそれを知らないからこそ、こんな言葉を並べ立てることになる。

もし、私が友人の作り方を知らなかったら。恐らく、似たような言葉になるだろうと思う。

私たちはよく似ているが、同じではない。

全く同じではないけれど、どこか近しい二人。この関係を言葉で表すなら、それは。

「……同胞」

思わずぽつりと零したその単語。

「ああ、良いですね。ただの友人よりも、そちらの方がよっぽど良い。ふふ、やはり良い響きですね」

私は自らの口をそっと押さえた。

クリムゾンは、私が何を言ってもご機嫌になっていくらしかった。

『歪だな』

ルナがぽつりと呟いて。

『狼殿。お前もワタクシと同じように、その歪な魂に惹《ひ》かれたからこそ、契約をしたのではないですか？』

『そなたに語ることでもない』

『それはそうですね』

この二匹は主人の性質をよく知っていた。

「共依存なんていりません」

「当たり前ですよ。レイラさん、俺たちは己の足で立つんですから。それは貴女が一番よく分かっているでしょう？」

「……」

お互いに病んでいるわけでは決してないのに、傷の舐め合いをしているわけでもないのに、己の足で立とうとしているのに、どこか歪に感じてしまうのはなぜか。

たぶん、お互いに少しだけおかしいからか。

クリムゾンは友人の作り方を知らないし、私は前世の記憶を持っている。

誰にも言うことのない秘密を抱えているところも、似ている。

「クリムゾン様。一つだけ。友人というのは、なろうと言ってなるものではないですよ」

「……なるほど？　つまりは暗黙の了解と？」

「友人という定義に形はありませんよ」

大魔術師が、初めてものを知った子どものように、きょとんとした目で瞬いた。

私はこの人を知らない。何があって、私とそっくりな気質なのかは知らない。

ふと、リーリエ様のことを思う。嘘をつかない精霊。嘘を看破する光の精霊の力。

ああ。なんとなくゲームで彼がヒロインに近付く理由が少し分かった気がした。

クリムゾンは、信用出来る誰かが欲しいと執着している。

誰よりも人を信用出来なくて、その実、誰よりも絆を欲しがっている。私も一緒だ。

誰かを信用したくて欲しくて仕方なくても、世の理《ことわり》を受け入れて、普段は心の奥底に望みを沈め、ある意味では大人になってしまって。それでも夢を見てしまう愚か者が今の私で。

クリムゾンの言った通り、私はきっとこの記憶を抱えている限り、人を疑い続けるだろう。

渇望《かつぼう》して、絶望して、恨み、焦っていたあの頃の――前世の私は今もなお消えない。

第二章　私の前世

私の前世――七原玲《ななはられい》という名で、現代日本で暮らしていた頃の話だ。

一般家庭に生まれ、一人娘として可愛がって育ててもらって、典型的な幸せというものを謳歌していた、ごく普通の女の子だった。

友人はそれなりにいたし、美人の母に似たのか見た目もそれなりに整っていたし、勉強も天才ではなかったけれど、努力すれば秀才くらいにはなれた。

外で遊ぶことよりも教室で本を読むことが好きな子どもで、誘われなければいつも教室で本を読んでいた。どこにでもいる小学生として卒業し、中学生になった。

そんな私の転換点は、中学一年生の冬頃のことだった。それが悪夢の始まりだったとも言える。

「七原さん、俺と付き合ってくれない？」

「え？」

週に数回活動の手芸部に入っていた私は、毎日部活に精を出すわけでもなく、それなりに平穏な中学生活を送っていた。

女子の友人はそれなりにいたけれど、あまり男子とは関わりのなかった普通の毎日。だからか、そういう告白なんて出来事が私に起こるとは思っていなくて。

「えっ……」

バレンタインでザワついていた校内、まさかの逆告白。

呆気に取られたけれど、佐々木くんと名乗っていた少年の強い押しに負けて頷いてしまったことが私の大きな失敗だった。私は迂闊だった。

付き合うとか恋愛とか、物語でしか見てこなかったけれど、佐々木くんが学年の中でも特に女子に人気だったということは知っていたのに。

確かに彼の顔は整っていたし、通りがかりに眺めたことはあったから。

その本人と関わりはあまりなく、隣のクラスだったから、私は話しかけようとも思わなかったし、正直、あまり興味はなかった。

この時、告白を受け入れたことが、私の人生をある意味、大きく変えたのだと思う。

断っておいたら何か変わったのかもしれないし、何も変わらなかったかもしれない。

次の日、教室へ入ったら、私の机がなかった。

クスクスと笑い声が聞こえ、そちらに視線を向けるとサッと目を逸らされる。

典型的な虐《いじ》めの始まり。人気者の男の子と恋人になって、女子生徒の顰蹙《ひんしゅく》を買い、ハブられる羽目になる。ある意味どこにでもある、ありふれた結果。

同じクラスの高橋さんは佐々木くんの幼馴染《おさななじみ》で、幼い頃から彼のことが好きだったというのも後になって知った。

高橋ミリアさんは、クラスの女子のリーダー的存在の女の子。家が裕福でブランド物をたくさん持っていて、流行の最先端にいるような目立つ子で、可愛らしくて男子生徒にも人気の子だった。

「ずっと昔から佐々木くんのことが好きだったのに、ミリアが可哀想！」

「陰気な根暗女のくせに、生意気！」

「そうやって、被害者ぶってうちらが悪人みたいな顔すんの止めてくんない？」

高橋さんの周りには派手な女子たちが集っていて、悲しそうに俯く高橋さんを守るように私に対峙していた。

高橋さん本人は何も言わないし、私を罵倒するわけでもなかった。

けれど、高橋さんは、私が何を言われようと彼女たちを諌《いさ》めることはない。その時点でお察しだ。

誰にも見えないところでほくそ笑むのを見て、私は確信した。

元凶はこの人だ、と。

高橋さんに目の敵にされ、学年中の女子が敵に回るのは、早かった。

それなりにいたはずの友人たちは皆、高橋さんとその周りの派手な女子たちに萎縮《いしゅく》して、私から離れていった。

気持ちは分かる。学年中どころか、上の学年にも高橋さんの知り合いはいるし、私を庇って先輩に目を付けられるのは誰しも嫌だろう。

中学の頃、先輩の言うことは絶対という風潮がどこもあったから、理屈では理解していた。日々を過ごせば過ごすほど、嫌がらせは悪化していく。陰口は繰り返され、物はなくなったり壊れたりしていく。

そして、時折思い出したように私を集団で取り囲む。生傷が絶えなかったと言えば、状況が伝わるかもしれない。

そして、ある日、佐々木くんにはこう言われた。

「皆に嫌われるってことは、七原にも問題あったんじゃないの？」

集団に囲まれる私を、見て見ぬ振りしていたことには気付いていた。

私が連日虐められているということが、彼にとって迷惑だったのも知っていた。

男子同士での会話を聞いたことはないけれども、彼は彼で、学年中の女子からハブられる女が重荷になっていたのだろう。私を守ろうとするほど好きではなかった、とそれだけのお話。

佐々木くんからは「思っていたのと違った」と、別れて欲しいと言われて、彼との恋人期間はあっという間に終わった。

もちろん、これで解放される！　というわけではなかった。

悲しいことに虐められているという風潮は、伝染するのだ。一度、そういう空気になってしまったらもう、後の祭り。

男子の中でも、からかうような空気が蔓延《まんえん》し、佐々木くんを除いた男子たちは、私に向けて卑猥な冗談を口にして笑っている。それは虐めているつもりはなくて、ただの冗談だったのだろう。

怒りなんてものは、とうになかった。疑問なんてものも、とうに感じなかった。

佐々木くんと付き合ったのは、一週間と少し。その代償がこれなのかと虚しくなっただけ。

虐めが半年経っても続いていることをおかしいと思いつつも、受け入れてしまっている私がいた。

心配かけたくなくて学校には通い続けたし、良い成績を収めたし、一人でも平気だと私はそんな顔をして抵抗していて。

それが気に障《さわ》ったのかな？　もはや何をしても悪口は止まない。

彼らにとっては娯楽のようなもので、私を罵倒することで、仄暗い一体感を覚えていたのだろう。

私に対する虐めはなるべくバレないように行われていたが、さすがに担任の先生は気付いていた。

ただ、担任の若い女教師は、見て見ぬ振りをした。

教室の入口から入ってくるとき、目が合って逸らされたのを知っている。

「あんたら、そんなことをして何が楽しいの？」

中学二年の秋頃に、ある転入生——山本さんという女子が庇ってくれた。

「山本さん、私を庇うと色々言われるよ？」

だから止めた方が良い。私はもう慣れたからと必死で伝えた。

これは本当のこと。この頃には何も感じなくなっていたから。どうでも良い人に嫌われていたところで、どうでも良かった。

心の傷は深く、ガラスの棘のようなものがたくさん突き刺さっていることに目を背けて、私は気丈な振りをしていた。

「私は良いから。慣れたし」

「慣れちゃ駄目でしょ。この異様な状況に！　先生には言ったの？」

学年中が敵に回っているのに、いまさら言ったところでどうにもならないし、先生ですら、見て見ぬ振りをしていたから、考えもしなかった。

私は首を横に振った。

それを見て、山本さんは思い至ったように頭を押さえた。

「あ、そっか。余計に悪化するか……」

どうして良いか分からなくなった山本さんは、それ以上何も言えなくなったみたいだったけれど、どうやら私の傍にいることを決めたらしい。

「私といるとハブられるから今からでも良い。止めた方が……」

「あんな性格の悪い人たちと仲良くなってもね。それだったら七原さんの傍にいた方が楽しいし」

その日、私は山本さんの腕の中で泣いた。彼女は私の背中を無言で撫でてくれた。

彼女は私を慰めるでもなく、私を虐げる者たちへ何かをもの申すわけでもなく、ただ傍に——私の隣にいてくれた。それがどれだけ私を救ってくれたことか。

流行りのドラマの話とか、勉強の話、将来の話、そういう何げない会話も、彼女の口から出るだけでキラキラと輝いている気がした。

たくさん話をした。

彼女も彼女で大変な境遇で、両親をなくしており、親戚の家にお世話になっているとか、彼らには厄介《やっかい》者扱いされているとか、そういう話を聞いた。

そんな大変な状況なのに、私に付き合ってくれていることが申し訳なくなった。

そんな彼女は、いつも私に言う。

「反面教師みたいなものだよ。人の振り見て我が振り直せ。それに自分が誇れる自分になりたい」

そういう考え方を出来る彼女を尊敬した。

彼女の将来の夢は弁護士になることらしい。

彼女ならなれると思った。

だって、彼女のおかげで皆が皆、敵ではないのだと知ることが出来たのだから。この頃の私は、虐められることが辛いとは思っていなかった。

彼女と出会って一か月が経過した頃。

ある日の朝。山本さんが、体育館物置の中から遺体となって発見された。

前日、私が体調不良で早退していたせいで、彼女と待ち合わせをしなかったから、私はその日に何があったのか知らない。

死因は窒息《ちっそく》死だと言う。

絶望する私の耳に届いた女子生徒たちの声。

「まさか、本当に死ぬとは思わなかった」

「袋に穴を開けるとかなかったの？」

「通報されたらどうすんの！」

ああ。ああ！

全てを悟る。物置で窒息。袋。

集団で取り囲み、抵抗出来ない彼女の頭に袋を被せて、苦しむ彼女を放置した。

警察の調べで指紋などが検出され、押さえ付けられた痕跡や犯人の皮膚片などから殺人事件として処理された。判明した容疑者は連れていかれたらしい。

でも、あの女子生徒たちは捕まっていない。あいつらも明らかにその場にいたはずなのに。

私がその日、体調不良でなかったなら。

違う。

私と彼女が出会っていなければ良かったのだ。

私が目を付けられていたせいだ。そんな私の傍にいた彼女が目を付けられた。

胸が張り裂け、腸がちぎれるかと思った。息が苦しくて、過呼吸になってぶっ倒れた私は、保健室で目を覚まし――。

ただ、ひたすら震えていた。

弁護士になりたいと言っていた。

「明日になったら、おすすめの本を紹介するね」と私が言って、山本さんは「ミステリーが良い」とリクエストをして笑った。

私が死ねば良かったのに。

どうして、神様は私じゃなくて、彼女を連れていったの?

彼女の葬式にも涙は出なかった。悲しすぎると涙も止まるらしい。

定期的に過呼吸を起こし、食べ物を受け付けなくなりながらも、私は学校に通い続けた。

親にはいつものように平気な振りをして、学校に着けば体調不良になり、保健室で寝込む日々。

学校では騒ぎになっていたが、どうにでもなれと思った。こんな学校潰れてしまえ。

ドラッグストアで包帯を買う。

家に戻って、手首を切り付ける。傷が塞がって、また傷付けて、包帯を巻く。

誰にも分からないように。

あの子はもっと辛かった。もっと苦しかったのだ。

カッターナイフを持ち歩く。

ある日、どうにも堪らなくなって、保健室で養護教諭の目を盗んで、手首に死ぬほどの傷を付けようとして――。

その養護教諭の先生に取り押さえられた。

様子がおかしい私を少し前から疑っていたらしい。そういえば、最近声をかけられることが多かったかもしれない。そんなことどうでも良くて気にしたことはなかったけれど。煩《わずら》わしいとすら思っていた。


「何やってんの⁉」

死のうと思ったから。

「死ぬつもりだったの？」

学校で死ねば、復讐出来ると思った。短期間で二人も生徒が死んだ学校なんて、訳ありすぎて、評判なんてもっとガタ落ちになる。社会的に死んでしまえば良い。

この間、慌てふためいていた女子生徒たちは、証拠が出ていないから捕まっていないらしいが、その場にいたということは奴らも同罪。なぜ、のうのうと学校に来ているのか。直接、手を下してないから罪じゃやない？

傍観者だって罪だろう。彼女らも殺人犯だ。

山本さんを殺した奴らの進路を滅茶苦茶にしてやろうと思った。

遺書は鞄の中にある。名前は全部書いた。コピーしたものも、担任の机に置いた。

そういった内容を錯乱しながら叫んだと思う。正直、何を叫んだのか、あまり記憶にはない。

「死んだら何もかも終わりでしょう⁉」

養護教諭の女性——桜川先生は私を揺さぶった。

しっかりしろ。死んだ彼女にとって、大切な貴女を貴女自身が殺すな、と。

何も知らないくせに、綺麗事なんてご免だと思ったけれど、最後の言葉にドキリとした私は、暴れるのを止めた。……彼女にとって、大切な。

桜川先生の手は傷だらけで、私の爪痕でミミズ腫れになっていた。

それから私は保健室登校をすることになった。保健室の一番奥のベッドに私は生息していた。

「中学生くらいの勉強なら、私も教えられるよ」

サバサバとした桜川先生は、授業に参加出来なかった私の勉強を見てくれた。

「知識は武器になる。たとえ思い通りに習得出来なくても、無駄にはならない。その努力は裏切らない」

業務内容ではないはずなのに。

大人も子どもも信用出来なかった私の傍で何も聞かずにいてくれて、私が話したい時だけ聞いてくれる。

出席日数だけ稼いで、テストを受けて、何も考えないように頭の中は勉強のことだけ詰め込んで。

時折、自責の念で死にたくなる私に桜川先生は何度も言った。何度も言い聞かせた。

「貴女は何も悪くない」と。

傷は癒《い》えない。生きている自分に絶望し、憔悴《しょうすい》し切った姿を見せる私のことを両親は心配し、大いに迷惑をかけ、友人を失ったからだけではないこともいつの間にか知られる。

そして母親にはさらに迷惑をかける。夜寝られない私に付き合わされても、母は「気付くことが出来なくてごめんね」と謝って、桜川先生と同じように「何も貴女は悪くない」と言う。

「生きていたくない」なんて親に向かって言うことではないのに、泣き叫びながらそれを言う私に「生きて」と懇願する。私は母親をたくさん泣かせた。

卒業するまでは、大体こんな感じで、荒れて回復して、荒れて回復して悪化して、持ち直しての繰り返し。

ギリギリの精神状態を保ちながらも、なんとか生きているうちに、やりたいことを見つけた。

「桜川先生。私、先生みたいな保健室の先生になりたい」

私を生かしてくれた先生のような。

もしも、誰かをこうやって救うことが出来るなら。山本さんと同じように誰かを助けられるなら。

降り積もった憧れは、傷を癒やすことはなかったけれど、歩み出す原動力になった。

一か月ほどしか一緒にいることの出来なかった私の大切な友人に相応しい、立派な大人になりたい。

「瑠奈《ルナ》が助けてくれたこの命を、もう二度と無駄になんてしない」

瑠奈。生きているうちに彼女をこう呼ぶことはなかった。

山本瑠奈、という私の友人。一か月ほどしか話すことが出来なかった、私の大切な友人。

トラウマというのは、なかなか払拭《ふっしょく》されない。

中学生の時期に抱えた傷はなかなか癒えない。表面的には問題なく見えても、私の人生は大きく変わってしまった。

後悔だってたくさんある。大人なんて信用出来ないと決めつけて、周りを頼る努力すらしなかった。桜川先生のような人がいることにも気付かなかった。

もしあの時、頼ることが出来ていたら何か変わっていたのかな、なんてどうしようもないことだって考える。

それでも私の人生は続いている。あの日、自分の命を無駄にしないと決めた時から、ずっと。

私は中学生の頃の傷を抱えながらも大人になった。

上手く折り合いをつけながらも、やはりまだ立ち直れていないことを実感しながら日々を過ごす。

皆が皆、敵ではないと知っていても人間不信は治らない。人を信じられるようになりたいと思っているのに、人を信じられない。

誰かを助けられる人間になりたいと心から願っているのに、そんな私が人を信用出来ない。

それでも私が出来ることをするしかない。

ただ寄り添うだけでも誰かの心を救うこと、相手を理解出来なくても理解を諦めずに努力し続けることで何かが変わる――それは私が経験上学んだこと。私が出来るかもしれない最善。


そう願っても中学生の頃のトラウマは消えない。

高校もその先の進学先でも、誰かと話すことは怖くて仕方なかった。

それでも友人は出来たし、ありふれた日常を送る程度にはトラウマから抜け出すことは出来た。少なくとも人と会話のキャッチボールは出来るようになっていた。

だいぶ、拗らせてしまったが、それでもマシになった方ではないだろうか?

大人になり、私は念願の養護教諭になり、日々を過ごしていた。

養護教諭として採用された私は学校で勤務をしているし、他の教師たちともそれなりに上手くやっている。

週二日の休日以外は昔のように、保健室にいる。

白衣を纏った自分に慣れず、私を頼る生徒たちの話を聞きながら試行錯誤の毎日。

あの頃、私自身がしてくれて嬉しかったことを今度は、生徒たちに出来れば良い。聞き上手になりたい。面白い話を出来るわけではないけれど、せめてそれくらいはと思っていた。

かつてお世話になった養護教諭の桜川先生と再会してから、何度か連絡を取り、その抱負を語り、おすすめの講習を紹介してもらったり。

勉強に終わりはなくて、何かに気付けば気付くほど何かが足りないと思う。

「そういうものだよ」と桜川先生は言う。恵まれた環境だった。


学生時代の友人たちと趣味の話で盛り上がったり、私生活も充実していた日々の中、ある日一人暮らしのアパートに届いた中学校時代の同窓会の案内。

私は良い思い出などなかったけれど、あの頃のことは乗り越えたのだと思いたくて、参加にマルを付けて送り返した。

皆、大人になっただろう。何か変わったのだろう。

それを見て今度こそ、過去は過去だと確認したかったのかもしれない。

結局のところ、私は向き合いたかった。


「七原さん？」

「うっそ、めっちゃ美人になってる!?」

「今、どんな仕事してるの？」

会場でクラスごとに席に着くと、昔の面影がある元クラスメイトたちに囲まれる。

ほらね。皆にとっては取るに足らないことだったんだ。

私が過去に囚われれば囚われるほど、惨めになっていくだけなんだ。

「保健室の養護教諭になって働いてるよ。学ぶことは多いし、大変だけど充実してる」

私は心から綺麗に笑うことが出来たと思う。

ずっと瑠奈みたいな人になりたかった。彼女の笑顔はさっぱりとしていて、自分のやることに迷いなどなかった。堂々と自分の意見を言える彼女は、とてもかっこ良かった。

「なんか七原さん変わったね……」

「すごく綺麗になった」

私がそう見えるのならば、私の大切な人たちのおかげだ。

青春時代は台無しになったけれど、私は今からでも青春を謳歌しようと思っていて、この参加は一種の区切りみたいなもの。

「昔はごめんね。怖くて庇うことも出来なくて」

「私も、ごめん。見て見ぬ振りしてた」

「あはは。そういう気持ちも分かるよ」

気にしていないとも、昔のことだからもう良いよとも言えなかったけれど、こうやって笑い飛ばせるくらいにはなれた。

まあ、いまさらすぎるとも思いはしたけど。

なぜか、周りから視線を集めている気がするけど、それが悪意の色でないことに私は安心した。周りには気付かれないように胸を撫で下ろす。

「七原さん、かっこ良くなったね」

「うん！　大人の女性って感じ。もしかして恋人でも出来た？」

どくん、と心臓が嫌な音を立てる。

動揺する必要なんてない。落ち着いて返せば良い。

「今はないかなー。仕事で忙しいし。仕事と結婚したい」

あえて、おちゃらけて返すと元同級生たちは笑った。

実は人間不信になっただけでなく、恋愛も出来なくなった。あれから男に関わるのは懲り懲りで、そういう雰囲気になりそうになったら逃げてきたのだ。人も怖いけれど、何よりも異性が怖い。

上手く笑えていたのか自信はなかったけど、この時も上手くやり過ごした。

トラウマは消えなくとも、少しずつ乗り越えることは出来ていたらしい。きっと、もう自分から死のうとすることはないだろうと思えた。

誰も彼もが昔の事件のことには触れないまま、表向きは友好的に話すことが出来ていた。

一応、和やかな空気ではあった。

だけどその時、近くで甲高い声が上がった。

「さいってい！」

見覚えのある女性が顔を歪め、不機嫌そうに顔を顰《しか》めている。

傍らにはこれまた見覚えある男性。私はさり気なさを装って口を開いた。

「もしかして、高橋さんと佐々木くん？　今も付き合ってるんだ？　そうか。幼馴染だもんね」

元凶の二人を目にして思うところは多大にあったが、なんとも思っていない振りをした。

あっけらかんとした私の物言いに、元同級生たちはホッと胸を撫で下ろしながら口を開き、耳打ちした。

「中学時代から付き合ってるんだけど、佐々木くんは浮気放題で高橋さん荒れているらしいよ」

「へえ」

高橋さんの機嫌を取ろうとしている彼を見ながら、私は興味なさそうに返事をした。

あまり関わらないでおこう。

「ほら、佐々木くんってかっこ良いから、モテるんだよ」

「でもミュージシャン志望で、まともな仕事についてないんでしょ？」

「ヒモなんじゃなかったっけ？」

「たまにバイトしてたよ、たぶん」

うわあ……と思った。どうやら高橋さんに養ってもらっているのに浮気をしているらしい。

そもそも私に告白してすぐにフって、その直後に高橋さんと付き合い始めた彼。

昔から誠意の欠片もない。

あの時の私は、幼馴染の仲を引き裂く悪役みたいな役割だった。……数年経った今でも思うことや言いたいことはたくさんある。

人を不幸にして結ばれて、それで満足ですか？　と。もちろんそれ以上は言わない。

張本人である彼ら二人と、極力関わりたくなかったから、私は無言を貫いていたのだ。

……ただ、そうは問屋《とんや》が卸《おろ》さなかった。

佐々木くんと彼の友人らしき人たちに囲まれる羽目になったのだ。

どういう神経をしているのだろうかと彼らに呆れつつ、私はとりあえずニッコリと笑っておいた。

話すこともないので、「懐かしい顔ぶれがいっぱいだね」と当たり障りのないことを言っておく。

なぜ、私に話しかけた。なんて面の皮が厚い連中なんだろう。よく私にその顔を見せようと思うものだ。無神経にもほどがあった。

「七原さん、美人になったね。当たり前だけど大人っぽくなった」

佐々木くんは私を見ながら目を細める。本能的に嫌悪感が込み上げた。

「そりゃあ、大人ですから」

引き攣《つ》らないように気をつけながら愛想笑いを浮かべる。

「なんか大人の雰囲気っていうの？　バリバリのキャリアウーマンって感じ。うちのミリアはバイトだからなあ」

働いてないお前が言うな。自分のことを棚に上げる人っているよね。

適当に相槌を打って、ある程度、話に付き合ったら、自然にその場から離れよう。

この男と一緒にいたところで周りから変な注目を集めるだけだ。

「七原さん、聞き上手だね。それに気遣いの出来る素敵な女性になったんだね。あの頃から、俺と付き合ったままだったらって思ってしまったよ」

うわあ。最低だとは思っていたけれど、仮にも彼女持ちが、これはない。

案の定、彼から離れたら、高橋さんとその仲間たちに囲まれる。

「七原さん相変わらずね。人の彼氏に色目使うなんて」

高橋さんは私を睨む。

「中学生の頃から進歩ないよね」

いやいや、集団で取り囲んでくる貴女がたの方がどうかしている。進歩がないのは、どっちだ。

「まだ佐々木くんのこと好きなの？　人の男に手を出すなんて」

「あんた、どうなるか分かってるの？」

高橋さんの友人らしき女性が私を睨んでいる。

はあ、と私は溜息をついた。この人たちは、まだ学生気分なのだろうか。

「私は、佐々木くんを好きではないです。そもそも、私には好きな人がいますから。優しいけど全部抱え込んでしまう困った人なんですよ」

二次元だけどね。

私はこの時、完全なヲタクだった。

「ええ！　誰々⁉」

「話、聞かせて！」

先ほどまで談笑していた元同級生たちが、私の両側から腕を掴んでいた。

ふと周りを見渡して私は気付いた。周囲の人々は苦笑している。

「もう昔と違うのに、高橋さんまだあんなこと言ってる」

「絡まれている七原さんも気の毒に」

「自分が彼氏と上手くいってないからって当たり散らすなんてね」

「佐々木もあんな粘着質な女が彼女なんて、そりゃあ浮気もしたくなるだろ」

呆れたような周囲の視線。昔とは違うシラケた雰囲気に高橋さんは顔を真っ赤にして、その場から立ち去った。

この時、高橋さんが私を睨み付けて去っていったのだが、気付けば良かった。

彼女の憎悪に。きっと、佐々木くんの浮気に参っていたのだろう。

降り積もったストレスは、この日たまたま再会した私に向けられることになったのだ。

恐らく彼女は、私になら何をしても許されると思っていたのだろう。

同窓会の帰り、本屋に寄ろうと歩道橋を渡っていた私は、勢い良く背中を押された。

「何よ！　あんたばっかり！　あいつは私の彼氏なんだから！」

高橋さんの金切り声と共に、私は階段の一番上から思い切り突き飛ばされ、階段下へと落とされていった。

激痛。

スローモーションのように走馬灯が走り、日常の取り留めのない事柄が脳裏を過《よぎ》る。

そういえば、お母さんに電話をする予定だったっけ？　留守電が入っていた気がする。

友人のお見舞いには、何の差し入れをしよう？

期限切れ間近のクーポンがあったから、早く使わないと。

試供品の化粧水、使ってみようと思っていたんだっけ。

そういえば『鏡合わせの精霊使い』、隠しキャラのルート、まだやってなかったな。

あの作品、悪役令嬢っぽい子が死ぬの納得いかない。彼女の死を乗り越えて、とかいう台詞が好きじゃなかったのよね。犠牲になった彼女を忘れない、とか良い話風にまとめていたのが気に障って。でも、やるからには、隠しキャラのルートまでやりたい。

それにしても今日は厄日だ。

ああ。男と関わるとロクなことにならないなと思いながら、私の意識はフェードアウトした。

これ以降、私が七原玲として、目覚めることは二度となかった。

第三章　宣戦布告

夜会当日の朝、目を覚ますと私は泣いていた。

「あれ？」

濡れた頬を撫でてくれた手。零れた涙を拭ってくれたのは、人間の姿をしたルナだった。

「なんで……涙なんか。何の夢を見たのか覚えていないのに」

「そうか……。覚えていないのか」

起き上がった私はごしごしと目元を拭い、首を傾げた。

「聞きたいことがある」

ルナはやけに真剣な顔をして問いかける。狼姿じゃない分、感情が読み取りやすい。

「ご主人は、どうしても人を信じられないか？」

え？　なんでこの質問なのだろう？

蘇るのはずいぶんと昔の、前世の記憶。記憶を思い起こして哀しくなったが、私はコクリと頷いた。

「私は、信用出来る人と出来ない人の区別はつくし、今私の周りにいる人たちは良い人ばかりって知っているし、ある程度信用はしているけど……」

「けど？」

「心から信用は出来ないと思う。心を預けるのは怖い」

この人は信用出来ると今までの経験上、頭では分かっていても、心が付いてこないのだ。

きっと大丈夫と思っても付いてこない。

信頼し合える関係に憧れるのに、私がそれを出来ない。そういった関係になりたくとも、躊躇するもう一人の私がいる。

心のどこかで一線を引いて、結局のところ信用し切れなくて、自己嫌悪してしまう。

さらにルナは、痛ましそうに尋ねた。

「王太子のことは？　好きなのだろう？」

「……好き、だけど。それとこれとは別。確かに好きだと思ったのに。……私はそういう関係にはなれないと思うの。だから、今日の夜会でも見つかりたくない」

友人でいさせて欲しかった。お互いの心を全て許し合うことがなくとも成立する関係の方が、安心出来るのだ。伴侶《はんりょ》は、無理だ。

それに友人としてなら、ある程度の信頼関係を結ぶことが出来る。

「私が私だって知れたら、前みたいになる……」

フェリクス殿下が怖かった。

確かに信用出来る大切な友人を、私は心の底では怖がっている。

もし、バレた時はどうしたら良いのだろう。

「私も、そろそろキツイかなとは思っているの。隠し続けるのが無茶なことも分かってる。この先、どう答えるか考えないといけない時期に来ているのも知ってる」

「ご主人、いつもより感情が乱れている」

あれ？　なぜ、こんなにも感情がさざ波を立てているのだろう？　なぜ、今日の朝はこんなにも泣きたくなるのだろう？

「書物で読んだ。人間には無意識というものが存在していると。精霊とはそこが違うらしい。精霊は昨日見た夢を覚えているんだ、ご主人。……それと契約者である主が見た夢も」

「……？」

後半は私には聞こえないくらいの小声だった。

私は控えめに笑みを零した。

「もしかしたら、私は悲しい夢を見たのかもしれないわね」

ルナは私の頭を撫でて、背中を摩《さす》ってくれている。

「あのね、ルナ。今日の夜会、協力してくれる？」

「ご主人が望むのなら……」

複雑そうにルナは頷いた。どうやらいつも以上に私を心配してくれているらしい。

「殿下は……私が心の底から助けを求めている時に来てくださる……。私から何も言っていないのに寄り添おうとしてくれる優しい方なの。私が振り回してはいけない」

寄り添ってくれることがこんなにも嬉しい。きっと殿下は私の面倒くささに気付いたはずなのに。

「好きなら離れなければ良いというのに」

「好きだから離れるのよ」

いくら尽くしたところで、恋人を信じない女なんて厄介なだけだもの。


身の回りの支度をしようとベルを鳴らそうとした瞬間、侍女が声をかけてきた。

「レイラお嬢様。お支度のお手伝いをさせていただきます」

「お願いね」

身の回りのお世話をしてもらうのは久しぶりで、少しくすぐったい。最近は寮生活だったので、自分が出来ることは自分でやっていた。

この日は終始、夜会の準備に追われた。

案の定、お母様とお兄様が物凄《すご》くテンションを上げていた。というよりも会話内容がおかしい。

ドレスの色と形は早めに決めなくてはならなかったので、いまさらだったけれど、なぜだか私の胸元について揉めていたのだ。

「レイラ。せっかくの晴れ舞台なのだから、こちらのアクセサリーを試してはどうかしら？ペンダントは瞳の色と合わせるの。きっとその美しい白銀が映えるわ。胸元もせっかくだから強調して」

「母上。駄目だ！　さっき気付いたんですが、ここまで胸元が開いていたら男たちにとって眺めが良すぎます！　僕だけが踊るならともかくとして、他の男がいたら駄目です！　レイラの胸の大きさは、このお兄様だけが知っていれば良いのです」

『変態だ……』

ルナはお兄様にいつものようにドン引きしていたし、お母様は己の息子を遠い目で見て、心の底から嘆いていた。

「ああ……メルヴィン……。貴方は犯罪者にでもなるつもりなの……？」

『分かるぞ。とてもよく分かるぞ』

ルナが隣で頷き、その隣で叔父様が「精霊の感情の変化は尻尾に現れるのでしょうか……」などと呟きながら、ルナの尻尾をガン見していた。カオスである。

そんな状況の中、私は一人の令嬢として、今日はお母様の手伝いをしながら将来のために学んでいた。趣味の良いお母様は、賓客のためのもてなしの術《すべ》を心得ているから。

「レイラ。もう貴女も知っていると思うけど、王家の方々が来られるのよ。張り切ってめかし込みましょう？」

こんなにもウキウキとしたお母様を見るのは久しぶりだ。

私の周りをそわそわと歩き、ジュエリーボックスを開けたり閉じたり、落ち着かないように見える。

「ああ。娘を産んでおいて良かったわ！　ねえ、レイラ。貴女の髪には、この色も良いと思うの」

金色のアクセサリーを手にして、私の髪に当ててくるお母様。

「ところで、お兄様はどうされたのですか？」

先ほどまで私たちの背後にくっついてきていたというのに、気が付いたらいなかった。

「金魚のふ――鬱陶しいから、適当に魔術で縛ってきたわ。罪人用の縄を使っているからメルヴィンでも解《ほど》くのに三十分かかります」

今、金魚の糞って言いかけた!?

『その通りだろうに』

気持ちは分かるけど、私の周りの人々はお兄様に厳しすぎる！

お兄様に突撃される前に、お母様は居場所を度々変えて、私は着せ替え人形にされ続けた。

「これにしましょう！」

お母様の気の済んだ頃、おずおずとお父様が扉から顔を覗かせた。

「そろそろ、良いだろうか……？」

「あら、貴方。いたの？」

「最初からいた。レイラに来てもらいたくてな」

お母様の勢いにタジタジになったお父様に連れられて、複数あるうちの一つである客間に顔を出すと。

「こんにちは。ヴィヴィアンヌ家のレイラ嬢だね。サンチェスター公爵家当主のジェラルドだ」

「レイラ。こちらは公爵家のジェラルド＝サンチェスター閣下と――」

闇色の長い髪をした壮年の男性が微笑みながら立っている。

その横には――。

「初めまして。レイラ嬢。ブレイン＝サンチェスターと申します。遠縁から跡継ぎとして養子に入りまして、実は今夜が初の顔出しとなります」

髪色は茶色だが、どこからどう見てもクリムゾンの顔をした男が機嫌良さそうに挨拶をしていた。

はい？

固まる私に構わず、茶髪のクリムゾンは訳知り顔で挨拶を垂れ流していく。

「こんなに美しいご令嬢だとは思わず、その輝きに目が眩《くら》んでしまいそうです。ぜひ、今宵のダンスのお相手になっていただけたらと」

『うわ。白々しい男だな』

ルナがぽつりと呟く。

『ワタクシの教育が行き届いているから、うちの主は外面だけは紳士なのですよ』

恐らく、文字通りクリムゾンの影に隠れ潜んでいるだろうアビスの声が聞こえる。

一つだけ言いたい。

外面だけはって、それ全然褒めてないと思うの。

思わずジト目で見つめそうになったが、お父様の手前、完璧なカーテシーを披露してみせる。

「お初にお目にかかります。ヴィヴィアンヌ侯爵家のレイラ＝ヴィヴィアンヌと申します。お二人にお会い出来て嬉しく思いますわ」

『ほら、見ろ。うちのご主人の方が立派な令嬢だぞ』

『ふん。発育は良いが、まだまだ餓鬼《がき》ではないですか。うちの主は成人している』

『はっ。うちのご主人は、お前の主が余計なことを言うせいで精神が摩耗《まもう》しているのだ。余計なことを言っている時点でまだ青い』

他の者が聞こえないのを良いことに好き勝手言い始める精霊たち。

『何を言いますか。うちの主は人でなしなのです。精神を摩耗させるほどに口が回るならば――ぎにゃー！』

クリムゾンが笑顔のまま、自分の影からはみ出ていたらしい黒い尻尾を踏み付けた。

「どうしたのかね？」

サンチェスター公爵に問われたクリムゾンは優雅に微笑みながら、足に力を入れて踏み付けている。鬼畜だ。もふもふの尻尾を踏み付けるなんて。

「失礼。何やら黒い虫が」

「大変申し訳ありません。換気していたら入り込んでしまったのやもしれませんね」

お父様は申し訳なさそうだけど、虫は紛れ込んでいないので安心して欲しい。

その後の話の流れから分かったのは、サンチェスター公爵家とヴィヴィアンヌ侯爵家が、ある孤児院へ、寄付を含めた慈善事業を共同で行うらしいということ。

ノブレス・オブリージュの精神で、金銭的な援助と教育を孤児院に施すとか。

今回は試験的に行われるらしいが、いずれはクレアシオン王国全土に及ぶらしい。クレアシオン王家も一枚噛んでいるとか。

二人きりになったとたん、私は詰め寄った。

「どういうことなのですか？」

「どうもこうも、聞いての通りですよ。ちなみにブレインというのは、貴族としての俺の名です」

それは、本名ではないのだろうか？

お父様たちが何やら事業の話をし始めたので、私とクリムゾンは席を外すことにした。

クリムゾンはその場にいなくて良いのだろうか？　跡継ぎでは？

「神出鬼没すぎます。異界を通して移動したりもしますし……」

「レイラさんも出来る気がしますよ。異界経由の転移。精霊との供応率を上げていけばいずれは」

「はい？」

クリムゾンが説明してくれた話によると、精霊使いは精霊と仲を深め、精神的な距離を縮めることによって、熟練度を上げることが出来るらしい。

効率良く魔力を供給し、魔法発動のタイムラグを短縮していくことにより、精霊が瞬時に魔法が使えるようになる他、精霊の力を最大限に引き出して圧倒的な魔法も行使出来るようになるらしい。

それから効率良い供給には、精霊との絆以外にも魔力を巧みに操る技術も必要だとか。

『つまりは、ワタクシと主は繋がりが密になったので、本来なら人間が行けない領域にも跳躍が可能になりました。簡単に申し上げますとワタクシのオマケのような状態ですね』

アビスが私に説明してくれた。この精霊、思っていたよりも世話焼き気質だ。

私が理解出来るようにと説明する様は、教師に似ている。確かに紳士かもしれない。

「オマケとは、貴方もいちいち口が悪いですねえ、アビス。まあ、レイラさんに非礼を働かなければ良いですが。何しろ、私とレイラさんは唯一無二の親友ですし」

『大丈夫か、この人間。いつの間にか記憶を改竄《かいざん》していないか？』

ルナがジト目をしている気がする。最近、狼姿でも彼の表情がよく分かる。

クリムゾンはコホンと咳払いをした。

「とにかく、異界は普通の人間は入れません。まあ、例外もありますが」

「例外ですか？」

アビスは私の傍に来ると、尻尾で軽く私の足を叩く。

『現世と異界の境目が曖昧な場所もあるのですよ。レディ。精霊に縁ある人間なら、特別なことをせずとも普通に入ることが出来る空間です』

「初めて知りました……」

異界……異界か。

『そこの狼は己の主に説明すらしていないとは。職務怠慢ですな』

『ご主人は勉強することがたくさんあるのだ。余計な負担をかけないようにと時期を窺っていたままでのこと。お前のように口から勝手に飛び出すような振る舞いはしないのだ』

『よろしい……ならば戦争だ』

この精霊たちは実は仲が良いのではないだろうか？

異界。ふと、フェリクス殿下と二人で会っていた精霊の湖を思い出す。

あそこも異界なのかしら？

あれ？　でも、それなら殿下はなぜいらしたの？

ふと気になることが出来てしまったが、それを殿下本人に直接は聞きにくいし、ここで殿下のプライベートをクリムゾンたちに聞かれるのも良くない気がするのよね。

質問はいったん諦めることにした。

あそこは殿下が落ち着く場所と仰っていたし、言わなくて正解だったかもしれない。

ヴィヴィアンヌ侯爵家の夜会は盛大に行われている。

予告通り、私――フェリクス＝オルコット＝クレアシオンは、ヴィヴィアンヌ侯爵家の夜会に参加者として立っていた。

ヴィヴィアンヌ家の王都の屋敷。細かなところにも気が配られた会場は程良くきらびやかで、上品なつくりの品々が配置されている。趣味の良い壁紙や置物、そして庭園で摘まれたばかりの生花。

豪奢なシャンデリアも上品な明かりを放ち、会場の者たちが身につける宝石を美しくきらめかせる。魔術で少し調整されているのか、絶妙な美しさだった。

王家としては私とユーリが参加し、ハロルドやノエルもそれぞれの家から来賓として参加していたが、リーリエ嬢の想いを汲む形となり、結局はいつも通りに彼女の周りへと集まることになった。

いくらかの時間を過ごした後、私は気付いた。

――ああ、これは避けられているな。

ヴィヴィアンヌ侯爵家の令嬢となったレイラは挨拶回りをしていたが、私がちょうどリーリエ嬢に引っ張り回されている時に挨拶に来たらしく、見事にすれ違った。ユーリが対応したことで、王家と侯爵家令嬢の挨拶は終わった。

その後は、なぜか一定の距離以上近付けないのである。

物理的障害があるわけではなくて、近付こうと試みれば、彼女はその場を自然に離れていく。まるで、彼女に何者かが知らせているとしか思えないくらい正確に、だ。

「……ふぅん」

今日は、そういうつもりらしい。

遠目でしか見られないのは残念すぎるので、誰にも気付かれないように最小限の魔力で視力だけを強化して眺めることにした。

まさに、月の女神だった。

白銀の髪は後ろでまとめられ、編み込みと共に幻の植物である月花草を模した髪飾り。

白と蒼を基調としたドレスで、繊細なレースのフリルが布の端や袖を飾っている。

背中を流れる豪華な縦ひだが華奢な背中を覆っている。

その反面、彼女が振り向くと胸元が大きく開いていて、彼女の白い肌が余計に艶《なま》めかしく感じる。

……色々と目に毒だと思う。

背中を見せていないからか、大きく開いていても上品さは失われていない絶妙なデザイン。

その胸元を飾るのは、ラピスラズリの上品な宝石。

夜の色は彼女自身の美しさをより強調しているし、派手すぎない、ささやかな小物も一つ一つが素晴らしい品であることが分かる。

それにしても、今日のレイラは、いつも以上に……。

実のところ、私は動揺していた。

そもそも彼女が会場へと姿を現した瞬間、空気が変わったのだ。静謐《せいひつ》な空気を纏い、優雅に歩く姿は遠くからでも分かる。

レイラに見惚れる者が多数で、ただただ彼らは見入っていた。一瞬時が止まった後、ざわめいたのを私も覚えている。

あの一瞬、レイラ＝ヴィヴィアンヌはその慎ましく優美な立ち居振る舞いだけで、この会場を掌握した。息を飲むほどの美しさに誰もが魅了された。

あの圧倒的なまでの存在感は、ますます王族に向いていると思うのだけれど、それを言ったらますます逃げられてしまいそうだった。

今はとにかく見守るだけにする。美しい姿を遠目から見ることが出来ただけでも、今日は来た甲斐《かい》があった。

まあ、魔術を使っているので、余すことなくその美しさを堪能しているのだけれど。

レイラは正体がバレていないと未だに思っているので、それなら律儀に付き合うことにしよう。

レイラの涙ぐましい努力が非常に可愛い。バレていないと思って何やら画策しているのを見る度に、頭をよしよしと撫でたくなる。ある程度は泳がせておかないと、警戒されるだろうし。

逃がす気など毛頭なかったが、ほんの少しでも勘付かれたら、彼女はどんな手を使っても逃げ出すだろうな。警戒心の強い小動物か何かのように。

彼女は表情を隠すのが上手いが、じっくり観察していれば彼女の小さな顔の変化が分かってくる。焦っているのをひた隠しにするレイラは正直言って可愛い。

私は遠目にレイラを観察しながら、適当に挨拶回りをして、適当に情報収集をして、適当に社交をこなしていた。それら全てをこなしながら、こっそりレイラに視線を移して、眺める。

やっぱり綺麗すぎる。何度眺めても結論は変わらない。

だけど、胸元の布が少々心もとないのでは？　と心配になったりもする。

それにレイラは笑顔を振り撒きすぎだ。勘違いする者も出てくるんじゃないかな。

彼女も挨拶回りの役割があるし、令嬢としての責任を果たしているんだろう。

むしろレイラは全く悪くないけど、良からぬ者に目を付けられたら？　と気が気でなくて。

リーリエ嬢とファーストダンスを踊る最中も、終始レイラの姿が脳内をチラつくせいで集中出来なかった。それはリーリエ嬢に対して失礼だと自らを戒《いまし》めるけれど、奥の方で他の男とダンスをするレイラのことが気になって仕方ない。

リーリエ嬢との会話に集中出来ないでいるうちに、ファーストダンスは終わった。

ダンスは完璧にこなしていたはずだが、正直記憶が曖昧だ。

護衛のリアムに、リーリエ嬢のことも見ているようにと頼んでおいて良かった。ここまで気がそぞろになるとは自分でも思わなかった。

距離を保っていてもこんなに平静になれないなら、あのレイラを目の前にしたら私はどうなってしまうんだろう。

抱き締めて腕の中に閉じ込めたくなるが、私にそんな権利はないし、ましてや他の男たちを牽制《けんせい》する権利もない。

私は彼女の恋人でも何でもなくて、友人だから。

愛の告白は、気になっている異性を意識させる一つの手段だが、それをするのは躊躇われた。

レイラはそれを望んでいないようだし、何より……まさか彼女があそこまで喜ぶとは。

私がレイラに「友人だ」と告げた瞬間、彼女は目に見えて喜んだ。彼女の周りにぽわぽわと浮かぶ花の幻覚が見えたほど。

そんな些細なことなのに、レイラは浮かれていたんだ。

恋人になりたいなら、……今までと違った関係になりたいなら、覚悟を持ってぶつからなければ何も始まらない。レイラが喜んでくれている今の関係性を壊す覚悟で。

問題は、私はその覚悟が出来ているけど、レイラの方はそれを望んでいないということ。

無理やり告白でもしてしまえば、本気で逃げられて余計に距離を取られるのは目に見えている。怯えさせたいわけじゃない。

どう見ても彼女の方に時間が必要だと分かるから、今のところ様子を見るだけに努めていた。

一定の距離を取り続けるレイラを見て苦笑する。

——前途多難だな、と。

「フェリクス殿下。どうされたのですか？　見る限り、いつもとご様子が……」

相変わらずの仏頂面で声をかけてくるのは、ハロルドだ。

傍目から見ても分からないくらいには取り繕いたかったが、今日はだいぶ動揺していたらしい。

「そんなに私の様子はおかしかったか？」

「殿下にしては珍しく上の空だな、と思いまして。ダンスも社交も完璧ですが、気もそぞろなのは見て分かります」

「やっぱり？」

王太子としての義務は果たしているし、実際するべきことはしているはずだが、傍目から見れば今日の私は様子がおかしいらしい。

「リーリエ嬢が拗《す》ねました」

「あー……」

やってしまったな、と思った。

「殿下。何か執務で厄介事を抱えているのですか？」

「まあ、厄介と言えば厄介ではあるけれど」

今日のレイラは綺麗すぎて、ある意味厄介だ。

ハロルドは頷いた。

「……なるほど。それならば、殿下のお気を煩わせないためにも、ユーリ殿下の加勢に行って参ります」

どうやら、機嫌を損ねたリーリエ嬢の相手をしてくれるらしい。私が何かを言う前に目の前から消えていた。

「早……」

今日の私は使い物にならない、な。もちろん、完全に気を抜いてはいないけれど。

それにしても、だ。

「あの男は、何者だ？」

誰にも聞こえないくらいの声で呟いた。

サンチェスター公爵家の跡取りになったブレインとかいう青年が、先ほどからレイラの隣にいるのである。

ファーストダンスをレイラと踊っていたことも気に食わないけれど、レイラが一段落ついてからも、彼がずっと隣に陣取っているのはなぜなのか。

周りの者たちに魔術を発動していることを気付かれるのも問題なので、いったん視力の強化を解除してから、ギリギリの魔力消費で今度は聴力だけを上げてみる。

どちらか一方だ。視力か、聴力か。両方底上げしていたら、さすがに周りに感知される。

目を細めながら耳を澄ませて、盗み聞きをする。我ながら何をやっているんだとも思う。

大した話は、していないようだけど。

それでも次第に焦燥感《しょうそうかん》が募っていく。

……私よりも仲良くないか？

こう、思ったことをポンポン言っているような。

どうやら、ブレインの二回目のダンスの申し込みは、レイラによってバッサリと断られているようだ。私の頭の隅《すみ》でもう一人の自分が「ざまを見ろ」と言っていた。

苛立ちのような感情が胸の内を占めていたが、レイラがハッキリと「遠慮します」と切って捨てているのを聞いて、すっとした。聴力強化を止めて、視力強化に戻した。

と、ブレインがちょうどこちらに振り向いて。

は？　今、目が合ったか？

彼がレイラに一言二言告げると、彼女は軽く頷いて自分の兄のところへと戻っていった。

実は気になってはいたんだよね。先ほどからレイラの兄であるメルヴィンが、ブレインのことを殺意の籠もった視線で見つめていたから。射殺してもおかしくないくらいの憎悪で。

メルヴィン＝ヴィヴィアンヌは妹を非常に溺愛していると、伝え聞いたことがあった。

とりあえず妹のことを褒めておけば機嫌が直るともっぱらの噂だった。

それで良いのだろうか。まあ、本人が幸せなら良いのか。

レイラが兄の元へと戻るのを見届けると、ブレイン＝サンチェスターは何を思ってか、こちらへ向かってずんずんと歩いてくる。

どういう状況だ？　いや、そもそもなぜこちらの視線に気付いた？　気配は十分に殺していたはず。並外れた察知能力でもあるのか？

「初めまして、殿下」

気付けば目の前に、ブレイン＝サンチェスターが立っていた。

突然話しかけてくるとは、ずいぶんと度胸が据わっている。

作法も何もかもすっ飛ばしたブレインは、にこやかに微笑むと。

『殿下の視線がうるさくて堪りません。ずっとレイラさんのことを見つめているの、俺が気付かないとでもお思いですか？』

頭の中に直接声をかけられている。念話だ。わざわざ、それを言いに来たのか？

『……気付いていたのか。だが、それは貴方には関係ないだろう』

私も念話で答えた。表面上では、私たち二人ともニコニコと人の良さそうな笑みを浮かべていた。

「こちらこそ初めまして。いずれ話してみようとは思っていたんだよ」

「そうでしたか。光栄ですね」

念話で言葉を交わしながら、同時に表向きの会話もこなす。

私以外にここまで魔術の扱いが上手い者がいるとは。私とブレインは、周囲に魔力の発動を気取られぬように最小限の魔力で魔術を完成させていた。

『関係大ありですよ。レイラさんは私の特別なんです。関係のない殿下が俺たちの間に首を突っ込んでくる方があり得ない。俺たちの邪魔はしないように。殿下にはその資格もない』

『何を言っている？　私はレイラの友人だ。彼女の身を案じることくらいは出来るだろう。貴方に牽制される謂《いわ》れはない』

こんな会話をしつつも、当たり障りのない会話も続けられている。

表向きの会話は、取り留めのない話題だ。

ブレインは、ふっと鼻で笑う。王族を相手に、わざわざ煽ってくるとは心臓に毛でも生えているのか。

『レイラさんの友人？　貴方が？　それこそあり得ませんよ』

友人と口にしたとたん、ブレインは私に敵意に似た感情を向けた。微笑みを湛《たた》えていたはずなのに、ブレインの瞳には確かな怒りが宿った。逆鱗に触れたらしく、彼の纏う空気が変わった。

酷く気分を害したのか、笑顔だが目は笑っていないという奇妙な表情だった。

『なぜ、そう言い切れるんだ』

念話で問いかければ、ブレインは私を一瞥《いちべつ》してから、今度は肉声で返答した。

「殿下には、レイラさんの全てを理解出来るはずがないのですから」

確信の満ちた声に、息を飲んだ。

ならば、この男には理解出来ているとでもいうのか？

「殿下。貴方にはレイラさんを支えることなど出来ない。いくら彼女を好きだとしても、貴方には彼女の絶望を受け止め抱き締めることなど出来ないのです」

私の気持ちは知られていた。彼女を恋しいと思っていることも。彼女の傍にいたいと思っていることも。

彼女を支えるつもりでいることも。

「彼女を本当に理解出来るのは俺だけです。決して貴方ではない」

それは、確かに宣戦布告だった。

俺が、初めてレイラ＝ヴィヴィアンヌと遭遇したのは、光の魔力の持ち主について探ろうと、アビスを連れて学園内に入り込んだ時だった。

受けていた命令は、リーリエ＝ジュエルムを取り込むための足がかりを作れというもの。

俺の主は、俺たちだけでは飽き足らず、光の魔力の持ち主も求めていた。

全て光の魔力の持ち主に押し付けてしまえば良いと最初は思っていた。

俺を含めた闇の魔力の持ち主たちにとっては、それが一番都合が良かったからだ。

ただ、真実を偶然、知ってしまってからは、どうでも良くなった。

もちろんそれを己の主に言うつもりはないが、前提条件がひっくり返るような真実だった。

だから、光の魔力の持ち主にそれほど、期待しなくても良いと知っていた。

リーリエ＝ジュエルムの周囲はガッチリと守りを固められていたし、リスクに見合う結果になるかと言えば……微妙だ。

光の精霊と契約していたとしても、恐らく……。

——だけど、精霊持ちだ。

精霊持ちという事実だけに興味があった。自分が交友を深める相手は、そういう相手が良い。

リーリエ＝ジュエルムが話を聞いてくれそうだったら積極的に取り込むことに決めたのは、

そんな動機。少々面倒だったが、わざわざ異界を通じて学園内に潜り込んだ。

誰にも気付かれない侵入のはずだった。俺の侵入に気付く者がいるとは露ほども思わなかった。

その時、駆けつけてきた女子生徒こそが、レイラ＝ヴィヴィアンヌ。伯爵家の令嬢で魔術師だった。

傍らにいるのは、こちらの界隈では有名な赤目のノエル。

彼らの魔術の行使を見て、骨がありそうだからついでに少し遊んでいこうかと思った。

俺は、物事を楽しいか、楽しくないかで捉えている。どうせなら暇潰しをしたかった。

楽しくもない命令ばかりに時間を消費するのは馬鹿馬鹿しいから。

現実逃避の果てにこのような考え方をするようになったのだと思う。馬鹿になってしまう方が楽だと気付いてからは、大体このスタンスだ。

基本的につまらないことばかりだったので、少し骨のある相手をからかうのは楽しかった。

だが、この日、俺は予想もしていなかった驚きに見舞われることになる。

こんなところに、闇の精霊？

珍しく表情を崩した自覚はあった。レイラの契約精霊のルナと呼ばれた黒狼を凝視《ぎょうし》した。

予想外のところで精霊と出会うとは。リーリエ＝ジュエルム以外にも精霊持ちがいた？

しかも、これは逸材だ。今は俺に及ばないものの、恐らく鍛えれば、強力な精霊使いになる見込みがある。

面白い。非常に面白い。口元が自然に綻《ほころ》んでいくのが自分でも分かった。

こちらの侵入を察知するほどの——俺の契約精霊であるアビスに匹敵するほどの精霊と契約をしているレイラ。

魔力が足りないなりに上手く消費を抑えて工夫している点も素晴らしい。

精霊が傍にいるということは、精霊に気に入られたということ。自分以外にあまり精霊持ちと出会わないこともあって、物凄く興味が湧いた。

精霊持ちが二人もいるとは。

それから銀髪の令嬢を見た瞬間、ある直感があった。

レイラの大人びた空気に、同族めいた何かを感じた。実年齢と乖離《かいり》した精神の持ち主だということはすぐに分かった。

アビスとルナという精霊の気質も似ているのだから、恐らく主の性質も似ている。

自分と似た魂の持ち主。おまけに精霊持ち。

新しい玩具を見つけた気がした。

光の魔力の持ち主はどうだか知らないが、レイラは色々な意味で気が合いそうだ。

リーリエ＝ジュエルムのことも探るけれど、レイラ＝ヴィヴィアンヌのことも知りたい。

ああ、今、決めた。

思わぬ拾い物をしたことに気を良くして、この日は撤退した。

次にレイラを見たのは、そう先のことではなかった。

地毛である紅色の髪を魔術で染めて、学園内に入り込んだ。

己のやることを果たしつつも、遠くから近くから噂から、レイラという人物を吟味した。

もはやこの時には趣味の域に入っていたのかもしれない。

優しく落ち着いた物腰で聡明な才女。女子生徒、男子生徒双方から一定の評価を得ている少女。

それだというのに、この違和感はなんだろう。

独特《どくとく》な空気を持つ美しい少女。だが取っつきにくいということはなく、彼女は様々な人間と話をし、交流している。

それなのに、不自然なほど、浮いた話がなかった。

いや、むしろ、どの生徒とも平等に接しているというのが正しいのか。

……言い換えれば、特定の誰かと深い関係を築くことを避けている？

違和感は他にもあった。眼鏡をしていても隠し切れない美貌の持ち主であることは一目瞭然なのに、彼女に言い寄る異性が少ないのはなぜかということ。

眼鏡の認識阻害魔法の効果もあるが、それだけではない。

特に男を遠ざけている？　しかも周囲に気付かれないように偶然を装いながら。

レイラの口調は、同じ年頃の女性というよりは、年上の――大人の教師のものに近く、落ち着いた物腰がそれを助長していた。

少なくとも令嬢らしい物言いではない。元々柔らかい声音だが、それをわざと落ち着けていて、どうやら声が少女らしく高くならないように気を付けている。

優雅な物腰は、王妃教育でもしたのではないかと疑ってもおかしくないくらいに完璧で付け入る隙がない。

彼女は高嶺の花すぎて近付けないという典型的な例を演出して魅せていた。

あれだ。マナー講師のような。……だけど時々、素が出る時があるな。

レイラは異性に気を持たせないように、細心の注意を払って気を付けているようだったが、彼女に惚れる者も案の定いる。

その場合の対処にも内心舌を巻いた。

一目惚れや恋慕の欠片を見つけると、本人が自覚する前に振り払うのだ。違和感を覚えさせることなく牽制する様は見事としか言いようがない。

言い寄ろうとした男子生徒が雰囲気を作ろうとした時も、さり気なく会話を切り上げていく。見事に会話を続けられないように会話を切っていく手腕は見事で。

ちなみに、女子生徒相手には、男子生徒を相手にするよりも、少し気安い態度になる。

女性の来訪を喜び、少しだけ態度を軟化させ、友人に気を許して見せるような態度をチラリと見せつつも媚びない態度を徹底することにより、彼女らのツボをどこか突いたらしい。

マスコット化の成功である。

つまり、誰に対応するとしても彼女は自らの性を意識させないように徹底していた。

純粋にすごいのは、悩み相談をしているのに、完全に一線を引いているところか。

多くの者と付かず離れずの距離を保ちつつ、それなりの評判を得ているという神業《かみわざ》。

それを意識的に行っていると同時に、どうやら。

人と関わりたいと思っているのに、それが出来ないという矛盾も抱えているようだ。

——知れば知るほど、面白い。

時折、生徒たちを羨望の目で眺めていることに本人は気付いているのだろうか？

踏み込んでこようとする者を相手にすると、レイラは様々な種類の怯えが入り混じった複雑な空気を纏う。

ちなみに、レイラを観察しながらリーリエ嬢のことも確認していたが、実際に彼女とその精霊を見ても興味を惹かれることはなく、すぐに興味を失った。

彼女に接触するのも面倒だったし、レイラを知ってからはどうでも良くなっていた。

……知れば知るほどレイラから目を離せなくなった。最初は面白そうという、それだけの動機だったはずなのに。

触れるのも、触れられるのも怖いのか。そのくせ、焦《こ》がれる。

ああ。とても覚えがある。

『我が主にそっくりな令嬢ですね』

「恐らく、彼女と俺は似たような境遇ですね」

そんな彼女を俺は見逃さない。

裏切られた者特有の怯え。羨望する者特有の焦がれる目。絶望を知る者特有の気配。

自覚していながらも、変わることの出来ないまま時を過ごしていくだろうという諦念《ていねん》の欠片。

俺とよく似ているが、全く同じではない少女。

彼女を思う存分観察して、思う。

俺以外に彼女に相応しい人間はいないだろう。俺以外に理解出来る人間など他にはいない。

レイラ＝ヴィヴィアンヌとクリムゾン＝カタストロフィはソウルメイトだ。

半身。伴侶。運命の相手。どんな言葉が正しいのかは分からない。

恋人。きょうだい。親友。どのような形であったとしても、レイラに相応しいのはこの俺だけ。

それだというのに。

『我が主。殺気立つのはほどほどに。魔力の気配が漏れ出ますので』

「アビス。分かっています」

周りとの間に一線を引くレイラだが、例外があった。

レイラが意識をしている相手は五人。

フェリクス＝オルコット＝クレアシオン。

ハロルド＝ダイアー。

ノエル＝フレイ。

ユーリ＝オルコット＝クレアシオン。

リーリエ＝ジュエルム。

この五人をなぜか、レイラは意識していた。

この中でも特にフェリクス＝オルコット＝クレアシオンという存在が厄介だ。

このクレアシオン王国の王太子で、リーリエ＝ジュエルムのお守りを務める青年。

この男は駄目だ。レイラの本心など知らないくせに、多くを知ったつもりでいる。

傲慢にも手のひらで転がしていると愚かな勘違いをしている男だ。

実際にレイラを翻弄しているのがなお気に食わない。彼女の素の表情を引き出す多くは、彼だった。

レイラに好かれているのか？

フェリクスがレイラに向けている感情は確かな恋慕。そして執着。

あの年齢で妙に達観《たっかん》した化け物のような男。

完璧で非の打ち所のない様は、綺麗すぎて妖しいほどで、何をどうしたらこのような男が生まれたのかと、本気で王家に対してある種の恐怖を覚える。

王家にとって都合の良い、絵に描いたような神童。

ただ、完璧な王太子もレイラを前にすると、人間味のようなものが窺えた。

そして、何が理由なのかは皆目見当がつかないが、レイラはフェリクスから逃げ続けているように見える。

それをフェリクスは承知であえて逃がしてあげて――。

やはり、気に食わない。レイラと何の関係もないはずの男のくせに。

少しずつ彼女を囲おうとしている。虎視眈々《こしたんたん》と獲物を狩ろうと画策している。

非常に目障りで、鬱陶しい。

レイラが心から嬉しそうに笑うのは、この男の前だという事実も、何もかも。

それからはフェリクス＝オルコット＝クレアシオンが目障りな存在になった。


だからヴィヴィアンヌ家の夜会の折、王太子と話す機会があった今、宣戦布告をしてやったのだ。

「彼女を本当に理解出来るのは俺だけです。決して貴方ではない」

そう口にしながら、俺のことを同胞と称した少女が頭の中でちらついていた。

この頃には、彼女の声や表情、態度、空気感。それらの何もかもが頭から離れなくなっていた。その感情に内心、苦笑しながら、挑むように目の前の王太子を嗤《わら》う。大人げないことは百も承知で——いや、この時の俺にとっては、大人の威厳など心底どうでも良かったのだろう。

フェリクスは、悔しがってこちらを睨み付けるだろうと思っていた。

同時に、焦がれる想いに身を焼かれ、叶わない想いに苦悩してしまえば良い。

だが、フェリクスは凪《な》いだ瞳でこちらを見据えると、真っ直ぐに念話ではなくて直接口に出してこう言った。

「お互いを理解し合った同士でなければ、共にいてはいけないのか？」

ああ、気分が悪い。

フェリクスの開き直った態度が腹に据えかねて仕方なかった。

この王太子のことを知れば知るほど、悪感情ばかりが募っていく。

……裏を返せば、この年下の王太子を、既にただの子どもだとは思えなくなっていたとも言えるだろう。これまでは人間味のなかった、王家が作り出した理想の王太子を。

最後は念話をもって会話が終了した。

『不愉快ですね』

『奇遇だね。私も不快な思いをしている』

それはこちらの台詞だ。

それから後は、この日はお互いに口を利かなかった。

第四章　波乱の王都案内

夜会が終わった次の日、いつものようにシンプルな衣と眼鏡を着用したところで、ようやく私は安心出来ていた。

半《なか》ば気を抜きながら朝食をいただき、食後のスムージーを口にして一服している中、隣にいたお兄様がこんなことを言い出した。

「昨日、ユーリ殿下とお話ししていたら、僕の魔術の技量や知識量を褒めてくださいまして。それを聞いていた周りの貴族たちが勧めてくるんですよ」

「何を勧めてくるんだ？」

お父様が尋ねると、お兄様は眉間の皺をトントンと叩く。

「この王都に滞在中のリーリエ様の護衛の任につかないかと」

「……!?」

思わず噎《む》せるところだった。

淑女としてまずいのですぐに取り繕いつつ、耳にした情報が衝撃的すぎて手が震えそうになった。

リーリエ様の周りに集まっていくゲームの攻略対象者。偶然なのだろうけれど、そんな些細な予感に戦慄する。

「ふむ。形だけでも見せておいた方が良いかもしれないな。我がヴィヴィアンヌ家の忠誠を。この度は新たな爵位もいただいたばかりだし、他家の勧めを無下に断るのも都合が悪い。勧められたという事実が王族の者の耳に入っている時点で、命を受ける前にこちらから行動すべきか」

「……まあ、表向きのポーズだけなら、リーリエ様の王都探索に同行するだけでも良いかもしれないですが」

不満げにしながらも、その任をやり遂げる気はあるらしいお兄様は、憂鬱そうに溜息をついた。

「幸い、フェリクス殿下がこちらに同情的なのが救いですね。こちらの面目を保てるように取り計らってくださったようです。一度だけの同行で済んだのが不幸中の幸いです」

「……メルヴィン。殿下が同情的だとか、不幸中の幸いとか、頼むから外では言わないでくれ」

「言いませんよ。面倒くさい。……父上、僕にそれを勧めてきた貴族一覧です。それから、直接的な接触はなくとも考えを同じくするであろう者たちもあぶり出しておきました」

お兄様独自の調査の結果である小さな紙切れを見たお父様は頭が痛そうだった。

「ヴィヴィアンヌ家の恩恵を受ける気か」

「どれも我が家と何かしらの縁が繋がっているようですからね。昔から付き合いのある貴族も多いですし」

「留意しておこう」

つまり、我が家と昔からそれなりに付き合いのある貴族たちは、我が家に王家とのさらなる繋がりを求めているらしい。話を聞く限り、大体そんなところか。

この部屋に張られた防音結界は、隅でチョコレートケーキをつついていた叔父様によって、いつの間にか、かけられていた。お兄様が口を開いた頃から防音されていたのだろう。

ご丁寧にも使用人たちに聞こえないよう、私たち親族が囲む広く長い食卓付近だけを覆っている。

と、そこで、共に席に着いていた叔父様が、何やら思い出したようでポツリと呟いた。

「さらなる王家との繋がりか……。そういえば、あのことを言うの忘れていましたね。まあ、良いか」

以前、陛下に召喚された件のことを言っているのだろう。記憶を読まれても本人は全く気にしていなくて、ある意味では度肝を抜かれたことを思い出す。

明らかにヤバい案件だが、叔父様は混乱を防ぐために、わざと口を噤んでいるのだろう……と信じたい。

むしろ、本当に忘れていたとか言わないわよね？　その可能性もあり得るのが……なんとも。

そこで話が終わったのを確認してから叔父様が魔術を解くと、お母様がお父様から紙切れを受け取り、「あら、まあ」と感嘆し、確認し終わってすぐに炎の魔術で燃やした。

レイチェルお母様は、侯爵夫人として屋敷の管理を担っていて、昔からお父様とは阿吽《あうん》の呼吸というのか、些細なやり取りで報告・連絡・相談を済ます。お兄様もそうだけど、私の家族は基本的に優秀なのよね。

お母様はこの後、親戚縁者たちとの社交にまつわる調整を行うんだと思う。

何かの紙片が燃やされたところで、ここでこの会話は終了して、さらに次の話題に移っていく。それも家族間の共有事項だったけれど。

ちびちびとスムージーを口にしながら、私は耳を傾けていた。

「サンチェスター公爵家との慈善事業だが、王家の使者が本日お見えになるから、昼頃は来賓室に近付かないように。あまり仰々しくしなくて良いとのご配慮もあってな。特別な挨拶は不要とのことだ」

公式事業みたいなものなので、王家も逐一確認しておきたいらしい。

「その使者は、信用出来るお方ですか？」

警戒心を抱くお兄様は、領地で色々と苦労していたのだろう。瞬く間に彼の瞳に宿る警戒に、お父様は確信を持って答えた。

「それはもう、一目見ただけで信用出来るお方だ。一時的に任を外れて来られるらしい。我が家の使用人たちは一流であるし、接待対応などの心配は特にしていないがな」

「……？」

誰がいらっしゃるか知らないけれど、邪魔はしないように庭園の方で大人しくしていよう。

いつの間にか隣にいたお兄様にほっぺをツンツンされながら私は首を傾げていた。

王家の使いって、誰だろう？

『この兄は、いちいち触れすぎなのだ』

今日もルナはお兄様を睨んでいた。ちなみに叔父様は、私の座る椅子の近くでお座りしていたルナを輝く視線で見つめていて。お母様にドン引きされていたのが印象的だった。

お母様にルナは見えていないので、端から見た叔父様は何もないところを凝視する危ない人に見えていたに違いない。


王家の使いと言うからには、それなりのお方がいらっしゃるだろうとは思っていた。

王家の馬車が到着してから、屋敷の中が騒がしくなったので、本当に重要人物が来訪したらしい。

あまり目立つのは問題なので、部屋着の簡易的なドレスに眼鏡姿のまま、庭園の木陰の下のベンチで、青い空を眺めていた。

それにしても夜会は大変だったなあ。

ルナに逐一報告してもらいながら、ひたすらフェリクス殿下を避ける。しかも社交をしつつ、周りに怪しまれないように振る舞うのは至難の業《わざ》だったが、なんとかやり遂げた。

もともと公の場で私たちが傍にいない方が良いと話していたこともあって、殿下もそれほど違和感を覚えたわけではないようだし。

その証拠にあれ以来、殿下からは何もない。言わなくても察してくれるところは本当にすごいと思う。

「それにしても、ルナ。どうして私の影に潜っているの？」

『いや、特に意味はない。なんとなくだ』

この屋敷の中でルナを見ることが出来るのは、私と叔父様だけだ。闇の魔力の持ち主は二人だけ。だから目撃される心配なんか全くないわけで。

「そう？」

変なの。ルナの『なんとなくだ』を私は特に気に留めず、叔父様の研究レポートを読んでいた。

例の『満月の狂気』とかいう新薬開発の経過資料である。とりあえず何通りかの調合を試したらしく、それをレポートにまとめたらしい。

冗談でも何でもなく、研究を始めている。それも本格的な。

叔父様は、これを本気で作る気だろうか。

「しかも、どの調合でも危ない薬よね。これを流通させるのは無理でしょう。認可されないかもしれないのに、叔父様はそれで良いのかしら？」

発狂はどうあっても避けられなさそうな雰囲気である。発狂する前提の薬って何なの。

『本人は嬉々としていたから、良いのではないか？』

影の中からルナが答えた。相変わらず、鼻だけ出しているのが可愛い。

まあ、ごもっともではある。叔父様にとっては、好奇心が赴《おもむ》くままに研究を重ねていたら、うっかり大発明をしてしまったという認識に過ぎないのだ。

趣味と実益を兼ねてしまっている理想的なパターンである。

「……そもそも、この薬を使う時なんて来るの？　その状況が想定出来ない……」

「備えあれば憂《うれ》いなしだよ」

柔らかな声が、すぐ隣から耳に届く。

「……そ、そうよね！　叔父様のおかしな研究も何かの役には立っ――」

ん？　私、今誰と会話した？

「彼が作ったものはいつも役に立ってきたよね。特に、人工魔石結晶は画期的だった」


隣になぜか、フェリクス殿下が座っていた。

思わず手に持っていたレポートの束をバサバサと落とした。

はい？

「ああ。これ落ちたよ」

「ありがとうございます？」

さっと集めて拾ってくれたそれを呆然として受け取った。

「出力の問題はあるけれど、使える魔術が増えて、魔術界の常識が大きく変わったのは、物凄い功績だよ。私は貴女の叔父上を尊敬してる」

フェリクス殿下だ。幻とかでもなく。

「夜会ぶりだね、レイラ。と言っても、私はすれ違って会えなかったのだけど」

状況を理解出来ないながらも、ふとお父様の仰っていたことに思い至る。

「王家の使者の方⁉」

「そう。父上――陛下からのね。一目で分かってかつ信用出来る使者だと思わない？」

悪戯に成功したみたいに微笑む殿下の装いは正装で、王族らしい質の良いマントを肩から羽織っていた。

思わず見惚れそうになったけど、私はサッと居住まいを正す。色々な羞恥心を誤魔化《ごまか》すためにも。

「大変な失礼を。殿下におかれましてはご機嫌麗しく――」

「堅苦しくしなくて良い。むしろ、敬語を取っ払って、私のことは名前で呼んでくれても構わないのに」

「それはさすがに……」

「せっかく友人なんだし」

「無理です」

このお方は何を仰るのか。そんなの心臓がいくつあっても足りない……！

「どうしても？」

「無理です！」

顔を青ざめさせながら必死で言い募る私と、何やら不満そうな殿下。

睨み合っていた私たちだけれど、ふっと殿下が笑うことで膠着《こうちゃく》状態は解けた。

「敬語を取っ払うのはさすがに無理か。ならせめて、水鏡通話の時とかこうして二人の時だけは、殿下はなしにして欲しいな。友人同士ということだし、ね？」

「……それなら、まだ……」

ずいぶんと難易度が下がって、ほっとした。タメ語で名前呼びよりは全然マシである。

二人きりの時なら、たぶん問題もないだろうし。

「レイラ、私の名前を呼んで」

「…………フェリクス様」

「ん……もう一回」

「フェリクス様……」

私が名前を小さな声で呟いているだけなのに、彼はどうしてそんなにも嬉しそうで、ご機嫌なんだろう？　そこまで特別なことなのだろうか。あまり実感が湧かない。

『ご主人……。典型的な交渉術に引っ掛か――、まあいまさらか』

ルナが時折、ぼそぼそと何かを呟きかけたが、これ以上は何か言うのを諦めたらしい。

「……殿――フェリクス様」

間違えそうになっただけなのに、圧のある笑顔を向けられて慌てて訂正する。

「何かな？」

「兄のメルヴィンがリーリエ様の護衛の任を受けたというお話の件で……手を回してくださったと父に聞きました。お気遣いに感謝を申し上げます」

殿下のおかげで、お兄様は一度だけ顔を出せば良いことになったのだ。

「ああ。これ以上ゾロゾロ集団になっても無駄が多いし、何よりヴィヴィアンヌ家に迷惑をかけたくない。メルヴィン殿は、今まで通り領地経営に邁進して欲しいからね。さすがにリーリエ嬢の滞在中ずっと拘束するのは、ね」

てっきりお兄様までも、リーリエ様の元へ集うのかと戦々恐々としていたので、ほっとしている。出来ればシナリオに沿っていない方が、私も安心する。

「兄も安心しておりました。ご迷惑をおかけしてしまったのは大変申し訳ないことですが……」

「既得権益を求める貴族たちが余計なことを言っただけで、貴方たちは完全な被害者だ。むしろ、面倒なことに巻き込みそうになってごめんね」

広々とした庭園の薔薇を眺めていた殿下は、こちらを振り向いた。

酷く大人びた表情のフェリクス殿下に見惚れていたら、彼は私の方へ、すっと手を伸ばした。

「……！」

思わず身を引きそうになるのを堪えてじっとしていたら、髪に優しく指先が触れ、何かを摘んだ。

「花びらが付いていたよ。どこからか飛んできたんだろう」

「あ、ありがとうございます」

私、自意識過剰すぎる……。何かされるかもとか思って身構えようとするなんて、殿下にも失礼だし、何より……。

恥ずかしすぎる!!

わずかに頬を染めている私をどう思ったか、殿下は小さく笑みを零すと、花びらを摘んでいた指をそっと開いた。

風に攫《さら》われていく花びらを目で追っていると、ふと真剣味を帯びた声が私の名を呼んだ。

「レイラ」

恥ずかしがっている場合ではなさそうだと思い至り、私もすぐに切り替えて居住まいを正した。

「はい。どうなされましたか?」

「貴女に聞きたいことがあるんだ」

改まってなんだろう?

「――なんなりと」

フェリクス殿下は苦々しげに顔を歪めて、私の手をおもむろに下から掬《すく》い取った。

え?

「ブレイン＝サンチェスター公爵令息とは、いつ知り合った？」

「はい？　ブレイン、様ですか？」

一瞬誰のことを聞かれたのか、分からなかった。

ブレインとは、クリムゾンが表向きに使っているという名前だ。本人は貴族としての名前と言っていたから、恐らく本名ではないのかもしれない。

私の中では、彼をクリムゾン＝カタストロフィと認識していたため、とっさに名前と顔が一致しなくて、きょとんとしてしまった。

「彼との関係について聞きたい」

その瞬間、掬い取られた手の意味を理解した。

質問に答えさせるため、決して逃げないようにと、いつでも手を捕まえることが出来るのだという圧力。

殿下は、私が手を振り払えないことを分かってやっているのね。

聞きたいことを聞くまでは逃がさないという意思表示。手を下から掬われ、指先を軽く握り込まれている。

……なんて答えたら良いのだろうかと一瞬迷う。

『ご主人。あの男の正体が件の侵入者だということはとりあえず伏せておけ。あの男が敵か味方か分からない以上、刺激を与えないでおく方が賢明だろう』

確かに殿下に打ち明けてしまえば、クリムゾンがどう行動するか分からない。

言う言わないを決めるのは、この場でなくても良いのでは？

とりあえず嘘は言わないでこの場を乗り切るのだ。

「ブレイン様とお会いしたのは、夜会の日、皆様がお集まりになる前です。早めのご挨拶にいらしたのです」

「あの時が初めて？」

「ブレイン様と会うのは、初めてです」

例の、嘘は言っていないぞ作戦である。ブレインとしての彼と顔を合わせたのは、確かにあの時が初めてだったのだから。

「少々お話しさせていただいたところ、なかなか愉快な方でして、仲良くさせてもらいました」

色々な意味で。

「へぇ」

「家同士のお付き合いですから。だから彼とは初対面ですよ」

「そう」

あれ？　だんだん機嫌が悪くなってきたような？

むしろ何を答えれば正解だったの、この場合は。

「初対面、ね。初対面だというのに、あの男は一体どういうつもりなのか」

「殿下？」

「呼び方が戻っている」

「あっ、はい」

このお方はあまり表情を出すお方ではないけれど、ここ数か月間見てきた分、多少は分かることもある。

とりあえず確実に言えること。恐らく今、とても機嫌が悪い。

私、何を間違えたの⁉

「家同士のお付き合いなら、ダンスが終わった後、片時も離れず傍に侍るのも普通だと？　婚約者でもないのに？」

「たまたまですよ」

目には見えない圧のようなものを感じて、私は少し身震いした。

「たまたま、ね。これは私の勘みたいなものなんだけど、何か妙な事件に巻き込まれたりしていないよね？」

ギクリ。

『王太子は鋭いな』

ルナはもはや驚くことを止めたらしい。ルナの声には、まあ当然かと言わんばかりのニュアンスがあった。

「初対面であそこまで馴れ馴れしいなんて、ブレインという男、貴女に何か思うところがありそうだ。……あまり追及するのもしつこいだろうし、これ以上は細かいことを聞くつもりはないよ。……でも、レイラ」

するりと手を離すと、フェリクス殿下は私の頤《おとがい》を掴んで上向けて私と真っ直ぐ視線を合わせた。目を逸らすなと言われている気がした。

縮められた距離に、びくりと身体が揺れた。

近い……！

赤面しそうになったけれど、深刻そうな彼の顔を見たら、それどころではなくなった。

空気がピリピリとするような錯覚。今、殿下は私に何か大切なことを伝えようとしている。

何を言われるのか見当もつかなかったけれど……。

「もしも何かあったのなら、クレアシオン王国の王太子――フェリクス＝オルコット＝クレアシオンの名を出せば良い」

「フェリクス様、もしかして」

私は侯爵家の令嬢。ブレイン――クリムゾンは公爵家の令息。

要するに、身分を笠に何か意に沿わないことをされているなら、頼れということだ。

殿下自ら私に約束してくださるとは思わなかった。

「心配、してくださったのですね」

「個人的に思うことは色々あるけど、最優先事項はレイラの安全だ。サンチェスター家に一応悪い噂はないようだけど、貴女の尊厳は守られるべきものだから」

顎の下を優しく指先でくすぐるように撫でた後、彼は私から身を離した。

「レイラは、私にとって大切な人だ。貴女の事情を全て知っているわけではないけれど、それでも寄り添うことくらいはしたいと思ってる」

彼に隠し事をいくつもしている私は、なんて不誠実なのだろう。

そんな秘密の香りを嗅ぎとってもなお、フェリクス殿下は私を友人として扱ってくれている。

「フェリクス様。これからも貴方の友人として相応しい人間になるためにも精進いたします。どうかよろしくお願いいたします」

「……友人として、ね。うん」

誰かを信じることも、誰かと親しくなることも相変わらず恐ろしいことだし、私の正体を明かすことも出来ていないけれど、でも。

自らの問題に目を背けず、諦めずに抗い続ければ、少しはフェリクス殿下の友人として相応しくなれる気がする。

人間不信で自分不信。自らの業。それでも、せめて今の私が出来ることを、と思う。

「フェリクス様。私を友人と仰ってくださって、ありがとうございます」

私は幸せ者だ。尊敬出来る友人がいるのだ。それに好きな人にある程度信用してもらえている。

「友人……うん。私とレイラは友人だ」

「はい！」

友人という言葉はいつ聞いても嬉しくて、私は自然に笑みを零していた。

このままの関係性で満足していた。

しばらくニコニコと笑っていたフェリクス殿下は、しばらくしてなぜか頭を抱えた。

『ご主人……そなた。繊細な男心を……。案外と残酷だな……。いや、何でもないぞ』

最近、ルナはよく分からないことを言うことが多いと思った。


そして、フェリクス殿下の訪問から数日後。私はなぜか、……本当になぜか分からないけれど、リーリエ様一行の王都案内について行くことになっていた。私の与り知らぬうちに、気が付けば成り行きでそういうことになっていたとも言う。

シナリオ補正？　それとも厄介事を引き寄せる体質か何かなのだろうか？

「レイラを屋敷に置いていくなんてあり得ない。ブレイン＝サンチェスター殿がレイラを訪ねてきたらどうするんだ」

今のところは、どうもしないと思います。

彼の目的が見えない限り何も出来ないけれど、少なくとも今のところは何かをするつもりはなさそうだ。

「だから！　リーリエ嬢の護衛には、君を連れていくよ！　レイラ！」

『この兄、早くなんとかした方が良いのではないか？』

ルナは冷たい声でぼそりと言った。

「学園は通常、関係者以外は立ち入り禁止だからね。あのブレインとかいう男が来ることもないだろうけど、今は休み。レイラを守るように軟禁したところで向こうは公爵家。手も足も出ない。それにおそらく、奴は今日来る。なぜなら、僕の今日の予定はそれなりに有名だからね」

『今、軟禁とか言わなかったか?』

ルナはあえて触れずにいた単語をわざわざ拾い上げた。

軟禁……。たぶん私を閉じ込めても意味はないと思います、お兄様。なかなか言いにくいけれど、クリムゾンは、どこにいても来たい時に来るような人だと思いますので。

そう。精霊を駆使して異界の通り道を通って。

「レイラ。護衛といっても、ただリーリエ様の後ろからダラダラ付いていけば良いんだ。ほとんど名目上のことだし、元は王家との繋がりを求める貴族の陰謀だし」

これもシナリオ補正?　いや、私が付いていくエピソードなんてなかったと思う。

それにしても、なぜ、レイラとヒロインが仲良くするルートが一つもないのだろう……?

世に出た他の乙女ゲームの中には、ヒロインと和解する悪役令嬢も何人かいたはずなのに。

まあ、そういうわけの分からない理由で私は連れ出され、わけの分からないまま、引っ張られて、わけの分からないまま、リーリエ様の前に引き摺り出された。

格好はシンプルなワンピースといつもの眼鏡姿である。

学園の私から白衣をそのまま取り去ったような風貌なので、他のメンバーも一目で私だと分かっただろう。

馬車から出てきた瞬間、私の目が死んでいたとノエル様に聞いた。フェリクス殿下とハロルド様は、同情するような目で見ているし、ユーリ殿下に至っては「そんなこともあるさ」と慰めてくれた。

肝心のリーリエ様は私を見て、きょとんと目を瞬かせ。

「よろしくね、レイラさん」

何事もなかったように笑っていた。色々あったけれど、彼女の中ではなかったことになったらしい。怯えられたらどうしようと思っていた。緊張されるよりは、やりやすいから良かったけど少し拍子抜けしてしまった。

根に持つこともないし、基本的には素直な子なんだよね。

そして、お兄様はリーリエ様の前で挨拶をしていた。この二人が顔を合わせたら、どうなるのだろうと少し気になっていたけれど。

「君がリーリエ嬢だね。よろしくお願いします」

『詐欺だな。普段は粘着質な笑顔を浮かべるくせに』

人好きのする爽やかな笑みを浮かべるお兄様をこっそり見ていたルナは、そう切り捨てた。いつものことだけど、お兄様に辛辣すぎる精霊である。

そして……。

「ところで、なぜレイラさんと手を繋いでいるんですか？」

リーリエ様は首を傾げてお兄様に問いかけた。

誰しも聞きたかったけれど、誰も聞けずにいたそれをサラリと聞ける純粋さ。そこに私は痺れる、憧れる。誰しも深淵を覗きたくはないものね。というか、そんなのむしろ私が聞きたい。

リーリエ様の質問にお兄様は、当然と言わんばかりに答える。

「それはね、この子が僕の妹だからだよ」

「仲が良いんですね！　でも妹だからっていう理由だけで手を繋ぐんですか？」

答えになっていない答えにリーリエ様は不思議そうに首を傾げた。

いや、この場にいる皆も内心では、そうだったかもしれない。

「それはね、妹に近付く悪い虫から守るためさ」

「なるほど！」

リーリエ様、納得しないでください。どう考えてもおかしいと思います。

そんなことしていたら、お兄様の方が結婚出来なくなりそうで心配である。

「僕の妹は女神ですから」

「…………」

『頭は平気か、この兄』

もはやルナは罵詈雑言《ばりぞうごん》を吐いていた。

堂々としたシスコン発言に、誰も何も言えなくなっているし、この妙な空気をどうにかして欲しい。皆、私に向ける視線が同情心に溢れているし、居た堪れない。

どうするの。この空気。唯一リーリエ様だけが不思議そうに目を瞬かせている。

身内のことながら、あまりにもあんまりな兄の発言に、私が羞恥心で縮こまっていると、この微妙すぎる空気を打破しようと立ち上がる勇者がいた。

「メルヴィン殿が、妹を大切にしている話は有名だからね。仲が良さそうで何よりだよ」

何事もなく会話を続けてくれた神は、フェリクス殿下だった。

仲が良いという程度で済ましてくれたのもありがたい！　兄のドン引き発言を軽くスルーして普通に会話を続けてくれるところなんて、もはや神！

「殿下……。僕と妹のことをそのように仰ってくださったのは、貴方だけです……」

『普通はドン引きして終わるからな』

幸か不幸か、ルナの容赦のない一言は、私以外には誰にも聞こえない。

確かにルナの言う通り。兄のシスコン発言を耳にした人たちは大抵、その後は何を言ったら良いのか分からずに困惑して顔を引き攣らせるのだ。

フェリクス殿下はお兄様から会話を引き出すためか、心なしか気遣うような顔をして問いかけた。

「恐らく、メルヴィン殿は何か心配事でもあるのだろう？」

「そうなのですよ!!　フェリクス殿下。最近、サンチェスター公爵家の跡取りがうちのレイラに馴れ馴れしいので兄として心配で、心配で」

「ああ、なんとなくだけど分かるよ。メルヴィン殿は妹さんに無理な結婚を強いたくない。それに相手は公爵家。逆らうことも出来ないだろうから色々と苦労されているようだね」

流れるようにスラスラと口から出てくる、フェリクス殿下の共感の台詞に内心、舌を巻いた。

「得体も知れず、どこの馬の骨とも分からない男など近付けたくないのですよ、殿下」

いやいや、公爵家令息だから得体は知れてるでしょう！　と内心突っ込みを入れる。

フェリクス殿下は、相槌を打ちながらお兄様に付き合ってくれている。

「メルヴィン殿にとって、大切な妹なのだろう？　過保護になってしまうのも頷ける。彼女も、貴方のように妹思いな兄がいるなら安心だろう」

『いもうとおもい』

未知の単語を聞いたと言わんばかりにルナが、棒読みでその単語を復唱した。

……まあ、言いたいことは分かる。我が兄ながら、これをただの妹思いと表して良いものなのか。

そんな私たちをよそに、フェリクス殿下は気遣うような口調で続けた。

「……事業のこともあるし、揉めたくはないのも分かる。こちらとしても揉めてもらっては困るし、サンチェスター公爵令息のことは私もよく見ておくよ」

「殿下！」

お兄様は感激したように目を輝かせている。

『何の茶番だ、この会話は』

ルナの声は呆れているし、周囲も「うわあ……」というような顔つきである。

「まあ、私が出来ることは、学園でサンチェスター公爵令息が押しかけてきた時に追い返すことと、時折彼女の様子を見にいくことくらいかな。あまり王家が介入することも出来ないから、ささやかなものになるけど」

「殿下！　ありがとうございます！　公爵家に対抗出来るのは、王家だけですから！　でも、そのようなお手間を……」

「ああ。問題ない。彼女の叔父を通して、ヴィヴィアンヌ侯爵に連絡も出来るからね」

もう、何が何やら……。

ええと、この会話の内容的に、学園にいる時は、殿下が医務室に来てくれることもあるということ？

どのような理由だとしても、医務室で会える機会があるのなら、嬉しいことだ。一目会って、すれ違うことくらいは出来るということなのだから。

『私は時折、この王太子が末恐ろしいと思う時がある。……あの兄を……あのシスコン末期な兄の警戒網を潜り抜けるとは』

ルナは諦観と驚愕の混じった声で呟いていた。

確かに、シスコン状態真っ只中のお兄様と普通に会話をしている時点で凄い。

先ほどから痛いほど握り締められていた手が少し緩くなったことに感謝しつつ、こうして王都散策は、お兄様のシスコン状態から始まったのである。

ちなみにこの話が終わるまで、ユーリ殿下がリーリエ様に王都観光ガイドブックを渡していたので、リーリエ様はそれに夢中になっていたようだ。

後の皆は、お兄様とフェリクス殿下の会話の様子を「なんだこの会話は。ヤバい」とでも言いたげな顔で眺めていた。

確かに色んな意味で衝撃的な光景ではあったと思う。

シスコンすぎて発言と顔がドン引きレベルの兄と、見事にアレな感じの相手と会話を続ける手腕を持つ殿下。

お兄様の目がイっていたり、急にギラギラと輝いたりと、落差がありすぎて怖かったのは私だけではないはずだ。軽くホラーだった。


王都案内……といっても、リーリエ様にはこの辺りの観光案内をしただけで、特に何か特別な意味があるわけではなかった。

遺跡、大聖堂、時計塔、有名な自然公園、王家が保護している珍しい生き物が見られる動物園のような施設、植物園、美術館、高名な魔術師のアトリエなどといった有名な場所の中から、彼女の行きたいところをピックアップするというのだから、至れり尽くせりだ。

大方、リーリエ様に観光案内をしてこのクレアシオン王国に愛着を持ってもらおうという思惑なのだろう。他国に出ていかれないように、少しでも出来ることはしておくつもりなのかもしれない。

彼女には光の精霊が付いているから、魔力封じの陣や魔力封じの枷《かせ》を施さない限り、容易に逃げ出すことが出来る。

「これ、僕たち必要あったの？　リーリエ嬢はフェリクス殿下がいれば満足そうに見える」

お兄様は、「……この案内さえなければ、レイラと二人きりなのに……」とぼやきながら、目からハイライトを消していて普通におっかない。だけどそれは、ごもっともすぎて私も何も言えない。私たちがいなくても、確かに問題なさそうだから。

「私はどんな形とはいえ、お兄様と外出出来るのが嬉しいですよ？」

また手を繋がれないように、さり気なく後ろに手を回しながら、上目遣いで言ってみる。

……うわあ。自分で言っておいてなんだけど、あざとい。嫌すぎる。

我ながら気持ち悪いと思いつつも、これがお兄様に有効なのだから仕方ない。

本来の私はそういう、あざとい仕草が好きではない。他の人がやるのはともかく、私がやるのは駄目だ。鳥肌が立つ。ついでに私のメンタルもやられる。

『少しの辛抱だ、ご主人。私は応援しているぞ』

ルナの声に同情の色が含まれているのが辛い。精霊から見ても可哀想な状況になっているのだろうか？

「護衛も形骸化《けいがいか》しているよな」

ノエル様は、少し先を歩いているフェリクス殿下とリーリエ様を見つめながら呟いた。

フェリクス殿下の腕に自らの手を添えているリーリエ様を見て、心の奥底がもにょもにょしているのを無視したくて、ノエル様の方へ顔を向けた。

「形骸化……ですか」

ああ……とノエル様は頷きながら語っていく。

「元々は、あの女が貴族社会へ入り込めるようにと集められたのが僕たちだった。光の魔力の持ち主といっても元は平民。身分差の問題で虐げられることなどあってはならないと、学園内にも影響力を持つ面子が選ばれた。それが僕たちだ」

生徒たちへの発言力を持つ生徒たちは学園外でもそれなりに影響力を持っていたらしい。

フェリクス殿下とユーリ殿下は言わずもがな、ハロルド様はフェリクス殿下に仕える者としての将来が決まっているし、実家は有力な貴族。

ノエル様の場合、元々魔術師として有名であることに加えて、自ら作った薬を取引しているため独自のルートを持っている。貴族としての力は持っていないが、魔術師界隈では名の知れた魔術師であり、魔術師たちの特別な会合では顔パスで通れることもあるらしい。

そんな彼らが周りにいることによって、光の魔力の持ち主の重要性は必然的に周りへと広がっていき、リーリエ様は穏便に貴族社会へと捩じ込まれる予定だったらしい。

つまり、彼らが傍にいることにより、彼らと縁のある貴族たちがリーリエ様と交流するきっかけを作れる。

光の魔力の持ち主が周りにどう捉えられるか予想出来なかったため、念には念を入れた結果、こうなったとか。

女性を起用すれば良かったのだけれど、学園中に影響力のある女性は、少し思いつかない。

確かに、影響力のある男性陣と肩を並べるのも、きっと負担だろう……。

シナリオ補正かと思っていたけど、それなりに理由があったのね。それでも、こんな無茶苦茶な案が通るとは思わなかったけど。ユーリ殿下はさらにこう続けた。

「本人の自覚が足りていなかったせいで、あの子は学園から完全に浮いてしまったんだよね。せめて、お茶会とかサロンとか社交をそれなりにこなしてくれたらね。最初の頃はまさかそこまで世間知らずとは思っていなくて、お茶会はなるべく参加してねって言っただけなんだよ。もっと最初にしつこく言い聞かせとくんだった……。そうすれば兄上だって、大変じゃなかっただろうに」

ユーリ殿下はこめかみを押さえながら溜息をついている。日頃の心労が祟っているようで、もはや愚痴《ぐち》だ。敬愛する自分の兄に関わることだから、彼がそうなるのも分かる。

それに続いてノエル様も毒づいた。

「もっとあの女は、最初の頃に痛い目に遭っておけば良かったんだ。貴族社会にもっと揉まれれば良かった。ショック療法というものがあるだろう？」

ゲームでは、フェリクス殿下の婚約者のレイラがいたし、ある意味彼女の存在がヒロインを成長させたのかもしれない。

問題にはならない程度に、痛い目に遭えるし、ライバル役の令嬢がすぐ近くにいることでヒロインは、貴族社会での令嬢の振る舞いを見て学ぶことが出来たのだから。

つまりは、私のせい……なのかもしれない。フェリクス殿下があんなに疲労しているのも、全部。

でも私は、どうしても死にたくなかったから、シナリオをぶち壊した。

思わず俯いていれば、ノエル様を宥めるでもなく、同意する声が。

「分かるよ。君の気持ちはなんとなく。苛立つのも、分かる」

聞こえてきた諦念の声に私はそっと顔を上げる。

ノエル様の過激な発言にユーリ殿下は、力なく首を振っているところだった。

そして、それを見たハロルド様が、今度はノエル様の肩を叩いて宥めた。

「ノエル。滅多なことを言うものじゃない。それはそれでフェリクス殿下に負担がかかるだろう」

リーリエ様の身に何かあったら、一番立場が上のフェリクス殿下が責任を問われることになる。

「そうだよ。ハロルド君の言う通りだ。兄上はただでさえ執務を抱えているのに！」

恐らくフェリクス殿下は、努力を努力と思わないタイプ——大丈夫ではなくても大丈夫と言ってしまい、最終的には大丈夫にしてしまう。それを可能にするほどの能力を持っているお方だ。ユーリ殿下がそれを歯がゆく、自らの力が及ばないことを申し訳なく思っているのが私にも伝わってくる。

「とにかく、あの女が学園内で浮いてしまった時点で僕たちは無意味だ。ただの形だけの集団。この護衛も、学園内での何もかもが無駄になってしまった。かといっていまさら、距離を置き始めるのも外聞が……。なぜ、よりにもよって、この僕が外聞などということを気にしなければいけないんだ……」

ブツブツと呟いているノエル様を見て、お兄様がポツリと私に囁いた。

「なんだか皆、若いのに大変そうだね。ああ、それにしてもレイラの憂い顔は可愛い」

『この男、もはやご主人なら何でも良いのではないか？』

それはそれで怖いんですが。

思わずお兄様をチラリと見上げれば、幸せそうなお兄様の顔が間近にあって。

「キスして良い？」

「え？」

まともな反応をする前に、お兄様の唇がこめかみに優しく触れた。

今、そういう場面だった!?　脈絡《みゃくらく》がなさすぎる！

『変態だ……』

ルナはお兄様が何をしても変態だと言っている。

まあ、居た堪れないのは確か。皆さり気なく目を逸らしているし。

お兄様はご機嫌そうに鼻歌を歌っているし。

もう嫌だ、この空間。

『ん？』

影の中に潜っていたルナが何かに反応した。

『ご主人。怪しい気配がするぞ。以前の魔獣のような。ただ緊急性はない。大方、魔法陣を作成中といったところか』

「……⁉」

私は、思わず上げそうになった悲鳴を押し殺した。ぎゅっと手を握り締める。

この世界で起こる出来事がシナリオ通りではないことは知っている。クリムゾンが何かをしていたとしても、既にゲームの世界での出来事と違う部分も多いだろう。

つまり何が起こるか、未知数。

リーリエ様もいるし、ここは私がさり気なく様子を見に行って、陣を壊すことだけでもした方が良いかもしれない。敵と顔を合わせるのは避けて……。

今、この異常に気付いているのは私だけ。なるべくパニックにならないように、こっそりと対処した後に、皆に情報を伝えて……。

とここまで考えた時に、前方から声が上がった。

「皆さん、私の精霊が言ってる！　禍々《まがまが》しい気配が近くにあるって！」

ああ。そうだった。おかしな気配を察知出来るのは、私だけではないのだ。

リーリエ様も光の精霊と契約していたのだから。

思えば最初から失策だったのだと思う。

光の魔力の持ち主を、私たち側――王家側へと引き込むことには成功したけれど、当初の予定とはずいぶんと違っていた。

リーリエ嬢は思ったように動いてくれなかった。

リーリエ嬢と懇意にするのも入学から数週間の予定だった。それなりに王家からも恩を売っておこうと思っただけ。

こちらから与えたきっかけをしっかりと活用してもらい、リーリエ嬢本人に自らの居場所を見つけてもらうつもりだった。

その後は何かしらの理由をつけて自然に距離を置いていき、皆付かず離れずの距離を保つ予定でいた。

私の誤算は、リーリエ嬢が思っていたよりも私に依存したこと。リーリエ嬢の周りに他の女性がいなかったことも大いに問題だった。

リーリエ嬢が公爵家の令嬢と懇意に出来れば一番良かったが、この国の公爵家はギスギスしているため、全幅の信頼には至らず、父上から直々の命令は下せなかったらしい。

――理解は出来るけど、なんだかなあ。

数えていけば理由はいくつでも思いついたが、なぜ、王太子が護衛をするなどという滅茶苦茶な案が通り、こんな滅茶苦茶なことになっているのか本当に分からない。

実は父上が血迷ったのではないかと私は疑っている。

国内全土の管理に時間を費やされ、父上はリーリエ嬢関連のことを王太子である私にほぼ丸投げ。

各々が業務のために駆けずり回っていることは既に知っているが、それでも文句の一つや二つくらい言いたくもなった。

魔術師の国だけあって、皆、光の魔術師が好きすぎる。

それに休暇中もリーリエ嬢の顔を眺めることになるとは、と少し頭痛がする。

最近、リーリエ嬢の顔を見るだけで胃が痛くなってくるのだが、これは酷いだろうか？

うん。普通に失礼だな、と私は少し反省した。上手くいかないからと、そういうことを思ってはいけない。王太子である私に邪険《じゃけん》にされたら、リーリエ嬢の評判が落ちてしまう。

私の振る舞い一つが他人の人生を左右することになるのだから、せめて表向きだけでも取り繕わないと。

以前、胃痛薬を頼もうとして少し悲しくなった。

リーリエ嬢の観光案内を務めながら、私は、何をしても全てが無意味になるのでは？　などと後ろ向きなことをつらつらと考えていた。

もう何も考えたくない。

もう光の魔術師とかどうでも良い。もう疲れた。

「フェリクス様、フェリクス様は休日に遊びにいったりするの？」

残念ながら、最近の私に休日はない。

「最近は、遊びで外に出ることはないかな」

「それなら今日は久しぶりに遊べるね」

残念ながら、私にとって今日は遊びではない。これは仕事だ。

ちらりと後ろを振り返ると、自分の兄に引き摺り込まれたらしいレイラの談笑している姿が目に入る。

——もしも叶うなら、休日には彼女と……。

などと甘い夢想をしたところで、彼女の兄の姿が目に入る。レイラと同じ色合いの銀髪と紫の瞳を持つ整った顔立ちの男性。

二人は一見すれば仲の良い兄妹なのだけれど……。

兄のメルヴィンはレイラの隣を陣取り、妹の姿を時折恍惚《こうこつ》として眺めていた。

うん。正真正銘の妹狂いだ……。

この世の全てと天秤にかけるくらい、妹を愛しているのだろうな。恐らく。

アレは妹のためなら、どんな大罪をも犯すタイプの人間だ。狂気を理性で押さえ付けているが、恐らく妹に何かあれば暴走する。

レイラはさしずめ、繋ぎ止めるための楔《くさび》か何かのようだ。レイラの目は死んでいるけど。

レイラは虚ろな目で現実逃避をしていたが、彼女の美貌は、虚無顔でさえも精巧な美しい人形のように魅せる。

隣のメルヴィンは、そんなレイラだけを眺めていた。

レイラを手に入れるなら、あの兄が鍵、かな。

彼はレイラを手に入れるための障害と同時に、こちらに引き入れてしまえば、強大な切り札にもなるだろう。

とりあえず今日、学園でレイラと堂々と交流する権利は得た。

サンチェスター公爵令息対策と事業の件を強調し、『王家として』を強調しておいたからか、無事、警戒されずに済んだ。

レイラの名を呼ばずに『彼女』『妹さん』などと呼んだことも幸いした。恐らく彼は、レイラの名を他の男が呼ぶことに忌避感を覚えている。

妹が関われば、彼にはそれくらい繊細な対応を求められるのだ。

さらに、メルヴィンとレイラが仲の良い兄妹であると認めて、直接それを伝えることも効果があった。

普通の人はメルヴィンの反応に引くだろうから、面と向かって仲の良い兄妹なんて言われたことないんだろうな……。

それを言った瞬間、彼は簡単に落ちた。少し心配になるくらいに。

それほど、言われ慣れていなかったのだろうと思う。効果がありすぎて逆に怖かった。

きっと、触れてはいけないと多くの人が流してきた話題に違いない。

つまり、彼に有効な口撃ということか。

こんな状況だというのに、私は彼に付け入る隙をいくつか頭に思い浮かべていた。

「……」

彼と目が合う前に正面を向く。隣で「フェリクス様、フェリクス様」と己の名を呼ぶ声がしていた。

リーリエ嬢に相槌を打ちながら、人生は上手くいかぬものだと、しみじみと思った。

名を呼んで欲しいと思う相手は、二人きりの時しか呼んでくれない。

どうでも良い誰かは、どうでも良くなるくらい呼んでくるのに。

……いや、今のはなしだ。私も大概リーリエ嬢に失礼だな。好意を持ってくれる人に面倒などと。

私は己の精神の未熟さを恥じた。上手くいかないからと周りに当たるのは違うだろうに。

自分が大して優しくない人間だとは自覚しているが、さらに性格も悪いとくれば最低の部類になってしまう。少しでも改善しないと本気でマズい。日々精進していかなければ、待つのは破滅のみ。

……まあ、それはそれとして、何気ない雑談すら心から楽しいと思えるのは、仲の良い相手だからなんだろうな。

リーリエ嬢以外とも話したいが、他の者に負担を強いたくはないし、ここは私が引き受けるべきか。そんなことを考えていた時だった。

「皆さん、私の精霊が言ってる！　禍々しい気配が近くにあるって！」

リーリエ嬢の精霊が異常を感知したらしい。

「ならば、この後の予定は中止だ。今、騎士団に連絡を取って――」

この身は王族。周りも有力な子息たち。

敵がいたとしても私の魔術が破られるとは思えないが、こうした場合は、念のため人を呼び寄せておくべきだ。私は魔術で念話を使い、非常事態だと各方面に連絡を入れた。

そんな非常事態の中、私が気付いた時にはリーリエ嬢は既に走り出していた。

彼女の背中が遠ざかるのを見て、思わず舌打ちしそうになった。

「なっ、リーリエ嬢⁉」

ハロルドは遠ざかるリーリエ嬢を追いかけようとした。

瞬間、彼女の姿が光に包まれた。

「転移魔法⁉　あの女！　また！」

ノエルはすごい形相で睨み付けている。

精霊による感知だ。恐らく自分にしか見つけられないだろうとリーリエ嬢は考えて、突っ走ったのだろう。

せめて状況説明をすることは出来なかったのだろうか。

「フェリクス殿下」

刹那、凛とした声が鼓膜に響いた。

その声に振り返ると、レイラがこちらを真剣に見上げていて。

「大変な失礼を承知のうえで申し上げます。少しだけ中腰になっていただけませんか？」

彼女は躊躇いながらそう口にした。

なんだろうと思いながらそのようにすれば、レイラのほっそりとした白い指が、私の額に伸びて、そっと髪を払い除けて触れる。

そっと服を掴まれたと思えば、レイラは己の額を私のそれへとコツンとぶつける。

「……!?」

そして頭の中に流れ込んでくるのは、この辺りの地図。その中でもいくつかの区間が頭の中で鮮明に浮かび上がる。

そっとレイラが体を離した。

「今のは伝達魔術です。今伝えた場所が恐らくリーリエ様が感じた異変の場所です」

レイラの後ろで、彼女の兄であるメルヴィンが自らの目元を手で塞いでいる。

「えっ、なにこれ。なぜ、僕は目を塞いでいるんだ」

「あー。ちょっとあんたは待ってくれ」

横でノエルが魔術を使っていた。

確かに今のレイラの行動を見られれば、誤解されて面倒なことになるのは察せられた。

レイラがノエルに頼んだのだろう。

「お兄様。私たちは別の場所へ向かいましょう。今、殿下にお伝えしたところ以外にも異常の片鱗はあるのです。そちらの魔力反応は微々たるもので、もしかしたら無駄足になる可能性もありますけれど」

レイラは、私たちには分からない何かを感じ取っているらしい。

さらに、まだ確証はないものの何かの異変を感じ取り、兄を伴い向かおうとしている。

思わず手を伸ばしかけ、すぐに手を引っ込める。

気を取り直して、私はすぐ後ろを振り返った。

「ユーリは、念のために近衛騎士団の中からも人員を出して欲しい。ノエルは、調査員とこの付近を捜索。ケース４７８と言えば分かるはずだ。……最後に、ハロルドは戦闘要員として私と共に来てくれ」

「了解」

ノエルは言葉少なく首肯《しゅこう》し、連絡用の魔術具を受け取った。

「はい、兄上」

ユーリは早速、騎士団の調整を始めている。

「ご武運を」

レイラの目には感心するような色と、尊敬の色が宿っていた。

指定された地点へと急行した私とハロルドは、衝撃を受けた。

市街地。裏道。少し先を行けば貧民街のある場所。裏道の奥の少し開けた広場のような場所には人の気配がなかった。

こじんまりとした民家がひしめいているが、人はどこにもおらず、どの民家も窓が割れているし、民家には破壊された形跡があった。

汚れた水の汲み上げ機の近くに、桶が打ち捨てられていた。先ほどまでは誰かがいたであろう場所に今は誰もいない。

この状況は？　なぜ、ここまで荒れ果てている？

そして、民家の壁に召喚魔法陣を作り上げようとしている黒ローブの男が一人、黙々と魔術を編み上げており、近くまで来てようやく私たちも禍々しい気配を感知した。

「どうして！　どうして、こんなことするの⁉　私たちは皆生きてるのに！　犠牲になって良い人なんて誰一人いないのに！」

もう一人いたらしい黒いローブの男と対峙しているのは、リーリエ嬢だ。

少し離れたところにいるもう一人の男は意味不明の声を漏らすのみ。それでいて、先ほどからリーリエ嬢に向かって黒い魔力の塊を投げ付けている。

「…………っか。か、かか」

もしかして、精神錯乱しているのか？

思考が出来ないからこそ、魔力の塊を投げることしか出来ない。だが、動きは俊敏《しゅんびん》だ。

黒いローブに身を包み、指先は包帯で覆われ、素肌は顔の部分しか見えない。

リーリエ嬢と対峙する男の方も、魔法陣を作りながら時折ケタケタと笑う。怪しい二人の人物は似たような容姿と特徴をしていた。

ひたすら無言の男と笑うだけの男と、まともな意思疎通《そつう》は出来なかった。

「あなたたち、恥ずかしくないの⁉　そうやっておかしな魔法で人を傷付けて！」

リーリエ嬢は防御膜で、それらの衝撃をただ受け止めながら、叫んだ。

その瞬間。

「この光は……！」

彼女の精霊が何かを仕掛けたのか、突如、光の矢のようなものが辺りに無数に出現した。

魔力の気配がいっそう濃くなった。

「この威力は……まずい！」

本能的に危険なものを察知した私は、半ば反射的に周囲へと防御膜を張った。

直後、閃光が視界を奪った瞬間、衝撃。

凄まじい轟音《ごうおん》。

「……くっ、これは」

内臓に響くほどの衝撃が私たちを襲った。

発動している防御膜が揺らぐほどの威力の凄まじさ。魔術の発動も効果も、その強度にも自信があったはずなのに、この威力にはさすがの私も、薄らとした恐怖を覚えた。

衝撃で地面が揺れ、三半規管もおかしくなりそうな中、私とハロルドは体勢を無事に立て直した。ハロルドに付き合わされた修行がこんなところで役に立つとは。

前から恐ろしい魔力量だとは思っていたけど、光の魔力の持ち主というのは、ここまでなのか？

リーリエ嬢の持つ魔力は、この国の中で一番と言っても過言ではなかった。この国の中でもこれほどまでの量を持つ魔術師はいないのだ。

光の魔力の持ち主と皆が懇意にしたい理由の一端に触れた気がした。

この威力なら、軍事利用も、可能だろうな。

魔術の腕前はともかく、リーリエ嬢は恐ろしいほどの魔力量を保有していた。

魔力だけは強大、という恐ろしい言葉が脳裏に過った。

王家の中でも強大とされていた私の魔力を凌ぐほどの魔力だ。

制御し切れなかったら、どうする？

光の魔力の持ち主が、とてつもない魔力量を誇るという記録は、王家にも残っている。

だが、過去に現れた光の魔力の持ち主は、皆王家の血筋を引いていたから問題はなかった。

リーリエ嬢は何の奇跡か、王家とは全く関係のない平民生まれだというのに、その強大な魔力を保有していた。前代未聞だったのだ。

私の防御膜が揺らいだ？

それはあってはならないことだ。軋《きし》みそうになったそれに、私は己の魔力を注いでいった。

私が抑えきれなければ、この辺りが半壊する！

人がいないから良いという問題ではない。この辺りの建物が壊れてしまったら、周囲の住民の生活にも被害が及ぶ。彼らにとって、ここは日々の生活の場なのだから。

先ほどの揺れで、倒壊した建物だってあるだろう。

……地盤は平気だろうか？

「リーリエ嬢！　これ以上は私たちも危険だ！」

「あっ、うん！」

思ったよりも衝撃が酷く、リーリエ嬢も焦っているようだ。彼女自身が、強大な力を扱い切れていないという事実に怖気《おじけ》が走った。

今の衝撃で魔法陣どころではなかったのか、歪に笑っていた黒ローブの男たちが逃げ出そうとしている。

戦線離脱なんてさせるわけがない。

氷の礫《つぶて》を勢い良く飛ばして、逃亡しようとする二人に命中させる。

「つぐ！」

「があっ！」

物理で殴って軽く気絶させてから、捕縛した。当たり所には気を付けたから、問題ないはずだ。

彼らの意識がないことを確認してから、周囲の魔力を凝縮した。

私の魔力によって、辺りは冷気に包まれていく。

「ハロルド。私は他の場所へと向かう。騎士団と合流したら、リーリエ嬢を預けて欲しい。召喚陣はまだ発動していない。ノエルの方から数人調査員を出して、これを見てもらうことにする」

指し示した先に、犯人たちが発動させようとしていた魔法陣があった。

「はい、殿下」

犯人たちの身柄は、大雑把な方法で拘束することにした。

私が生み出したそれが現れた時、冷気が辺りを覆って白い煙が広がっていく。

「氷の檻……ですか。これは見事な」

「これ、鍵だ」

急拵《ごしら》えの檻を作り、鍵を渡す。この氷は術者が解かない限り、溶けることはない。

「殿下は、これから彼女のところに向かわれますか？」

「うん、だから後のことは頼んだよ」

ハロルドにも、私の緊張や焦りが伝わっていたのだろうか。

レイラたちが向かったのは、確証はないが、異変があるだろうと考えられる場所。そちらには騎士団を要請していない。

確証がないということは、何があるか分からないということだ。

「殿下、彼女の強さは俺が保証します。心配されることは何もありません」

「うん。そうだね、それは、私もよく知っている」

彼女が一人で敵と渡り合えるくらい強いことも、今は兄のメルヴィンも付いていることも知っていた。彼女なら、きっと大丈夫だと知っているのに。

それでも理屈などではない、この焦燥感。ただ、心配だった。

彼女が私を必要としていなくても、守る必要などなかったとしても。それでも。

「これは私の我儘だよ、ハロルド」

彼女は私にとって、ただの女の子なんだ。誰がなんと言おうとも。

第五章　人体実験

「たわいないなあ。レイラが活躍する間もなかったじゃないか」

「お、お兄様……それくらいで……」

黒いローブの男が三人、巨大な植物の蔓《つる》に巻き付かれて空中に浮いていた。

ギリギリと締め付ける蔓は容赦なく男たちの体から魔力を吸い上げている。

まるで養分だと言わんばかりに。

男たちの顔色が悪いのと裏腹に、植物たちの葉は生き生きとした緑色。風に吹かれて気持ち良さそうに、そよいでいた。

『なんだ、ただの不審者妹狂いではなかったのだな。この男、魔術師としては優秀だ』

ルナの暴言も慣れたものだ。お兄様にそれを聞かれたらと思うと少し怖い。

お兄様が怒るとかそういう怖さではなくて、妹狂いの部分を聞かれるのが怖い。たぶん、またわけの分からないことで喜び始める気がする。

私の自意識過剰とかではなく、実体験も込みだ。この兄は予想を裏切らないので、兄に対しては私も、自意識過剰という概念を捨てた。

それはそれとして、お兄様は優秀だ。

吸収植物《ドレインプランツェ》。

お兄様の魔力属性は土属性。土、すなわち地を意味するその属性は、植物すら掌握する。

お兄様が土属性の中でも植物を選んだのは、「レイラに綺麗な花を見せようと思って！」という相変わらずな理由だったが、魔術を強化していった結果、なかなかエグいことになった。

人体の血や魔力を吸い上げる魔の植物。強力な魔獣ですら、酸で溶かしてしまう巨大な食虫植物。触れるだけで火傷のように爛《ただ》れる毒花、神経をおかしくする胞子を持つキノコ。

あれ？　綺麗な花はどこに行った？　と思ったのは私だけではないはずだ。

遠い目をしながら呟いてみる。

「お兄様の魔術は相変わらず強力ですよね……」

「食虫植物の方もさらに大きな種に進化したんだ。レイラに近付く悪い虫を食べてしまうためにね」

どうしよう。冗談に聞こえない。比喩であって欲しい。切実に。

『もう既に、巨大な虫に捕らわれかけている気がするがな。それも特段のな』

私は何も聞こえない。うん、何も知らない。

「うう……。ここは？　なぜ、俺はここに？」

蔓に捕らわれた二人の意識が戻らない中、一人だけ正気に戻った。

先ほどまでおかしな笑い方しかしなかった人。彼は理性を失い、はっきりとした意識もないまま、ただ闇雲に襲いかかってきていた。

『ふむ。体内に大量の魔力が押し込められていたようだ。一時的に正気を失うほどのな。無理矢理、それも一度に流し込まれたためか、自分の魔力とすることも出来なかったようだ』

「もしかして、正気を失っていたのは、膨大な魔力を処理し切れなかったせい？」

魔力と精神の関係は密だ。魔力が精神に影響を及ぼすこともあれば、その逆もある。

「なるほど。僕の魔術で魔力を吸い取られたから、正気に戻ったとか？」

「さすがお兄様！　お手柄ですね！」

「レイラに褒められた!?」

『本当にこの男はどんな時でも気色悪いな』

ルナの一言に苦笑しつつ、蔓に巻き付かれた者の元へと私たちは向かう。

お兄様が手で払うような仕草をしたとたん、蔓がしゅるしゅると外れていき、やがてドサッと男が地面に落ちた。

「あいったっ！」

「と、とりあえず、傷を手当します。うちの兄が手加減をせずに申し訳ありません……」

正気に戻った男は、きょろきょろと辺りを見渡している。

お兄様は、未だ捕らわれている二人への攻撃を調整していた。上手くいけば正気に戻るかもしれないからだ。

その間に、私は彼から情報を直接聞き出すことにした。

「ここは、どこなんだ？　俺はなぜ、ここにいるんだ？……しかもこの格好は……」

「貴方は正気を失っていました」

「は？」

応急処置として治癒魔術をかけながら、端的に告げた。

既に戦意などなくなった彼の目には、ただただ疑問が浮かんでいる。自分が何をしていたのか、記憶がすっぽりと抜け落ちているみたい。

あまり無理をさせたくはなかったが、とりあえず少し事情を聞いてみると、彼はどうやら魔力を持つ平民だったようで。

「ある夜、港からの帰りに後ろから殴られたところまでは覚えているんだ」

「そして目が覚めた時、ここにいたんですね？」

「記憶がないんだ」

「そう……ですか」

彼は巻き込まれただけの被害者だった。記憶がないので犯人の手がかりも分からない。

とにかく、騎士団に保護してもらうのが先決だ。

「レイラ。他の男たちだけど魔力量は通常に戻って――」

「お兄様！」

お兄様が何かを言いかけた瞬間、彼の後ろで空気を切り裂く音が聞こえた。

「っ……！」

お兄様はすぐに目の前、辺り一面に障壁を発動させる。

ザシュッという音が聞こえたが、お兄様の発動させた土の障壁の表面が少し削れただけだった。

「後ろから狙うなんて卑怯だね？」

ふと、真上から殺気を感じ取った。

『ご主人！　上だ！』

跳躍した何かが降ってくるのを音と空気で感じ取った私は、懐から草刈《か》り鎌を取り出した。

大鎌へと変化させたと同時に、何者かが空から降ってくる。

大鎌を振りかぶった刹那、ガキンッ、と鋼と鋼がぶつかるような音。背後に被害者の男を庇いながら、目の前の衝撃を受け止めた。

瞬間、ぶわりと風が揺らぎ、魔力が膨れ上がる感覚に私は目を細める。

気を抜いたら、やられる！

衝撃が第一波、二波、と連続で襲ってくるのを大鎌で応戦して捌《さば》きながら、襲ってくるその人物に目を凝らした。

この男性、前に貴族名鑑で見たことある。しかも、これはかなり強力な風属性の魔術だ。風による衝撃が見えないナイフとなって、こちらへ連続で襲ってくるのを大鎌で払い除けて霧散《うんさん》させる。

攻撃を防がれたのを察した目の前の男は「ちっ」と舌打ちをした。

「レイラ！」

「はい！　お兄様」

お兄様の操る蔓が伸びてきて、私の足をひょいっと摘み上げる。

心得たとばかりにそのまま身を任せると、蔓は勢い良く空中へと私を放り出した。

空中で、くるんっと体勢を直したタイミングで、植物の大きな葉が下からしゅるしゅると伸びてきた。足場を作ってくれたのだ。

貴族が襲いかかってくる理由は分からないけど、とにかく！　やられる前にやる！

足場の大きな葉が轟《とどろ》き、私は身を低くして飛びかかる前の体勢に入ると、ぐっと足元を押し出した。

体がギュンっと加速した。

「はあっ！」

勢いを殺さないまま、大鎌を振るったが、紙一重のところで避けられてしまう。

地面に鎌の刃先がめり込む前に、お兄様の蔓が私の足を掴んで放り投げて、空中へと跳躍したところで、私は目を見開いた。

「……いけない！　そっちは！」

私たちに向けられていた風の刃の衝撃が、違う方向へ——被害者たちのいる場所へと向けられていたのだ。見えない刃の衝撃波が、勢い良く彼らへ迫り——。

『ご主人、こちらは問題ないぞ』

とっさに視線を向けると、ルナの姿が見えた。操られていた黒いローブの男たちを背に庇い、彼らを守るように立っている狼の姿。身体からは無数の触手のようなものが伸びていて。無闇矢鱈に繰り出されている風のナイフを、影で出来ている触手が払い飛ばした。

よ、良かった！

霧散させ、相殺していくのを横目で確認しながら、私は大鎌を掴む手に力を込めた。

地面に到達する前に、再びお兄様の操る蔓が私の足を捕まえる。私は地面に足を着けることなく、魔術で作られた草木を踏み締めて、また跳躍。お兄様のサポートを受けながらの空中戦だ。

風のナイフを大鎌で受け止めて吹き飛ばされた先には、当然のように足場があって。

お兄様は私の一挙手一投足を全て把握しているみたいだ。

足の先に力を入れて再び跳躍して、貴族の男の振るう風のナイフが飛んでくるのを、今度は身を捩って避けた。危ない。すれすれのところだった。

「……速い！」

恐らく、正攻法で懐に忍び込むのは無理だ。速すぎるのだ。

「それなら」

高く跳躍すれば、太陽の光で目が眩むはず。

それに、お兄様の魔術は植物。植物は太陽の光の下で光合成をしながら、ますます生き生きと躍動している。この魔術は時間が経てば経つほど、こちらが有利になるのだ。

貴族の男の風のナイフを、成長した緑色の蔓が、茎が、阻《はば》んでいる。

無数に放たれる透明な衝撃を力技で押さえ込み、私の足場を作りながらも、植物は脈動していた。

お兄様は今、私のサポートに徹してくれているけれど。もしも、攻撃に転じていたなら、どうなるのだろう？　お兄様が本気で戦ったら？

……恐らく相手の命はないだろう、と思う。

毒や酸は手加減も何もない。相手を殺してしまうことをお兄様はよく知っているから、だから私にこの場の攻撃を任せたのだろう。

私は、お兄様みたいに強くはないけれど。

大鎌を勢い良く回転させ、刃のない鎌の外側で相手の手元を殴打した。

「っぐう！」

敵の呻き声と同時にさらに踏み込み、柄を相手の鳩尾に向かって突き込んだ。

「――――！」

言葉にもならない苦痛の叫びと苦悶の表情。眉根をぎゅっと寄せながら同時に私は背後へ跳んだ。

時機を見計らってから、これまでよりも高く跳躍すると、やがて真上から敵――貴族の男と目が合って。

陽の光に目が眩んだのか、忌々しそうに目が細められている。

重力と己の体重による加速を利用しながら大鎌を振りかぶると、相手の男もそれを防ごうと風の魔術を行使した。

まずい。

「……！」

お兄様の作ってくれた足場をぐっと踏み締める。本能的に後ろへと跳び退《すさ》った私は、荒くなった呼吸を整えながら戦慄した。

一寸先、私が直前までいた場所には、複数の風の刃が鋭い音を立てて空気の層を作っていた。まともに正面から受けていたら、私は切り刻まれていたところだった。

「っ……」

たらり、と頬を流れるのは一筋の血。まさか、攻撃が当たるとは。

一度当たるならば、二度目もあるだろう。考えないようにしていた恐怖が、じわじわと込み上げてくる。

『ご主人……』

「分かった」

ルナの忠告に私は素直に従った。さすがに、消耗を避けてばかりでは、いられないか。

頬に流れる血を拭うことなく、私は闇の魔術を発動させた。

身体強化や保護魔術や防御膜ではなくて、闇の属性の魔術。一瞬だけ膨れ上がった魔力に、この場の空気が変わるのを感じる。

「まさか、レイラに闇の魔術を使わせるとは、この貴族の男もやるね」

お兄様は周囲に無数の大きな大輪の向日葵を咲かせながら言った。

それは通常のものとは違う、巨大な花。まるで私たちが小人になったかのような錯覚を覚えるほどに、大きい。

「治癒以外を使うの、レイラは久しぶりなんじゃない？」

「……まあ、そんなところです」

葉がさわさわと風に吹かれるのを見てから、私はその緑へと飛び乗った。それから向日葵から向日葵へと飛び移る。本来なら、貴族の男も私を追いかけてくるはず、だった。

男は巨大な向日葵の葉へと跳躍して、ふらつきながら飛び付いた。彼の先ほどの俊敏さからは考えられない、おぼつかない動きだ。

そして、それだけでは留まらなかった。

「なっ……!?」

貴族の男は私を追うつもりだったのに、あろうことか無様に向日葵から落ちた。

それも背中から。

「っ――!!」

声にもならない悲鳴が響く。

私は落ちた男の元へと向かうために、大きな向日葵の葉の上から飛び降りる。

さっとスカートを直してから、彼へと声をかける。声が聞こえる距離から。

「もう終わりですか？」

「終わりじゃない！　終わるものか！」

初めて貴族の男が口を利いた。

私に向かって手を伸ばそうとした男は、びくりと身を震わせて手を引っ込めた。

「……」

私は静観していた。男が立ち上がる様を観察するように。ただ目を細めながら眺めていた。

立ち上がった男が呆然と立っているのを眺めて、頃合かと私が男の元へと一歩踏み出した瞬間。

貴族の男は、大袈裟にビクゥッと身を震わせて後退り、そろりそろりと不自然な後退をしながら再び転んだ。私は、また一歩踏み出した。

私が近付くと、男はガラガラ声で叫んだ。

「来るな！　来るな、来るな来るな来るな!!　来るな魔女め！」

「魔女だなんて。悪口にもなっていないと思いますよ？　女の魔術師は皆、魔女みたいなものじゃないですか」

罵ろうとしてもとっさに出てこなかったらしい。

「なっ、お前のその姿。それともおかしいのは俺の方か!?」

「私が大きく見えますか？　それとも、自分が小さく思えますか？」

「おっ俺に、何をした!?」

人はどうしても、視覚情報に頼ってしまう。もし魔術で視界がおかしくなったら、今度は聴覚に頼る？　いや、音にも距離というものがある。

「不思議の国にようこそ。貴族の方。今回の件について、洗いざらい吐いてもらいますよ？」

「レイラは医療に携わる者だからね。どうも傷付けるのは苦手なんだよね。優しくて可愛くて本当に僕の天使」

「私は優しくありませんよ。この魔術、私の性格の悪さが滲み出ています」

不思議の国《ワンダーランド》。一定の空間、全ての距離感と自らの質量の感覚、それから平衡感覚などをおかしくしてしまう魔術である。私が意識的に対象から除外しない限り、対象者は、問答無用で感覚を狂わされてしまう。

私が採取中、魔獣から逃げるために極めた魔術で、見て分かるように攻撃魔術ではない。

ちなみに、私の主な攻撃方法は物理である。……だから脳筋とか言われるのかもしれない。

とにかく、この魔術は私の戦いのサポートのために習得した魔術だ。

相手がまともに動けなければ怖くない。混乱状態に陥《おちい》って集中力をなくした魔術師なんて、特に怖くない。

まあ、私の魔術に逆らって動き続ける猛者もたまにいたりするけど、一瞬の隙をついて逃げればこちらの勝ちである。逃げるが勝ち。生きるが勝ちである。

ただ、この魔術。非常に疲れるのであまり使いたくない魔術だ。

『この兄も捕捉対象にしてしまえば、面白かっただろうに。きっと無様だったろうに……』

ルナはお兄様に対して敵対心を抱きすぎではないかと思いながら、私たちは呆然とした敵へと距離を縮めていった。

倒れ込んでいる貴族の男は酷く狼狽《ろうばい》していた。

「やめろやめろやめろ……！」

立ち上がっても動いても、何をしようとしても上手く地に足を付くことが出来ない男は半ばパニック状態に陥っていた。

「さて、どうしようかな？　錯乱した相手って面倒なんだよね」

お兄様が良い笑顔を浮かべていた。

その寒々しいお兄様の魔力の膨張を感じ取った貴族の男は、完全に錯乱しながら魔力の全てを塊にして放とうとして。

お兄様は面倒そうにしながらも防御膜を張って、私を下がらせる。

「うわあああああ！」

彼が錯乱して魔力を解放しようとした瞬間。

男の足元が凍った。

「え？」

衝撃を待ち構えていた私は思わず、間の抜けた声を漏らした。

瞬間冷凍のように白い煙が立ち上がり、足元からピキピキと音を立てながら、貴族の男の全身に分厚い氷が張った。

叫んでいた口元も氷で固められ、動けなくなった。

まるで琥珀の中に閉じ込められた虫のように、宝石のように美しい氷の中に男は閉じ込められていた。急速展開中の衝撃波の魔力ごと、氷漬けに出来るなんて、なんという干渉力なのか。

驚愕していた私と、「何か知らないけど手間が省けた」と言ってのけるお兄様。

そんな私たちを後ろから呼ぶ声がした。


「レイラ嬢！　メルヴィン殿！」

「フェリクス殿下⁉」


この氷の魔術はフェリクス殿下だ。レベルが段違いすぎると思っていたけど、なるほど。

「魔力探知で辿ってきた！　濃い魔力の気配を感じたんだけど、一体、ここで何があって――」

と、そこまで言ったところで、殿下は私の顔を見た瞬間、驚愕して目を見開いた。

「怪我をしたのか！」

「少し掠っただけです」

「他にはなんともない⁉」

慌てて頬にハンカチを押し付けられ、私は目をパチパチと瞬かせる。

なぜ、こんなに心配されているのだろう？　私が戦えることは知ってるはずなのに。

不思議に思いながらも、黙ってハンカチで押さえていたら、後ろからシュバっとお兄様が殿下の元へと進み出た。

え？　お兄様。

「フェリクス殿下。この男を処罰する権利を、ヴィヴィアンヌ家に譲っていただきたい‼　レイラの頬に傷を付けたのは、この男で――」

「許可する」

『即答だな⁉』

早すぎるだろう、とルナはボヤいた。

お兄様の突然の申し出に、フェリクス殿下はあろうことか即答したのである。

しかも若干、食い気味で。

ええ……。そういうのって勝手に決めて良いの？

「どうせ牢に入れられるなら、僕が考えうる限りえげつない罰を与えて見せましょう！」

『この兄の目と顔が既にえげつないことになっているのだが。そしてやはり怒っていたのだな』

私の影の中に潜り込んでいたルナは、直前にお兄様の顔を見てしまったらしい。またしても声がドン引きしていた。

そう。お兄様は戦闘中に集中を切らすことはしないのだ。冷静に見えていたが、お兄様は私の顔に傷が付いたことに気付いていたし、顔に出さずに怒っていた。

「生かさず、殺さず、精神的にも肉体的にも苛《さいな》んで、自ら死を望むようにして差し上げましょう……！　きっと死ぬことが奴にとっての救いになるでしょう！」

「許可する。私の権限を最大限に活用してその権利を貴方に与えよう。楽しみにしていると良い」

『それを職権濫用と言うのだぞ』

ルナはすかさずツッコミを入れた。どうやら、フェリクス殿下も怒ってるらしい。満面の笑みで。目は笑っていないのに、どうしてこの人は爽やかな笑顔なのだろう……。

普段笑顔の人ほど、怒ると怖いって本当だったんだ。

頬の傷くらい大したことないのに、殿下は私のために怒ってくれていて、それは純粋に嬉しかった。

でも怖い。怒りの余波なのか、フェリクス殿下の足元にピキピキと氷が張っていた。

ひえっ！　魔力が漏れ出ている！

お兄様の顔もヤバかった。その微笑みは黒く、目のハイライトを失っている。どう見ても、ヤンデレの人である。

お兄様をどうにか出来るのは殿下だけだと思っていたのに。

「殿下！　何卒！　僕たちに罰する権利を！」

「許可する」

なんでこの人たち、先ほどから似たような会話を繰り返しているの？　無駄にテンション高くない？　いやもう、普通に怖い。

『なぜ、この男たちは、こんなところで意気投合しているのだ……』

ルナの言葉が本当にその通りすぎて、私は無言になるしかない。

お兄様と殿下の波動がどことなく似ている……。

先ほどから良い笑顔を浮かべながら顔を見合わせている姿は異様な光景だ。

殿下たちが声を潜め始めたので、私は気になって聴力強化をして盗み聞いてみた。

「ふふふ。叔父上が新薬開発していましてね。情報を引き出せるだけ引き出した後、精神攻撃でゴミのように扱った後に、治験にしてみようかと」

「ふふ、分かった。拷問場所もリストに上げてくれれば出来るだけ用意するよ」

「ありがとうございます、殿下。叔父上の新薬はどんな精神魔術も治癒して見せるでしょう。どうせ治るなら、何をしても良いですよね？　僕は優しいので多少は温情を与えてあげるのです」

『その薬、二日間狂うらしいがな』

ルナの言う通り、どちらにしろ地獄だと思う。『満月の狂気』とかいう薬だったっけ？

というか、聞かなきゃ良かった。

「お二人とも、その……あまり酷い拷問は……」

意味がなさそうだが、そーっと近寄って声をかけてみたら、二人揃ってグリンっと勢い良く振り向いた。

「情報収集のため、だよ？　相手次第では少し痛い目に遭ってもらうかもしれないけど、本当は私たちだって酷いことはしたくないんだ」

と、フェリクス殿下。後半とか嘘くさすぎる。

「情報収集のためなら仕方ないよね？　吐いてもらう必要があるんだから。この国のためだもの。それに叔父上の実験動ぶ——未来の医療のためにも」

お兄様、今、実験動物って言いかけましたよね!?

「貴女は心配しなくて良いんだよ。私たちに任せて」

優しい声音なのにフェリクス殿下の目は本気だった。

お兄様の方は……言うまでもなかった！

「そうだよ、レイラ。このお兄様が血祭りに上げるから安心して」

『私怨しか感じないのだが』

二人は私が治癒魔法の使い手だと忘れていないだろうか？　一応、医務室の人間として働いている身なのだけれど。

さすがに血祭りとか言われたら、止めないといけない。……ちなみに、お兄様の手に委ねられた貴族の男は、最終的に叔父様のところへ送られるということで決まったらしい。

トドメとして叔父様に委ねられるのは可哀想すぎる。敵ながら同情してしまう。

それから様々な後始末を終えて、騎士団駐屯地に一度、皆で集まることになった。

フェリクス殿下、ユーリ殿下、ハロルド様、ノエル様とお馴染みのメンバーに加え、私とお兄様。

と、そこで足りないメンバーがいることに気付く。

「そういえば、リーリエ様は？」

「あの女なら、王城の来賓室に案内されてるところだろ。あそこなら護衛も必要ないし、好き勝手も出来ない」

護衛。本当なら、ノエル様たちが護衛をしなくても近衛騎士たちで事足りるということだ。

顔を顰めるノエル様を見てフェリクス殿下が苦笑した。

「これからは心配しなくて良いよ、ノエル。ちょうど良い。皆に話しておきたいことがあったんだ」

フェリクス殿下は改まった様子でそう切り出してから、皆を見渡してこう言った。

「今までリーリエ嬢の周りに固まっていたけれど、皆はこれから彼女に付き合わなくて良い。これからは私一人でどうにかするよ」

「兄上!?　それでは兄上に負担がかかります！」

真っ先に声を上げたのはユーリ殿下で、「それは駄目だ」と必死に首を横に振っていた。

他の皆の顔も晴れなかった。誰もフェリクス殿下に負担をかけるつもりなど毛頭ないのだろう。

「兄上が、リーリエ嬢の扱いに苦労しているのは知ってる！　兄上一人に押し付けるなんて！」

「ユーリ。私が一番嫌いなことは知ってるよね。私は何よりも無駄を嫌うんだ」

――無駄。リーリエ様の周りに大勢が集うことを、殿下は非効率的だと思っているんだ。

それは、そうよね。護衛なら騎士だってたくさんいるのに。

「彼女の傍には精霊がいるし、今回のことで彼女の攻撃力も把握した。身を守ることは十分出来るんだ。これ以上、非効率なことをするのは気持ち悪い。幸い、今回のことで貴族が関わっていることが判明したんだ。皆にはその調査を頼むという名目が出来たから、これをきっかけにリーリエ嬢からは離れられる」

澱みなく紡がれる言葉から、前々からフェリクス殿下は、状況の打開策を模索していたことが分かる。角が立たない形でリーリエ様から皆が離れられるようにと。

騎士団との繋がりがあり、腕の立つハロルド様。

魔術師界隈で有名なノエル様。

王家の権限も利用出来、情報収集のエキスパートであるユーリ殿下。

皆、若いながらも有能な人材が揃っていた。

「情報を整理していこうか」

フェリクス殿下は何事もなかったかのように、いつも通りの笑みを浮かべていた。

この話は終わりだとばかりに。それ以上の質問を受け付けることなく、話題は転換された。

まず、操られていた人間について考察された。

お兄様が余分な魔力を吸い取った結果、黒いローブを着た者たちは正気を取り戻した。

「闇の魔術で、無理矢理、魔力を植え付けられている。どうやら、人為的に魔力量を増やす実験をしていたらしいな」

ノエル様が資料を出しながら指し示した。

まるでカメラで切り取ったように、資料の上で写真のような図面が動いている。

体内の様子を写し取った魔術らしく、前世の医療器具よりも高性能だ。ノエル様が指で軽く図面を弾く度に、脳味噌やその他の器官も切り替えられて映し出されていく。

「この部分。人間の精神に影響する部分だろう？　ここに術式が施されてる。どこかの大元から接続された魔力が直接流し込まれている形跡があった。残念ながら大元がどこにあるかは特定出来なかったけどな」

なんて、えげつない。私はそっと口を挟んだ。

「これなら、あのようになってしまうのも無理はないと思います。魔力が膨大すぎると精神にかかる負荷は相当のものですから」

口が利けなくなったり、ケタケタと笑うことしか出来なくなった被害者の姿を思い出すと、怖気が走る。人を人と思わないような所業に。

もはや人体実験の域だ。植え付けられたそれは魔力の塊だったが、適切な調整もされていない。滅茶苦茶な量を流し込まれた彼らの安全性は、全く考慮されていなかった。

「それと、もう一つ異常が見つかったんだ。ヴィヴィアンヌ医務官が見つけた」

ノエル様が私の方へ振り向きながら言った。

「叔父様がですか？」

「ああ。無意識下に命令を刻まれている。要するに、魔術による洗脳だな」

フェリクス殿下は嫌悪感を滲ませながら再度確認した。

「つまりは、こういうこと？　注ぎ込まれた大量の魔力を処理し切れず、彼らは精神を侵された。正気を失い、自らの意思を失ったが、彼らは刻まれた命令によって洗脳されていた。だから、そのまま意思のない操り人形のようになってしまったと」

まとめられるとそのエグさが浮き彫りになった。知らぬ間に洗脳され、実験体にもされたなんて。

「そう。殿下の言う通り。命令通りに動く肉人形の完成ってことだよ」

その発想を思いつくことも恐ろしいが、それを実行してしまうこと自体が恐ろしい。

叔父様が『満月の狂気』の開発をし始めた時は、そんな魔術師が現れるなんて露ほども思わなかったけれど、まさか本当に……人の精神をねじ曲げる使い手が存在していたなんて。

それも、見るからに強大な敵だ。ふと、ここで一つの考えが頭に浮かんだ。

もしかしたら、叔父様は――。

「叔父様は、この事態を予見していたのでしょうか？」

『いや、完全に趣味だったと思うぞ。時折、寝不足で薬をキメている薬物中毒者みたいになっていたからな。ご主人に仕事を押し付けている間は、いつもそんな感じだ』

真昼間から、それはそれでどうなのだろう。

叔父様は優秀な魔術師だ。その分任せられる仕事だって多いはずなのに、趣味を優先しすぎだと思う。

叔父様と口に出したからか、お兄様は「そういえば……」と何かを思い出したようで。私の服の裾をくいっと引っ張った。

「あのさ、レイラ。例の叔父上の新薬だけど、さっき、少し前に念話で聞いたんだ」

先ほどから私の隣に陣取り、間近から私をガン見していたお兄様。

ルナに虫でも見るような目を向けられていたお兄様。

そんなお兄様の奇行に思うところがあったのだろう。周りの皆は、それまで何も見ていない振りをしてくれていた。……そういえば、ノエル様とか完全に同情する目だった……。

だけど、さすがにこの時ばかりは何事かと言わんばかりにお兄様へと、皆は視線を移していて。

「何を聞いたのですか？」

「例の新薬、満月の狂気？　だったっけ？　なんかよく分からないけど、増幅ではなく、活性化だとか、とにかく万能薬にしてみせるだとか叔父上が言ってて」

何か嫌な予感がした。こういう時の予感に限って的中する気がする。

叔父様……というか研究者はある意味で凝り性なのだ。拘りに拘りを重ねる気持ちは分かるのだけれど。

「精神をねじ曲げられてしまった相手だけでなく、まさに精神操作真っ只中の患者でさえも治癒する——そんな万能な新薬を開発しようとしたんだって。そうしたら、二日だったものが四日になったって」

「ええと、それは、何の日にちでしょうか？　お兄様」

嫌な予感がする。精神衛生上、聞かない方が良さそう。

「方向性を増幅から活性化にシフトした結果、精神錯乱期間が四日に増えたらしい」

「ええ……何やってるの、叔父様……」

副作用がさらに悪化してどうする。

『精神錯乱とか言っている時点で、もはや薬でも何でもないな』

もはや劇薬の類《たぐい》である。何がどうしてそうなったのか。いや、さらに良い発明品を作ろうと試行錯誤しているのは分かるけど。

一つだけ言えるのは、四日狂う薬を飲みたいとは誰も思わないということ。

「あ、ちなみに今は黒ローブの男たちの元で、手をワキワキさせているようだよ」

何かその光景が目に浮かぶ……。

研究もして、事件の被害者の容態を診たりと、忙しく駆けずり回っているようだけど、果たして睡眠時間は確保しているのだろうか。

話が脱線しかかったので、私はこほんと咳払いをして軌道修正を図る。

「要するに、洗脳された黒ローブの者たちは、精神医療で治療を行ってもらうことになるのですね」

強引にまとめると、心得たようにフェリクス殿下が頷く。先に話を進めてくれるのがありがたい。

「どこかの大元から接続されているという術式も、医療班たちがどうにかして取り除けないか、苦心しているところだ」

とりあえず、私はそれを聞いて胸を撫で下ろした。専門家の方が治療にあたってくれているなら、ひとまずのところは大丈夫なのかな？

「それで、メルヴィン殿とレイラ嬢を襲った貴族なんだけど……。スティアーン伯爵家当主の弟君だった。二人が向かった場所に潜んでいたんだ。ちょうど今、半殺しに——コホン、話を聞かせてもらっているところだ」

今、半殺しとか聞こえたのだけど⁉

ノエル様が何か言いたげな様子でフェリクス殿下にジト目を向け始めたからか、フェリクス殿下は心配させないようにと、いっそう爽やかに笑った。とても晴れやかな良い笑顔で。

「大丈夫だよ、ノエル。法の下、正しい尋問方法に則って全ては行われている。少しお茶目が過ぎることがあるかもしれないけど、それは瑣末《さまつ》なこと。生かさず殺さず、潰さずに。それに、近くには優秀な治癒魔術の使い手もいるからね」

『どう考えてもその使い手、ご主人の叔父な気がするのだが』

そういえば、治験をやるとか言っていた気がする。お兄様と殿下が結託して、怪しげな新薬の被検体にするとかなんとか……。

顔を青ざめさせていれば、私の横に立っているお兄様が私の肩をポンっと叩いて微笑んでいる。

ちょっと無言で意味ありげな微笑みを浮かべるの止めて、お兄様。

「心配しないで、レイラ。ほら、笑って」

いや、お兄様。笑えないから！

『……とりあえず笑い事ではないと思うぞ』

ルナがぽそりと、ぼやいた。

どうしよう。信用出来ない。死ぬことはないだろうけど、死ななきゃ良いってものでもないような。

「大丈夫だよ、レイラ。精神が使い物にならなくとも、全て叔父上の新薬で解決さ！」

『四日狂うがな』

ごもっともである。それを人は、大丈夫じゃないと言うんだ。

細かいところに突っ込みたいが、話の流れを遮《さえぎ》るのは嫌だったので、とりあえず私は黙っていることにした。

「貴族が関わっていた以上、あの男の親類、縁者から洗っていくことになるだろうね。今回の一件で、召喚陣を作り出した首謀者に近付けたと言って良い。あの召喚陣は今までのものと同じものだ。つまり、貴族に関わる何者かが、生贄を集めている」

貴族の中でそんな大それたことをする者がいるなんて。普通だったら、大がかりなことをすれば、情報がすぐに漏れてしまうものだけど。情報統制が出来るということは、貴族の中でも強い影響力を持っているということ？

フェリクス殿下は溜息を一つ漏らしてから続けた。

「今回スティアーン家の者が捕まったけれど、あれはどう見ても首謀者ではない。洗脳された形跡もなかったことからも黒幕の配下だったのだろう。……十中八九、上位貴族が黒幕なんだろうね」

伯爵家の者を配下におけるということは、伯爵家か、伯爵家よりも上の立場の貴族が真犯人だというのは明白だった。

貴族は魔力が強いからという理由だけで、己より下の者には従わない。

ならば、答えは簡単。犯人は、それなりに貴族社会に影響を持たせることが出来る貴族だ。

皆はその深刻さを思い、沈痛な面持ちになった。

第六章　三角関係

夏季休暇中に起こった、ある事件——魔力増強実験に使われた黒ローブの者たちとの戦いから、数週間が経過した。

事件の捜査に駆り出された騎士たちが多忙な日々を送っている中、私はというと、特に出張《でば》ることはせずに、大人しくしていた。

何かをしたい気持ちもあるけれど、シナリオから大幅にズレているから前世の記憶は役に立たず、おまけにクリムゾンルートを私は知らない。

余計なことをして迷惑をかけるくらいなら大人しくしていた方が良いと判断した私は、お兄様の報告を聞きつつ、叔父様の助手に専念していた。

そんなある日のこと。ヴィヴィアンヌ家のある一角、最近になって爆裂防御措置《そち》をも施された実験室に、叔父様はぶっ倒れていた。

……ちなみに、医務室で爆発などは普通は起こらない、などと突っ込んではいけない。

その叔父様をまず抱き起こして、部屋の隅にある簡易ベッドへと連れていき、とりあえず点滴に繋いでおく。

本当に、身体能力向上の魔力は使い勝手が良い。なんだかんだで一番使っている魔術だ。魔術がなかったら、大の大人を運ぶことなんて出来ないから。

点滴に繋がれながら、ブツブツと書物を音読している叔父様は、誰もが予想するように熱中すると食事を忘れる典型的なタイプだった。

しかも、点滴を打たせた私への第一声が、『食事しなくて良いから楽！』だった。

あ。色々な意味でヤバい人だ、と悟った。恐らく研究中のこの人とは一生分かり合えないし、言っても無駄な気がすると早めに察してしまった。

学園休暇中の私がやるのは、研究と実験に明け暮れる叔父様のサポート。

病人相手ではないのに、完全に病人相手の気分である。医者の不養生とは、よく言ったものだ。

そして、私の役割はもう一つ。

「叔父様。私は、孤児院の方へと顔を出してくるから、くれぐれも点滴を忘れないように！」

「抜かりありませんよ」

どうしよう。信用出来ない。だけど、今から私は叔父様から目を離さないといけない。

孤児院訪問。今日から任される私の仕事だ。

王都の中心にある教会に併設された、その孤児院は、恐らくこの国の中で一番大きい。施設の規模だけでなく、抱えている子どもたちも一番多いだろう。

それなのに、その孤児院では、子どもたちの識字率が低迷していた。

教育まで予算が回らなかったのだろう。

王都の孤児院ならどうにでもなりそうな気もするが、国王陛下は、まず孤児たちの命を優先した。

中心である王都の孤児院だけに金銭を集中させるよりも、国王は各地に散っている孤児院に分散させることを選んだのだ。

王都の面子が云々と言わないところが、融通が利くというか、良い王様だと思う。

陛下のことはよく知らないけれど、そういった面では、個人的に好感を持っていたりする。

その結果、各地の孤児院で飢える子どもは見事にいなくなったが、分散したために細かなケアをすることは叶わなかった。

つまりは、命を大事に。助かる命を優先した結果、王都の孤児院だというのに、金銭的には少し厳しい。寄付や修道院との連携があるとはいえ、余裕はないらしい。

貴族たちの寄付が増えれば増えるほど、預けられる子どもも増えていったからなおさらだ。

読み書きが出来る子どももいるけれど、全ての子どもたちに教育が行き届いていない。

そういうわけで、各地の孤児院内の勉学的な面でのサポートは足りていなかった。

そこで、学力的な面でもサポートしなければと、ついにテコ入れをすることになった。

まずは、王都の孤児院を改革するようにと、学業面で有名なヴィヴィアンヌ家が異例の抜擢を受けたのだ。お父様が教師を探したりと現在、奔走中だ。

それとついでに生活的な面でも本格的にサポートしようということになって……。

簡単な話だ。お金がない！　ならば節約だ！　節約？　自給自足をすれば良いじゃない！

と、まあそんな理由である。

というわけでヴィヴィアンヌ家から医療面での技術提供をすることになった。

ちなみにそれは、本来なら、叔父様の仕事だったのだ。

身内を招くことによって、予算削減も出来るからという理由で。

なのに、なぜ私がこうして向かうことになったかと言えば、簡単なこと。

押し付けられたのである。

私は医療従事者としての資格を持っているし、最近（叔父様によって）取らされた技術提供の資格も持っているため、叔父様に送り出された。

今回の私の目的は、学園の医務官助手として技術提供を行うこと。夏の休暇の間は働いて、その後はお父様に引き継ぎをしろとのことだ。

この瞬間、私の休暇は消えた。酷い。叔父様の陰謀だ。なんて上司だ。

しかし、学園で働くと言い出したのは、そもそも私だから、あまり強く文句は言えないのだ。

技術提供としては、主に薬草の知識などである。孤児院に勤める者は、応急手当が出来るくらいの知識はあるけれど、さすがに調合については知らなかった。

確かに叔父様はその道のエキスパートなんだよね。

だけど、お父様は一つ、叔父様の致命的な欠点を忘れていた。

叔父様は教えるのが壊滅的に下手ということを。

もしくは、知っているけれども、そこまで酷くはないとタカをくっているとか？

お父様も叔父様も優秀だし、お互いに勉強を教え合ったりとか、なさそうだから知らない可能性もあり得そう……。とにかく、そんな叔父様からさらにお鉢が回ってきたのが、私だ。

何が酷いって、技術提供をするのは良いとしても、ついでに子どもたちにも勉強を教えろと色々押し付けてきたことが酷い。それも叔父様が頼まれていたことなのに。

ちょっと押し付けすぎやしないだろうか？

お父様が手配するという本格的な教師を迎える前に、基礎を覚えてもらいたいかららしい。

基礎を身につけていると効率が良いのは確かだけれども。言いたいことは分かるけども！

まあ、叔父様も趣味だけじゃなくて、国の大事のための研究をしているわけだし……。

文句は言えないのよね。むしろ、頑張って欲しいし。

だから、学園外とはいえ、今も私は叔父様の助手に徹している。

黒ローブの者たちの体の中に植え付けられた魔力接続術式は、未だに解呪されないまま。

その解呪は精神干渉系魔術ではないけれど、精神に関わる部位だということで、叔父様はこちらも研究を任されたらしい。

多忙すぎる。叔父様は試行錯誤しているし、お兄様も定期的に、彼らの身体に溜まる魔力を吸い出しに行ったりしているそうだ。お兄様のえげつない魔術がここで役に立つとは……。

馬車に乗っている間、ルナのもふもふした毛並みを堪能しながら、私は溜息をついた。

教えるのは苦ではないのだけれど、私みたいな小娘が現れたら向こうも困るのではないだろうか？　とりあえず誠心誠意謝るところからかな……？　叔父様はドタキャンしすぎである。

と、思っていた私だったけれど、予想に反して孤児院の皆様は私を歓迎してくれた。

女性院長は温かく迎えてくれて、美味しい健康茶を入れてくれた。

来賓室。質素な机とソファはずいぶんと年月が経ってはいるものの、普段から手入れがされていることが分かる。

緑色の布のソファに可愛らしい花柄の布が被せられていて趣味が良い。

健康茶にそっと口を付けてみると緑茶みたいな味がした。

「こんなに素敵なお嬢様に、むしろ申し訳ないくらいですよ。騒がしいとは思いますが、ぜひ色々と教えていただけると助かります」

優しいおばさんといった雰囲気の院長様は、恐縮し切った私に優しく声をかけてくれた。

「早く経験を積みたいと最短で学園を卒業されて、医療に従事されているとお聞きしましたよ。お若いながら医療で役に立ちたいと素晴らしい理想を掲げられたお方だとか」

おや？　確かに自分の出来る仕事を選んだつもりだったけど、何か思っていたよりも物凄い美談になってるような？

「貴女の叔父様とお兄様が、熱心に語っておりましたよ。仲の良いご家族なのですね」

『ご主人に仕事を押し付けたい叔父と、妹狂いの兄の図だな』

ルナ……。微妙な気分になってくるから止めて……。

こほん、気を取り直して。

「この度は、私の叔父が大変なご迷惑をおかけしてしまい、申し訳ございません。私では力不足かと思いますが、精一杯努めさせていただきたく存じます」

「ふふ！　こんなに可愛らしい綺麗なお方に勉強を教えてもらえるなんて、なかなかない経験ですよ？　そんなにかしこまらないでくださいな」

「……！　ありがとうございます」

安堵して、思わず胸元に手を当てた。

彼女の親しみの籠もった笑顔に、緊張が少しずつ解《ほぐ》れていく気がした。

……私なりに精一杯頑張ろう。

今回は、特別な魔法薬の調合ではなく、普通の調合薬について教えることになっていたので、必要なものなどを、まずは詳しく書き出していった。

「それと、魔力持ちのシスターが何人かいらしたとのことなので、基本的な魔法薬をいくつか覚えてもらおうと思います。人工魔石結晶があれば、治癒魔術も少し使えるようになりますので」

「それなんですが、レイラお嬢様。魔力持ちとはいえ、素人がほとんどです。普通の薬ではいけませんか？」

「併用していこうと思います。普通の薬品が八割、緊急用として魔法薬が二割程度です。魔法薬ですと、重症化しても持ち直すことが出来るので、あると便利です」

「なるほど……」

育てる薬草と、場所の確保の話。効率の良い栽培方法などを伝えて、試しに空いた空間に畑を耕してみることになった。

『ご主人。魔術は使わないのか？』

持ち込んでいた使用人用の動きやすいワンピースに着替えて、畑を整えるべく土を慣らしていれば、ルナに不思議そうに聞かれた。

すぐ隣には院長様がいるし、独り言を言う怪しい人間になるのも嫌なので、念話で答える。

『魔術は使っているわよ。身体強化の魔術。でないと、私に鍬《くわ》なんて振るえないもの』

『いや、そうではなく』

ルナの言いたいことは分かる。私は服の下に人工魔石結晶のペンダントを身につけているので、畑を耕すために土属性の魔術を盛大に使うことが出来る。それをしないのか、と言っているのだ。

使うつもりは、ない。先ほどからチラチラと子どもたちが覗いている。

薬草を育てるのは私ではなくて、ここの人たちなのだ。魔術で解決する姿を見せてしまうのは違う気がした。

今この瞬間は簡単に終わらせることが出来るけれど、魔術が使えない者たちに大っぴらに見せつけるのは、いけない。

めげてしまうことがあったら、やるせなくなってしまう。

それに、魔術の力に頼らずに育てた植物は、なぜか強いのだ。

それを聞いたお兄様が、手ずから私に花を育ててくれて、誕生日にプレゼントしてくれたことがあったっけ。懐かしい思い出だ。たとえその花が、人間のフェロモンを隠す成分を含んだ男避け用の花だろうと、丹精込めて育てられた花は嬉しかった。

「あっ、虫！　虫だー！」

害虫に区分されるものを取り除いて桶の中に隔離していたら、突然後ろから現れた男の子がいきなり虫をばら撒き始めた。

鍬を持つ私の腕にしがみついて邪魔をし始める男の子もいたりしたが、まあ問題はない。

「姉ちゃん、虫平気なの？　虫の雨ー！」

「……好きな女の子が出来たら、それは止めた方が良いわよ？」

慣れているとはいえ、さすがに積極的に虫を好むわけではないので、顔を顰めていたら、院長様が「あなたたち！　この方はお客様ですよ！　失礼なことをするのは止めなさい」と叱っていた。

軽い拳骨《げんこつ》を一つずつ。

本当に元気な男の子たちだ。拳骨されても構われたことが嬉しいようで、笑いながら逃げていった。その後に続いた男の子は、私を見て満面の笑みを浮かべて去っていった。

ああ、これは仲間を呼びにいくやつだ……。

手の空いたシスターたちが駆けつけてきた頃には、私に対する子どもたちのあだ名が、「筋肉姫」になっていたが、瑣末なことだと思っておく。

「姉ちゃん、そんな細いのにどこに筋肉入ってるの？」

「あっ、おっぱい！」

「筋肉ダルマおっぱい姫！」

「略して筋肉姫！」

「………………」

思い切り胸を触られたので、勝手に叱って良いものか、仕事に集中した方が良いのか、どうしたものかと逡巡していたが、即座に額にデコピンをくらい、シスターたちに廊下掃除の刑を命じられていた。

でも、なんとなく分かる。たぶんまた似たようなことをして叱られるパターンだと思う。


ちなみに、女の子たちには着せ替え人形にされることになった。

なんか言っていることがうちのお母様と似たような台詞で戦慄した。

「筋肉姫なんて酷いわ！　違うの。淑女も筋肉は必要よ。ダンスだって乗馬だって筋肉は必要だって本に書いてあったもの！」

「重いドレスをさばくためにもね！」

先ほどから髪をたくさん弄られ、とにかく散々好き勝手にされた。

『男の子どもにも、女の子どもにも、玩具にされているぞ、ご主人……』

知ってる。知ってますとも。


数日通う頃には、畑仕事の手伝いをしてくれるようになったので、もう私は何も言わない。

年長の子に勉強を教えることになっていた理由は、年長の子が小さな子に教えてあげられるようにという理由からだ。

教える年長者も勉強になるし、その方が効率が良かった。

数日間、幼い子たちの悪戯に悩まされていた私は、勉強を教える時に年長の子が普通に話を聞いてくれたので、危うく泣きそうになった。

そうだった。そう。会話って確か、こんな感じだった。

「レイラ様。感想文の添削をお願いします。……あの？　どうして泣いて……？」

「な、なんでもないの……なんでも」

「ハンカチ使いますか？」

年長者の女の子が差し出してくれたハンカチは、彼女の刺繍が施してあった。

この腕なら内職仕事の紹介も出来るかもしれないとふと思ったので、院長様に提案をするだけしてみよう。

日々は目まぐるしく過ぎていくが、学園で同年代と接するよりも気が楽だったのは確かで。

だけど、子どもたちと親交を深め、年長の子に基本の勉学を教えたり、畑を耕したりした結果、悟ったことがある。

『そなたの叔父に、この仕事は無理だな』

ルナは真顔でそう言った。

私もそう思う。それを知っていたから叔父様は、私に押し付けたのかもしれないとも思う。

というか、元々叔父様の解説が壊滅的だから、教えるのがそもそも無理だ。

「叔父様、新薬の開発はどうなったのかしら」

『まだ完成させる気なのだろうか』

「叔父様はそのつもりみたいだけれど」

私は遠い目をしながら天井を仰いだ。


飛ぶように過ぎていく日々。

孤児院に通い始めてから一週間過ぎた頃だった。

孤児院にリーリエ様とフェリクス殿下が来訪することになった。

孤児院長に、これからいらっしゃる予定なのだと聞いた瞬間、思わず持っていた本を落としてしまった。乙女ゲームのシナリオなんて、既にほとんど関係ないと思っていたけれど、そういうわけではなかったらしい。

そういえばゲームの中では、リーリエ様とフェリクス殿下の仲睦まじさに嫉妬するレイラ、というスチルがあった気がする。

物語の中に出てきた『レイラ』は、フェリクス殿下のことが本当に好きだったのよね。

花壇の前でしゃがみ込みながら、成長した苗を選別していると、後ろからドンッと何かがぶつかってきた。

ぐほっ……！　と変な声が出てしまうのは淑女としては少々アレなので堪えつつ、すぐ後ろを振り返ってみると。

「ねえっ、姫さん、姫さん。たまのこしだってよ、たまのこし！」

玉の輿だろうか？　最近、字を教えているためか、子どもたちは少々おませな会話をしたがる傾向にある。

ちなみに、私は姫さんと呼ばれているが、可憐でお淑《しと》やかな雰囲気の姫ではなく、筋肉姫の略であることを忘れてはいけない。

筋肉姫の連呼はちょっと嫌だった。止めて欲しいと言いたかったが、嫌がったら余計にそう呼んでくることが予想出来たので、放置することにしている。だけど、案の定たまに呼ばれる。

「どうしたの？」

スコップを置いて聞いてみれば、さらにその子の後ろからも、ドッと子どもたちが押し寄せてきた。私に寄りかかる男の子の、さらに上から体重をかけてくる男の子がいて、純粋に重い。

「筋肉姫が王子と結婚したら、たまのこしになるって聞いたぞ」

「知ってる！　本で見たわ！　武道会でしょ！」

惜しい。舞踏会である。女の子が私の腕を取って引っ張っていた。

「レイラちゃんは王子様と結婚するの？」

「しません」

王子様と結婚とか、恐れ多すぎるのでここでハッキリと口に出しておく。

「お城に行ったら、『控えよ！』って言うんでしょ？　それで扇でバサバサーって」

桶の中から剪定した葉を数枚取り出して、女の子は扇を作ってはためかせてみせる。

「レイラお姉ちゃんは、貴族の人なんでしょ？　金色の王子様のたまのこし狙えるよ！」

金色の王子様……。これは何の推薦なのだろうか？

「ちょっ……と！　待って！　転ぶから」

しゃがんでいた私だったけれど、子どもたちが体重をかけていたので、私はドサッとその場で尻もちをついた。なんとか子どもたちを巻き込まないように転ぶことが出来た。

お構いなしの様子で子どもたちが詰め寄ってくる。

迫りくる子どもたちの会話を紐解いていけば、簡単な話だった。いや、私には簡単な話ではないけれど。子どもたちは楽しそうに私に教えてくれた。

リーリエ様とフェリクス殿下が孤児院に慰安とか見聞の名目で来るということ。

ついでに光の魔力の持ち主であるリーリエ様が神様に祈ってくれれば、御の字とのこと。

孤児院は教会に併設されているのだ。

ちなみに、クレアシオン王国と近隣諸国で信じられている神様には名前がない。神様、だとか。主、だとか。お父様だとか。色々な形で呼ばれている。

上級精霊や御使いに働きかけて、森羅万象を治めているとこの国でも信じられている。

人間が接触出来る精霊は中級精霊まで。

リーリエ様の精霊も、クリムゾンの精霊も、私の精霊も、皆、中級である。

上級精霊となれば、人前に姿を現さないし、基本的に彼らは人間と交流もしない。

ルナによれば、『森羅万象のために直接的に働いているのは上級精霊たちだ。私たちはただこの世界にいるだけで世界を支える礎《いしずえ》になっているらしいぞ。詳しくは知らん』と興味なさそうにしていた。

うん。一般的な精霊たちは気まぐれだもんね……。精霊社会、けっこう適当だな。

曰く、ルナはこれまで適当に生きてきて、私とたまたま出会って、なんとなく気に入ったから契約したらしい。良いのか、それで。ルナは、人間と契約するのは私が初めてだと聞いたことがあるけど。

閑話休題。

理屈で考えれば、リーリエ様が祈ることで何か奇跡が起こるわけでもないのだけれど、縁起物ってそういうものだ。少なくとも、私が祈るよりは良いことがありそうなイメージがある。

そうした神秘性を利用して、あらゆる方面にパイプを作るという戦略なんだろう。光の魔力の持ち主であるリーリエ様が、様々な機関と顔合わせをしているのは。

フェリクス殿下が傍にいるのは、王家と懇意にしていると知らしめるため……といったところか。

とにかく、フェリクス殿下ルートの流れや展開に似ているし、場所もまさにここだった。

唯一、私の服装だけが違うけれど。

ゲームのスチルの中のレイラはお忍び用のワンピース。市井《しせい》に紛れるべく生地もこの辺りのものだという。

もちろん、私はそんなものを用意してはいない。今の私はお忍びではないのだし。

服装も違うことだし、ゲームと同じ状況にはならないはずだよね。

とか、そんな風に考えていた時もありました……。

「ねえ、レイラちゃん！　こっち、来て来て！」

女の子に手を引かれて、言われるがままに彼らの寝室に連れ込まれるまでは。

それで何が起こったって？

作業着を着替えさせられました。

「ええー……？」

『ご主人、どうした？』

子どもたちに連れられ、彼らが一張羅を用意してくれて……。完成しました。ゲームのスチルのレイラ＝ヴィヴィアンヌが。

嘘。スチルと同じ服？　嫌な偶然である。

でも、私は嫉妬深い表情なんて絶対にするものか。

「レイラお姉ちゃん！　似合ってるよ！　この可愛い服を着れば、王子様もイチコロだよ」

「あ、ありがとう……」

せっかく着せてくれたのだから。

私に似合うと思って着せてくれた服で、これは皆の善意だというのに、私は上手く笑えなかった。不器用な笑みを浮かべる私に、女の子たちは可愛い可愛いって言ってくれる。

でも。

『ご主人。調子が悪いのか？』

子どもたちの前で会話をするわけにはいかないので、私はふるふると、さり気なく首を振ってルナに応えてみせた。

「俺たち恋のキューピッド！」

「後はお若い二人でってやつだよね！」

なぜ、子どもたちは私とフェリクス殿下をくっつけようとしているのだろうか。

だけど、懐いてくれるのが嬉しくて文句は言えなかった。

……この賑やかな空間に心癒やされる私も確かにいて。仕事に来たというのに、私の方が元気をもらっている気がした。

貴族の中で常に気を張る生活に、実は疲れていたのだと実感してしまう。

「ねえ！　お姉ちゃん！　王子様が来たって！」

「隣の女の子が聖女さまー？」

聖女様とは、リーリエ様のことかな？

寝室の窓から、遠目にフェリクス殿下とリーリエ様の姿が見えた。

子どもたちは、珍しい客人の姿に興奮して駆けていったけれど、きっとシスターたちに注意されるだろう。確実に。まず、廊下を走るのが良くない。

『どうする？　ご主人』

「陰から様子を見て、逃げる。それに尽きるわ」

彼らは、私が今日ここにいることを知らないのだろうと思う。だったらわざわざ姿を現す必要などない。

私は子どもたちの寝室からそっと出て、孤児院の裏へ向かうことにした。

こんな裏に誰も来ないだろうと、日陰で育てる植物がある薬草畑へと向かい、経過観察としてスケッチを行うことにした。

木で出来ている小さな椅子に腰掛けて、葉っぱの表面を眺めながら、やっぱり二人の並び立つ姿は絵になるなあ、なんて。少しそんなことを思ったりして。

うん。二人から逃げてきたはずなのに、なんで私はここでモヤモヤとしているのだろう？

『そんな顔をするくらいなら、何食わぬ顔をしてあの二人の前にいれば良いのではないか？』

「え？　特に何か思ってるわけじゃないわよ？」

そのはずだ。

『何も思うところがないのなら、なおのこと。あの二人の前に姿を現すなんて訳ないはずだろう』

「…………」

ルナは容赦なく現実を突き付ける。

うん。私はなんとも思っていないわけでは、ない。

最近はフェリクス殿下とリーリエ様が二人きりで過ごしていると、その噂ばかりが耳に入ってくるから、正直気になっている。

フェリクス殿下とどうにかなるつもりは一切ないのに、私は嫉妬なんて感情を募らせている。

我ながら、本当によく分からない精神構造をしている。

「あんな男、止めてしまえば良いんですよ」

「きゃっ！」

ふいに聞き覚えのある声が聞こえたと思ったら、後ろから抱き竦《すく》められた。

な、何事!?

『お久しぶりですね？　レディ。ご機嫌麗しゅう……』

真横に、ちょこんとお座りする黒猫がいた。

「アビスと、クリムゾン？」

「こんにちは、レイラさん。貴女に会いに来ました、なんて言ったら引きますか？」

それから、視界の端に見えたのは茶色の髪。後ろから抱き竦められて耳元に話しかけられたせいで、彼の声がくすぐったい。……正直、びっくりしすぎて心臓に悪いから止めて欲しい。

ああ。今日のクリムゾンは紅の髪ではないのだと、どうでも良いことを思いながら私は、抱き竦める腕を引き剥がす。

『無礼者！　私のご主人に気安く触れるな！』

クリムゾンの腕を引き剥がそうと格闘していたら、ルナが代わりに言ってくれた。

引き剥がそうとしても、後ろから回された腕は固く動かない。

なんて馬鹿力。それとも男の人は皆、こんな風に力が強いのか。

『はは、何を言っておいでか、狼殿。人間同士の交配の邪魔をするのは無粋というものでしょう』

ルナだけじゃなくて、アビスもか。せっかく可愛い黒猫の姿をしているのに、人間同士の交配とか、ちょっとアレなことを言うのは止めて欲しい。

『胡散臭い相手に、大事なご主人を渡せるものか！』

視界の端で威嚇を始めた精霊たち。

本当にどうしてここに、この人がいるの？

ぐっと、手に力を込めつつ、魔力を発動させ、身体能力や力そのものを強化する。

こればかり使っているせいで、普通の人と比べたら、かなり熟練しているのだ。

すげなく肩に置いていた手を払い落とし、背中に張り付いていた男を振り払って立ち上がった。

私に振り払われたクリムゾンは、こちらを見ながらご機嫌そうに笑っていて。

え。今の行動に喜ばれる要素は一切ないはず。

「実力行使ですか。気が強いお方だ」

今のでご機嫌になる意味が分からない。私の周りにいる人たちは、なぜいきなりご機嫌になったり不機嫌になったりするのだろうか。

「ここで何をされているのですか？」

「そういえば、俺のことを名前で呼んでくださっているので、俺も貴女のことをレイラとお呼びしても良いですか？」

もう好きにしてください。

この一瞬で気力が持っていかれたので、思わずジト目で彼を眺めていれば、「じゃあ、そういうことで」と彼は笑う。

そしてなぜか、脈絡もなく私の髪に手を伸ばした。

「本当に、何がしたいのですか？　貴方は。というか、そもそもどうして貴方がここに？」

人の髪を弄《もてあそ》びながら、ふんふんと鼻歌を歌っている彼は、どう見ても上機嫌で。

「今日の俺はクリムゾンではなく、子息のブレインとして父と共にこの孤児院に来ています。ほら、サンチェスター公爵と言えば、慈善事業に熱心ですから」

「伺っております。特に貧しい子どもたちを救うための活動に熱心だと有名ですよね」

子どもたちへの慈悲深い愛情。スラム街の名も知らぬ子どもたちの遺体を埋葬したり、戸籍を与えるために活動したりと、その善行を挙げれば枚挙にいとまがない。

「そうそう。だから寄付のための定期訪問ですよ。先ほど、王太子と光の魔力の持ち主の姿が見えまして、それなら貴女はこの辺りに潜んでいるかと思いまして」

「……」

ご名答である。本当にこの人の勘は鋭い。もしくは、私の性格や特性を熟知しているか。

私が複雑な想いを抱えていることも、彼にはお見通しなのだろう。

「しばらくこの場所に潜みたいと思いながらも、あの二人の動向が気になって仕方ないのでは？　ある程度は想像がつきます」

「……」

この人はどこまで私の考えていることが分かるのだろうか。

「こんなところでコソコソしているより、表に出ていきましょうよ。子どもたちも貴女を探していましたし。共同事業の相手であるサンチェスター公爵令息とヴィヴィアンヌ侯爵令嬢が共にいたところで怪しまれませんし、何より俺と一緒なら惨めな思いにはならないですよ」

確かに、私一人で彼らの前に出るのは、嫌だった。並んだ二人の輝かしい姿を見たら、否応なく惨めな気分になってしまう。

あんな、お似合いな二人……。

乙女ゲームのスチルの二人が脳裏を過る。それは、殿下の隣に立つ女性に対する劣等感みたいなもの。

後ろ向きにうじうじした自分になるのは、確かに嫌だ。そんなことになるくらいなら、堂々と出ていった方がよほど健全かもしれない。

地に足を付けて、しっかりと自分の足で立っているのだと証明したい。

「大丈夫。レイラは悲劇のヒロインなんかじゃない、ただ仕事に来ている職業婦人です。あの光の魔力の持ち主に引けを取ることのない立派な女性です。臆する必要もありませんよ。貴女自身がそう思っていなくても、ね」

「貴方はどこまで私を知っているのですか？」

本当に私のことをよく分かっている。私の面倒な性格を。私の性質を。

確かに、私は大嫌いだった。悲劇のヒロインぶることも、被害者ぶることも。

無意識にそんな振る舞いをしてしまったら、嫌だ。もし既にしていたなら、死にたい。

しているかもしれない？　とにかく嫌だ。

あの二人の前に出たら無意識にそれをしてしまいそうで嫌だったんだ。

私より辛い目に遭っている人は他にたくさんいるというのに、私なんかが泣き言を言って被害者ぶってどうするのって思う。そんな資格なんてない。

だって私は、前世で『彼女』のことを――。とにかく、私が悲劇のヒロインなんて甘え、許されない。他の人は許されるかもしれないけど――。

「他の人は許されるかもしれないけど、私は許されない」

「なっ……！」

この人は今、私の心を読んだのか？

「惨めな思いになると、人は被害者を演じてしまうところがありますよね。そうして心を守る。

それをレイラ、貴女は自分自身に許さない。その資格などないと思っている」

「……」

絶句した。私の心を明確に言語化した彼に。

「心を読んだわけではありませんよ。なんとなく分かる感情です。俺もね、貴女と似たようなものなので」

「……」

何も言えなくなったのは、ふと気付いたからだ。この人もそうなんだ、と。

彼のことは知らないことばかりだけど、そんな私にも少し分かってしまった。

この人は私をこうやって気遣うくせに、自分にはきっとそれをしないのだろうということ。

それこそ、自分にはそんな資格なんてないと、私と似たようなことを言って。

本当に私とそっくりな人。……私と彼の性質が似ているというなら、彼は？　この人の背中を押してくれた人は、これまでいたのだろうか？　今、彼が私にしてくれたみたいに。

「驚く必要などないでしょう？　俺は貴女の半身みたいなものです。……とにかく、気になるなら出ていけば良い。臆する必要など、どこにもない。俺がいるのですから」

「どうして、私の背中を押してくださるの？」

「それはもう、他人事とは思えないので」

ある意味、予想通りの答えだった。

そっと見上げると、彼はふわりと笑った。こんなにも普通に笑えるんだ……。

これは、純粋にクリムゾンの善意?

何かしら他の思惑もあることは確実だけど、それでも善意が混じっているのは確かだ。

それでも嬉しいと思ってしまう私は、少し単純だろうか?

「隠れているのって、なんだかこっちが負けたみたいで嫌じゃないですか。レイラもきっとそんな風に思うだろうと思って。だから背中を押したくなった」

「……ふふ、正解です。それもそうですね。悔しいですよね」

確かにこちらに後ろ暗いところなどないのにコソコソしているなんて。

本当なら、何にも惑わされることなく堂々と表に立っていたいところだけれど、それが無理ならせめて、平然とした顔を演じて見せたかった。嘘でも良いから、強がっていたい。

「ふふ、馬鹿になってしまえば良いのです。その方が楽になれます。レイラは真面目すぎる。あの王子と女のことだって、今後のネタとして盗み聞きしてやれくらいでちょうど良い」

『ワタクシの主は、世の中楽しいか楽しくないかで判断している刹那主義ですからね』

突然、彼の精霊が話に参加してきた。さっきまでルナと戦っていたはずなのに。

「おや、心外です。先のことも考えてますよ一応」

それを聞いたアビスが愉快そうに、くつくつと笑う。なんというか、猫が笑う姿って貴重だ。

「二人の喧嘩、やっと終わったんだ……」

『何を言う。立派な決闘だ』

気が付けば、ルナとアビスの戦いというか、じゃれ合いらしきものは終わっていた。

確かに犬と猫って仲良くないイメージはあるけども。

まあ、ルナは狼の姿をした精霊だから、犬と一緒にされるのも本人的には不本意かも？

「そういうわけです。ね、せっかくだから覗き見をしましょう？　バレたら開き直れば良いのです。二人なら何も怖くないですよ？　…………それに、何があろうと、何を聞こうとも、レイラには俺がいるのですから」

「……最後の一言はともかくとして。少なくとも、裏で一人うじうじしているよりは、そっちの方が良いですね」

クリムゾンは、私の扱いを色々な意味でよく分かっている。


裏の庭から、そろりそろりと抜け出しながらも、私は正直まだ怖かった。

クリムゾンの後をついて歩いておきながら、私はまだ臆していたのだ。覚悟を決めても、憂鬱なものは、やっぱり憂鬱で。

「…………」

「おや？」

「あ、ごめんなさい」

クリムゾンが私を振り返ったその時、自分の指が彼の服の裾を掴んでいることに気が付いた。

無意識に、何をしているのだろう、とすぐに離す。

「掴んでくれたままでも、俺は良かったんですけどね」

「申し訳ありません。今のはなかったことにしてください」

「そうですか？」

クリムゾンの声が嬉しそうに弾んでいた。心なしか足取りも軽やかだ。

普通の青年が照れているような、この人らしからぬ表情に、内心驚いた。

色々な顔を見せる人だ。思っていたよりも、普通の人みたい。

私と似た精神構造をしているとはいえ、彼の考えていることは、よく分からなかったから。

それもそのはず。いくら似ていても、彼は彼で、私は私。全く別の人間だし、人が人を完全に理解なんて出来るわけがない。魔術で覗き見たところで、記録として知ることは出来るだろうけど、感情は個人のものだ。

結局のところ、「貴女のこと分かるよ」なんて言われたところで偽善だとしか思えない。

そう言われたら腹が立ってしまう。貴方が私の何を知っているの？　と。

そういえば、と私はまた一つ気付いた。

思い返してみると、クリムゾンは、私のことを自分と同じだとは称していない。

同じような。似たような。似たもの同士。なんとなく分かる。どれも曖昧な表現だった。

本当に私の扱いを心得ている人だ。……もしくは、彼自身もそうだからか。自分がされて嫌なことは人にしない、ということ？

『我が主が普通に笑っているとは……なんとも気色悪い――ふにゃあああ！』

アビスの吐いた毒舌に、クリムゾンの制裁が下った。どこからか出現した鎖がアビスの首元に巻き付いていた。

なんというか、物凄く可哀想なことになってる！　どう見ても首が絞まる寸前だ。

「調教し足りませんでしたかね？　アビス」

『……っぐぅ、た……たいへん、申し訳ございませんでし……た』

うわあ。この鎖、禍々しい闇の気配……というか、あれに触れたら呪われそうなんだけど。

アビスは息も絶え絶えといった様子で、自分の主に助けを求めている。

「よろしい」

鎖が外れて、鎖がクリムゾンの影の中へと消えていった。

え？　どういう構造!?

再び歩き出すと、横に並んだクリムゾンが自分の使った魔術について教えてくれた。

「この鎖はですね、私の闇の魔力で創られた鎖です。魔術発現を阻害する鎖なので、巻かれたら抵抗出来ないのですよ」

「……！　魔術を打ち消す魔術でしょうか？」

「あくまでも阻害なので、完璧にとは言えませんが、大体は打ち消せます。もし打ち消せなくても多少は阻害出来ますし、鎖を振り回せば物理攻撃が出来るので、問題はありませんよ。思い切り首を絞めてしまえば関係ないでしょう？」

「確かに。それなら阻害が効きにくい相手にも有効ですね。……使い魔の首を絞めるのは、いかがなものかと思いますが」

鎖で絞め上げたり、攻撃を防いだり出来そうで、使い勝手が良さそう。どんな仕組みで術式が組み上げられているのか気になる。

『ご主人と似た脳筋な思考の持ち主だな……』

「なっ、ルナ。失礼な」

『ほほう。ワタクシの主と似て、狼殿の主もまた物理攻撃信者なのですか』

皆、脳筋とか言うけど。だって、複雑な魔術を捏《こ》ねくり回すより。

「殴った方が早いわ」

「殴った方が早いです」

私とクリムゾンの声が見事に被った。

『…………』

『……………………』

そして無言の精霊たち。その何やら言いたげな顔は何なのか。動物なのに表情があるのは、なぜなのか。

クリムゾンも心外だったのか、何やら語り始める。わざわざ足まで止めて。

「そもそもですよ。俺は術式を扱うことは得意ですし、特に苦はないです。ただ、目立つんですよ。目立たずに、効率的にかつ有効なのって闇討ちしかないでしょう？　声を出されても面倒ですし、鎖が一番有効なんです。この鎖は俺の手足のように動かせますし、長さも本数も自由自在ですし。使い勝手が良いので使用頻度は増えますし、そうしたら最終的に熟練度が上がっていて――」

「……結局は使用頻度ですよね。私もなんだかんだ逃亡ばかりしていましたので、身体強化系の魔術を使うことが多かったです。だから、攻撃魔術よりも物理攻撃の方が正直慣れていて――」

『……』

『…………』

なんだろう。そのジト目。二匹とも似たような表情を浮かべて並んでいて、ちょっと可愛いとか思ってしまった。

「まあ、気を取り直しまして。この辺ですかね」

フェリクス殿下やリーリエ様から数十メートル離れた地点で、壁際へと引っ張られ、クリムゾンの手が私の手をしっかりと握った。

「え？」

「このまましばらくお待ちください」

「……？」

何やら魔術の気配が伝わってくる。ぶわっと、魔力の奔流が私の中へと流れ込んでくる。

ぱちり、と私の視界が切り替わった。

まるでテレビの映像でも見ているかのように、私の瞳はどこか別の光景を映している。

まず、目の前に子どもたちの足が見えた。小型の生き物の目線みたいな風景。

ゆるゆると続く映像は、上へと上がっていって。

「……殿下？　……とリーリエ様？」

「そう。猫の目を借りてみました。あの猫はね、やたらと人懐こいんです。人の傍が好きだからしばらくあの場所にいると思いますし、それとそろそろ……」

『お客様だー！　こんにちはー！』

『王子様！　王子様！』

ガヤガヤと子どもたちの声が聞こえてきた。それも、耳の中にイヤホンでも入っているように鮮明な音で。

「これは？」

「猫の耳も借りてみました。ちなみに手を繋いでいるのは、俺に伝わってくる視覚情報と聴覚情報をレイラに共有するためです」

「諜報《ちょうほう》向きの闇の魔術ですね」

ともかく、盗み見と盗み聞きは、こうして行うらしい。

「……ねえ、レイラには見えますよね。リーリエという女。満面の笑みで。こちらの気持ちなんて何も知らないで、呑気に笑っています」

「……何も知らせるつもりはないので、それで良いんですよ」

「しかもあの女、子どもたちの前で大っぴらに魔術を使っていますね」

リーリエ様は子どもたちの前で光の魔術を使い、光で出来たアートや、美しい虹の結晶を作り出したりしている。

光の魔力で作り出した光るシャボン玉。それに映る可愛らしい絵柄。ぬいぐるみや、お人形の柄のシャボン玉。

光を作り出せるリーリエ様の魔術。その映像は色濃くて、本当に目の前にあるみたいに見える。

ふわふわとしたぬいぐるみが空から降ってくる。それらは、ファンタジーな魔術ばかり。

しかも、本当に現実に現れている？

「凄いですね。あの魔力量。それに、幻想を現実にするほどの魔力干渉力。あのぬいぐるみは、本人が魔術を解くか、術者が死ぬかしなければ消えない類のものです。もしくは、高度な術式解除の魔術を施せば消えますかね」

魔術は幻想みたいなもの。人間が使う魔術であの域まで達することは、まずないとクリムゾンは説明してくれた。

「俺の出した鎖も物理攻撃ですが、一時的なものですし。厳密に言えば闇の魔力の塊を、一時的に硬化させて物理攻撃に使っているだけです。俺の手から離れればすぐに霧散する」

火の魔術も、水の魔術も、確かに効果は一時的なもので、その場にずっと留まっていることはなかった。魔力から生み出されたものは、やがて術者の干渉力を失い、霧散する。

結局のところ、魔素と、元素は似て非なるものだ。

例えば、火の魔術で起こした熱を利用して新たに火を発生させれば、その炎はその場に留まる。燃焼という現象に必要な、空気と熱はあるわけだし。

水の魔術だって、魔力の塊を水に変換するより、空気中の水分を利用した方が効率的なんだよね。この辺りは『魔術現象科学論』などで学ぶ分野なので、専門家に任せるとして。

まさか、異世界でも科学を学ぶことになろうとは、前世の私も思わなかった。

「リーリエ様の出したぬいぐるみは、魔力を持たない子どもたちが触っても何も起こらない？

彼女の手から離れても、消えたりしていませんし。どう見ても普通のぬいぐるみですね」

「まさかここまでとは。正直、俺もあの女の力は末恐ろしいと思っています」

「そうですね……。幻想を現実にするって、どういう仕組みなんでしょう？」

思ったものを自在に出せるなんて、使い方を間違えれば恐ろしい魔術になるだろう。

それを人前でポンポン使うのもどうかと思う。

「こんな台詞言いたくはないですが、夢の力が奇跡を起こしたのでしょう」

『ふ……、我が主の口から、似合わない台詞が――ぎにゃあ！』

アビスは尻尾を踏んづけられた。

いい加減、その口を閉じていればお仕置きされることもないというのに。

『懲りないな。口から先に生まれたような猫だな』

ルナは完全にしらーっとした目でアビスを眺めていた。

「夢の力……ということは。彼女の思いのまま？」

「無から有を生み出し、その現象を現実に固定化させるのは、神の所業か、精霊の魔法ですよ。

とにかく、この世への干渉力が強すぎた結果、神に近い奇跡を起こしてしまっているってことでしょうね。光の魔力の塊が霧散せずに留まっているとは……」

「光属性の魔術は、実はそういう魔術なのでしょうか？　夢を現実にするという――」

光属性の魔術師については、まだ分からないことが多い。

「まあ、平たく言ってしまえば、思い込みが激しいだけです」

「そんな身も蓋もない……」

さっきは夢の力が奇跡を起こしたとか、ファンタジーみたいなことを言っていたのに。

「幻想を現実にするには、まず本人がそうと思い込まなければならない。術者本人がそこにあると強く認識すること、奇跡を起こすほど強力な魔力干渉力、色々と条件はありますけどね」

「それなら、リーリエ様には天性の才能があるのですね。――怖いほどに。まだ魔術を習い立てとは思えません」

魔術を使えるようになったのは最近なのに、その域まで達するとは。

クリムゾンは鼻で嗤う。

「童話に出てくる魔法使いと同じことが出来ると本気で思っているお子様ですよ」

「確かに、物語に出てくる魔法使いは、古着を豪華なドレスに変えたりしてますけど」

この世界の童話にも、シンデレラや白雪姫のような物語があって、そこに出てくる魔法使いたちは、何もないところに魔法アイテムを出現させたりしていたっけ。物理法則とか、魔術の術式とか関係なく。

『リーリエ嬢。とりあえず魔術を使うのを止めてくれ』

と、そこで焦ったようなフェリクス殿下の声。何が起こっているか、彼も理解したらしい。

「おや。あの男、気付くのが早いですね？　今行使された光の魔術の構造を理解したようです。へえ、火の魔力と水の魔力と聞いたのに。優秀なんですねぇ？」

台詞だけ見れば褒めているように聞こえるのに、口調はやけに嫌みったらしい。

クリムゾンは殿下に何か思うところがあるのだろうか？　もしかして、何か敵視している？

ふと疑問に思ったが、その思考を中断させるように、映像と音声――子どもたちの喜ぶ声が聞こえてきた。

『お姉ちゃんすごーい！』

『ねえねえ！　もっと出して！　美味しいチョコとか！　ふわふわのベッドとか！』

「人の欲望に際限がないって知らないのですかね？　それは子どもですら同じこと。光の魔力の持ち主が重宝されるわけですよ。あんな奇跡なんて見せられたら、この世の均衡が崩れる」

フェリクス殿下は、リーリエ様に耳打ちをしている。感覚を共有する猫が、彼らの足元に寄っていったので、その内容も漏れ聞こえてきた。

『え？　戻せ……って？　せっかく出したのに？　皆、喜んでいるよ？』

『良いから戻して。それと何度も言っているように、魔術を使うのはお願いだから控えてくれ』

『なんで？　今回は戦いでもないのに……』

『後で言うから！』

フェリクス殿下が珍しく焦りながら、子どもたちに「今のは一時的な魔法で、夢みたいなもの」と説明している。それを猫の目を借りて見ていたクリムゾンは面白くなさそうに鼻で笑った。

「模範的な対応ですね。理解も早くて、無駄もなくて。本当に彼は完璧ですね。……腹が立つくらいに」

「クリムゾン？」

フェリクス殿下に対して良い感情を持っていないことだけは分かるが、何をそこまで敵視する理由があるのだろう？　政治的なものというよりは、個人的な感情に見える。

「……まあ、別に良いですけどね」

そう言って口元にうっすらと、意味ありげな笑みを浮かべたクリムゾンは、直後、指をパチンと鳴らした。

「……!?　何をして！」

彼がかかっていた魔術を解除した瞬間、凄まじい魔力の塊が弾けた。

私にも伝わってくるということは、フェリクス殿下の足下にいる猫の側でも、魔力反応が起こされたということで。

数十メートル先のフェリクス殿下は何かに気付いたように辺りを見渡していたが、それから間もなく、数十メートル先にいるはずの私たちへと視線の先を定めた。

「さすが。ちょっと魔術を解いただけなのに、すぐにこちらに気付くなんて。すごい偶然ですね」

いや、偶然なんかじゃない。

「クリムゾン……！　わざと気付かれるように魔術を解いたでしょう!?」

自らバラしてどうするのだと問い詰めようとしたところで、クリムゾンは繋いだままだった私の手を引っ張ると自らの体に引き寄せた。

「きゃっ、いきなり何を……」

すぐ目の前には麗しい顔。一時的に色を変えた髪とは違い、本来の色である金の瞳が私の瞳を覗き込んでいた。神秘的にきらめく金瞳《きんどう》には、どこか悪戯めいた光も垣間見えた。

「距離が近いです！」

「そうですか？」

鼻先が触れてしまいそうな近距離にパニックに陥りそうになっていた私と違い、クリムゾンは飄々としていた。

振り解こうと身じろぎしていたけれど、私のそれは無駄な抵抗に終わる。

手が！　離れない！

掴まれた手首は離してもらえなさそうだし、これ以上は身動き出来ない。

どういうつもりなのかと彼を下から軽く睨み付けると、クリムゾンはさらに顔を近付けてきた。

「レイラの紫色の瞳は、宝石のようで本当に綺麗ですね。間近で見ると吸い込まれてしまいそうで、一度囚われてしまうともう二度と目を離せない」

な、何事？

突然、歯の浮く台詞を言い始めた。何の脈絡があるのかも分からない。

私は顔を真っ赤にして戸惑いつつも、窺うように目の前の男を見上げた。

もし、こんな姿を見られていたらどうするのだ。さっきだって、殿下は私たちがいることに気付いたようだし。

ジタバタと暴れようとする私を力で押さえ付けながら、クリムゾンは何かを面白がっているようだった。今も、何かを企むような妖しげな笑みを浮かべている。

一体、これは何の冗談なの！

「ちょっと……いい加減離れて――っあ！」

彼を振り払うべく、魔術を発動させようとした寸前のこと。突然、後ろから何者かが私の腰を引き寄せた。

その温もりと香りには、どこか覚えがあって。気が付けば。

「殿下!?」

私をクリムゾンから引き剥がし、自らの背に庇うフェリクス殿下の姿が眼前にあった。

「彼女から離れろ」

地を這うように低く、恐ろしげな声がこの場に響いた直後、クリムゾンは壁に叩き付けられた。力任せの勢いで壁にぶつけられ、それは明らかに痛そうな鈍い音がした。

「っ……」

叩き付けられたクリムゾンは、その衝撃に微かな吐息を漏らした。殿下のぎりっと手を握り締める様子から、手加減一切なしの攻撃が加えられたのが分かる。

い、今、尋常じゃない音がしたんだけど!?

フェリクス殿下は、あろうことかクリムゾンの胸ぐらを掴み上げると、詰め寄っていた。

私の方から殿下の顔は見えないが、彼は珍しく怒りを露わにしていた。

激昂した殿下の姿を見るのは初めてだ。品行方正で暴力など無縁の殿下がする行動とも思えなかった。

「レイラに何をしている」

「何も？　というか、何かしたところで貴方には関係ないはずですが？」

クリムゾンは全く意に介さなかった。余裕綽々《しゃくしゃく》の失礼千万な態度で、殿下を煽った。

「良いから答えろ！」

珍しく声を荒げたフェリクス殿下に、私の方がビクリと身を竦めた。

「交流のある家の者同士、仲を深めていただけですよ」

クリムゾンの慇懃無礼《いんぎんぶれい》な態度は、あえて火に油を注いでいるようにも見える。この人はなぜ、わざわざ喧嘩を売るような真似をするのだろう。

「そんなことを聞いているんじゃない！」

「良いんですか？　完璧な王太子の仮面が剥がれていますよ？」

珍しく冷静さを欠いた様子の殿下に、クリムゾンは口元を愉快そうに緩めながらさらに煽った。

フェリクス殿下はハッと我に返ったようだったが、胸ぐらを掴んだ手はそのままだった。

「今はそんなことはどうでも良い。私は彼女に触れるなと言った。彼女に何をしたのかとも聞いたんだ」

「さあ？　ご想像にお任せします。レイラと俺の間のことですから。忙しい王太子様には全く、関係のないお話です」

全く、を強調しているせいで、さらに嫌みっぽさと腹立たしさが増している。

「関係なくはない。彼女は私の友人だ。彼女におかしな噂が立つことを見逃すわけにはいかない」

クリムゾンは、殿下の『友人』という単語を聞いて一瞬目を丸くしたが、やがて面白いことを聞いたとばかりに、くつくつと嗤い始めた。完全に馬鹿にした笑い方だ。

もう、見ているこっちの心臓に悪い。もはや、これは不敬罪じゃない？

「っはは。友人、ね。……まあ、それはともかくとして、俺にこんなことをしている時点で、おかしな噂になると思いますよ？　この光景、傍から見たらどう見えるか」

「……っ」

少し冷静になったフェリクス殿下は、胸ぐらを掴んでいた手を少々乱暴に離した。

「……強く握りすぎなんですよ」

「相変わらず、お前は気に食わない」

「それはお互い様というものでは？」

相変わらずっていうことは、この二人、元々知り合いだったのか。しかもここまで険悪って。

クリムゾンの表情は、この邂逅が不本意だとばかりに不愉快そうに顰められていた。

殿下の表情は、分からない。頑なにこちらを向かず、顔を見せることのないまま、クリムゾンと対峙しているから。

「ねえ、フェリクス殿下。貴方には、あの光の魔力の女がいるでしょう？　突然こんなところに来たせいで、彼女は置いてけぼり。戻って差し上げては？」

「護衛は付けた」

「ほう？　先ほどの一瞬で？　抜かりないお方だ。私たちを見て狼狽していらっしゃるから、冷静ではないと思っていましたが。けっこうけっこう」

不遜《ふそん》な物言いは、殿下を積極的に煽って弄んでいるように見えた。

二人の険悪な空気に、私は固まることしか出来なかった。

何かと口を挟んでくるルナも黙り込んでいた。

それもそのはず。先ほどまでフェリクス殿下の周りには、恐ろしいほどの魔力が渦《うず》巻いていたのだから。あの魔力量は恐ろしく、精霊ですら何も言えなくなってしまうほどで。

アビスだって一言も口を利かなかった。そんな中、わざと殿下を怒らせるような物言いをするクリムゾン。心臓に毛でも生えているに違いない。

「レイラと――婚姻前の年頃の令嬢と、みだりに二人きりになるな」

非常識だとフェリクス殿下の目はクリムゾンを非難していたけれど、そのクリムゾン当人はその言葉を聞くやいなや、肩を震わせ始め……、やがて盛大に笑い始めた。

「あっはははは！　よりにもよって！　貴方がそれを言うとは！　光の魔力持ちのあの女と二人でいる貴方が？　事情はどうあれ、傍目から見れば貴方たちは、それ相応の仲にしか見えないというのに。そこのところを、貴方は自覚されてますか？　そんな貴方がレイラに近付くなんて迷惑だと思いません？」

「……」

フェリクス殿下は、痛いところを突かれたとばかりに押し黙った。

「だから、他の女と二人でいる貴方に、それを言う筋合いはありません。その時点で、レイラが誰といようが人のことは言えない。その資格もない」

こちらをとっさに振り向いたフェリクス殿下の表情は、切羽詰まっているようにしか見えなかった。

私は殿下の事情を分かっていた。殿下は既に私に迷惑をかけないようにしてくれている。

それを言いたかったのに、私の唇は震えて上手く動かない。止めるべきなのに、私はこの空気に圧倒されていた。

「そもそもね、俺は貴方が気に食わない。何でも手に入るそのお立場なんか特にね。俺が欲しいと思ったもの、全て貴方は手に入れられる立場にあるじゃないですか。……なら、一つくらい俺が持っていても構いませんよね？　俺はほとんど持っていないのだから」

何かの宣戦布告にも聞こえた。私に意味を深く考える余裕はなかったが、この二人が相容《あいい》れないのは一目瞭然だった。

殿下は苦悩した様子で零した。声だけでもそれは分かった。

「何でも手に入れられるからこそ、私は簡単に欲しがるわけにはいかない。……だから何もかも持っているわけではない」

ただ、どんな表情でそれを言ったのかは私からは見えない。

「っはは。なるほど。貴方、何でも手に入れられる立場に生まれて、望まずとも全てを手に入れてきたから、自分から何かを望んだことがなかったんじゃないですか？　何もかも俺と正反対で、本当に腹立たしいですね」

クリムゾンはそこまで口にしたところで、ふと何かに気付いたようにポツリと口にした。

「──ああ。だから、余計に執着するのか。初めて欲しいと思ったから」

「……！」

明らかに地雷を踏んだとしか思えない。フェリクス殿下の纏う空気がいっそう、張り詰めたから。

「よりにもよって、お前に。私の想いを計られるなど……」

「ああ、ほら。また完璧な王子様の仮面が崩れていますよ？　そこまで、殿下は大事にしていたんですねぇ、自分の初めての感情とやらを」

フェリクス殿下の神経を逆なでするような台詞ばかりを選びながら、クリムゾンは嘲笑する。

二人が無言で対峙する中、様子がおかしいと思ったのだろう。この最悪な空気の中、リーリエ様が駆けてくる姿が目に入った。

何やら争っているらしい一部始終を目撃した彼女は、予想外にもこんなことを言った。

「光の魔力の持ち主である私を欲しがる人はたくさんいます。ですが、私は貴方の元には行きません！」

クリムゾンに向かって。

「は？」

クリムゾンは呆気に取られた後、失笑した。

「もしや、貴女のことで争っているとでも勘違いしたのですか？　おかしなところで自意識過剰な女性だ。……俺は光の魔力に興味はないのです。奇跡を起こせるほどの力があっても、俺たちの目的には恐らく役に立たないだろうから」

それから、なんとも意味深なことを口にした。

俺たちの目的？　ってことは、やっぱり何かを企んでいるの？

もちろん、リーリエ様もあからさまな嫌味には気付く。

「なっ！　失礼ですよ！」

「おや、失敬。俺も少々気が立っておりますので、つい本音が……」

『この男、各方面に喧嘩を売っていないか。なあ、黒猫』

『我が主は少々ひねくれておりまして、煽り癖があるのですよ。狼殿。貴方のところの主は素直で可愛いのに、うちの主と来たら。どうしてこんな風になってしまったのでしょう……』

『嘆かわしい風の口調だが、声が笑っているぞ。黒猫』

精霊たちの会話が聞こえてくるが、彼らはいつもよりも本気で隠形魔術を使っているのか、どこか気配が薄い。

もしかして、リーリエ様の精霊を警戒している？

「ブレイン、と言ったかな。お前には今から二人で話がある」

そういえば、ブレイン＝サンチェスターと名乗っていたっけ。

「奇遇ですね。俺もあります」

男二人はまだお互いに威圧し足りていないのか、別室で話し合いの場を設けることにしたらしい。

リーリエ様の訪問は中止となり、彼女は有無を言わさずに馬車で送り返されることになったのだった。

私がリーリエ嬢と共に孤児院に向かったのは偶然のようなものだった。

つい最近のことだからだ。本格的に二人で行動するようになったのは。

王太子と光の魔力の持ち主という組み合わせは、自分で言うのも何だが、とても目を引くと思う。

二人きり。嫌な響きだ。

もちろん出来ることならば変な噂を立てたくはないので、私——フェリクス＝オルコット＝クレアシオンの婚約者は侯爵家以上から決めると公言しておいた。少なくともリーリエ嬢とは結婚しないという意思表示のつもりだった。ささやかな抵抗だ。

……にもかかわらず。

リーリエ嬢からの好意は、これまでと同じく全開で。全く気持ちを隠す素振りがなかったので、結局のところ無駄骨だった。

二人は、身分を越えて結ばれる婚約者なのではないかと噂され始めた時には、さすがに頭を抱えた。こちらの意図していない方向に流れていく噂には、正直気が滅入ってくる。

否定してもなぜか効果がなく、ほとほと困っていた。

あまりにも話が通じないので、これはおかしいと思って調べさせたら、なんと。

市井で、私とリーリエ嬢をモデルにした恋物語が流行っていると言うではないか。

それに影響された人々が話の種にしているのか？　だから変な噂が立つと？

ひっそりと出版され、しかもそれが水面下で流行っていると耳にした瞬間、本気で世界に呪われているのではないかと思った。もしくは、前世でよっぽど悪行を働いたのか。何かの陰謀か嫌がらせとしか思えなかった。

なぜ、そんなものを書いたのだ。許さない。

貴族もその物語を嗜むと聞いて絶望した。しかも一部では流行っているらしいと聞くし、これから私はどんな顔をして王城を歩けば良いのだろうか。

とりあえず、レイラがその物語を読んでいないらしいというのを聞いて、それだけが不幸中の幸いだった。期待はしないでおくが、後に被害届を出しておいた。


とにかく、だ。リーリエ嬢との噂が悪化しているとはいえ、いずれ彼女が一人で貴族社会を渡っていくためにはコネが必要だった。だから、こうして様々な顔合わせを行っているわけで。

いつまでもリーリエ嬢の傍にいるわけにはいかないから。

リーリエ嬢は、なんとなく分かってなさそうだけど。

正直、彼女自身が変わろうとしなければ全てが無意味だとは思うけれど、今後のためにも、王家が行動したという事実はある程度作っておかなければならない。

そのような王家の事情も入り交じった、リーリエ嬢の顔合わせ。たまたま訪問した先で、ちょっとした騒動があった。
魔術というよりも魔法——いや、奇跡だろうか？　突然、規格外の魔術を発動し始めたリーリエ嬢に肝を冷やす羽目になったのだ。

リーリエ嬢は、現実への干渉力がとてつもなく強く、彼女の術式はこの世界に定着しかけた。精霊や神レベルの奇跡に恐ろしさを感じた。全く無自覚のリーリエ嬢が無邪気に笑う姿を見てぞっとした。何の含みもないのに、彼女の笑顔が怖い。

最近では、リーリエ嬢を外に出してはいけない気もしてきた。あまりにも疲れていたからかもしれない。一瞬だけ私の脳裏には物騒な考えが過った。

——封印措置、とか？　だけど、あまりにも人権を無視しているし。彼女は悪人でもなければ、罪人でもない。

魔力を封じるのはともかく、地下に幽閉するのはやりすぎだ。

それか、王家の息のかかった修道院に送るか……。と言ってもあそこも罪を犯した貴族が行く場所。

彼女は貴重な光の魔力持ちで。それも、何の罪も犯してない彼女に、このような措置は……。

いや、私は何を考えているんだ。

人道的に云々の前に、王家がこんな判断をしたら魔術師連中は黙ってはいないし、少なくとも信用は失墜する。

とにかく、現状をどうにかするのが先決だ。

この一瞬でそこまで思考した私は、まず子どもたちに、これは一時的な幻に過ぎないと嘘の説明をした。リーリエ嬢には魔術を解かせた。

その場で出来る最適解だったと思う。後でリーリエ嬢には言い聞かせないと、と深く息を吐いた時だった。

ふいにこの周辺で魔力が弾けて消え去る気配を感じ取った。

「……？」

同時に、その解除を行った術者の気配も感じ取る。

ふと数十メートル先に何者かの視線を感じた私は、魔術で視力を強化して、何気なくその方向へと目を向けて――見てしまった。

レイラとブレイン＝サンチェスター公爵令息が手を繋いでいる光景を。

「……え？」

目を疑った。すぐ近くにいたリーリエ嬢のことなんて、完全に忘れてしまうほどに、それは衝撃的な光景だったから。

ブレインがレイラの体を引き寄せて、顔を近付けて――。

「……!?」

どう見ても、レイラに口付けていた。

その瞬間、頭に血が上った。言いようもない不快感と激情が込み上げる。

レイラは後ろ姿しか見えなかったが、ブレインの勝ち誇ったような目と私の視線が、かち合った。

頭の中が真っ白になって、私は気が付くと走り出していた。

それは、衝動的な行動だった。幼い頃から感情を抑えるように訓練されていたはずなのに。奪われたくない。身のうちから激しい炎が疼いていた。

レイラが自分以外の男に触れられる、その光景を目にした瞬間、おかしくなってしまった。自分のした行動とは思えない。私は既に、冷静さをかなぐり捨てていた。

気が付けば、ブレイン＝サンチェスターの胸ぐらを掴んで、彼を壁に押し付けていた。

レイラが怖がっている。他人の目がある。……頭の片隅では分かっていたのに、我を忘れて激昂する自分がいた。

ブレイン＝サンチェスターは、あろうことかレイラの唇を奪ったのだ。

彼女の唇にこの男が触れたと思うだけで、信じられないほどの憎悪が込み上げてきた。誰かに暴力的な衝動を覚えるのは初めてだった。

この二人の想いが通じ合っている可能性なんか考えたくもない。

レイラに背を向けていたのは、今の自分の顔を見られたくなかったから。

——きっと酷い顔をしているな。

ブレインには痛いところを突かれた。自分では見ないようにしていた部分——自らの置かれた状況に打ちのめされた。

全部、私の自業自得だろうに。リーリエ嬢と二人になることを選んだのも結局は自分で、失敗したのも自分だ。私は仄暗い笑みを浮かべた。

結局、このままレイラの前で出来る会話ではないと判断した私は、ブレインと空き室へと入っていったのだが……。

悠々と先を歩き、余裕の笑みで振り返った男は、待ち構えていたとばかりに早速切り出した。

「話は戻りますが。貴方にはあの光の魔力の女がいるから、レイラは俺がもらっても良いですよね」

「生憎だが、私には彼女しかいないから無理だ。そう簡単に頷けるわけがない」

「だから、貴方にそれを言える筋合いはないんですって。ただの友人でしょう？　自分は他の女といながら、レイラには他の男と過ごして欲しくないって、おかしくないです？」

分かっている。そんなこと。彼女の心に干渉する権利など私にはない。

「……。私は今、レイラにとってただの友人。確かにその資格はない。だから、今は代わりにお前にだけ言う。……不愉快だから、レイラに近付くな」

――ああ。おかしな論理だ。

自分が無茶苦茶なことを言っているのは自覚していたが、先に戦いを仕掛けてきたのは、目の前の男である。この男は、私の反応を見ながら、わざと煽っているのだから。

「それは、こっちの台詞です。彼女を理解出来ない男など必要ない。レイラには俺がいますから。俺は彼女の家族にも友人にも恋人にもなれる。貴方ではいずれ、彼女を傷付けるだけ」

「なぜ、そう決めつける？」

この男のこういうところが気に食わない。レイラの何もかもを知っていると言わんばかりの態度。それから、レイラに最も相応しいのは自分だと、確信しているところ。

「俺には、彼女の光も闇も抱き締める覚悟があるんです。ですが、貴方は彼女のことを何も知らないでしょう？　教えてもらっていない事実もたくさんあるでしょう？　信用されてないんですよ、結局は」

「……」

確かにレイラには色々と隠され、逃げ回られ、私は友人という関係性に縋ってさえいた。だけど教えてもらっていない事実があるから何だ。信用されていないことの何が問題だ。

結局のところ、このブレインという男は、物事を深く考えすぎているだけだ。

「全部教えてもらわなくても良い。ただ私が傍にいたいだけだ。何もかもを教えてもらえるなんて思っていない。それを承知で私はレイラといる」

ただ、傍にいたいからいるという、それだけの簡単な理由。それで十分だろう？

「………………」

今度はブレインが黙り込んだ。

お互いを知らなくても、寄り添うことで、時間をかけることで、何かを変えられると私は知っている。

ブレインに言われた言葉に臆する理由もない。

「ですが、現状を考えて貴方には無理ですよ。レイラは貴方から好意を伝えられたら、きっと怖がります」

ああ。この男がレイラを知っているというのは本当らしい。彼女の性質を誰に言われるまでもなく、当然のように理解している。

「……知ってる。好きだなんて正面切ったら、怯えられるだろうね。……何をするにしろ、逃げ道を作っておかなければ、ね」

どうすれば逃げられないで済むだろうか。今日、行動するのならば、よくよく考えなければならない。……目の前の男にかっさらわれる前に先手を打たなければ。

彼女に負担をかけず、繋ぎ止める方法を一刻も早く。

……正直、賭けなところもある。

だが、今、私の想いがどこにあるかを伝えておかなければ、いつかきっと拗れてしまう。

「そろそろ潮時かな」

目の前の男の存在が、ある意味ではきっかけになった。その点では感謝しても良いのかもしれない。

このブレインという男は、レイラのことを色々な意味で愛しているのだろう。

そして、私と同じように執着している。

お互いに、お互いを敵だと再認識した瞬間。

「何をするつもりですか……。どうせ、レイラには怯えられて終わりです。ですが……どうせ振られるとはいえ、少しでも彼女の中に貴方の存在が刻み込まれるのは、気に食わない。何より貴方が彼女に愛を伝える時点で許せるわけがありません。恋人なんて、なおさら相応しくない」

「少なくともお前が決めることではない。選択権は彼女にあるし、もう一度言うけど、私は既に覚悟を決めている。怯えられる覚悟も振られる覚悟もね。まあ、彼女に負担はかけないように上手くやるけど」

怯えられるのは正直キツいが、その覚悟はとうの昔に出来ている。現状の関係をぶち壊さなければ、新たな関係は作れないと知っているから。

問題は、レイラの方だ。彼女は、私という友人を失うことになる。

友人と伝えた時の、彼女の輝く瞳が頭に浮かんで、仄かに罪悪感を覚える。彼女は、私と友人関係であることを心から望んでいた。

結局、全てが曖昧なことになっているな。本当は正面切って好きと伝えたかった。

ふっと、自嘲するように笑えば、ブレインは憎々しげにこちらを睨み付けていた。

ああ。この男も化けの皮が剥がれた。それは余裕のなさそうな男の顔だ。今まで飄々と悪意を振り撒いていたのが嘘のようだ。

「彼女は、貴方になど渡しません」

「渡すも何も、お前のものじゃないだろうに」

この男と話すようになってから、そう時間も経っていないというのに、まるで不倶戴天《ふぐたいてん》の敵のように延々と言い合いが続いていく。最後はお互いに、にっこりと微笑み合った。

「本当に目障りな男ですね」

「二回目だが、あえて言わせてもらおうか。——お互い様だろう」

第七章　提案

フェリクス殿下とクリムゾンが険悪な様子で去ってから十五分経過した。子どもたちの相手をしていたけれど、まだ戻ってこない。

置いてけぼりにされた私と、馬車で即送り返されたリーリエ様。子どもたちに、王太子と公爵令息の喧嘩を目撃されなくて良かったと安堵することしか、今の私には出来ない。

そろそろ帰宅する時刻になったので、仕方ないから来賓室へ、荷物を取りにいくことにする。

「ルナ。あの二人、知り合いだったのね。というか仲悪かったのね」

『ご主人はあの二人を出会わせないように対処した方が良いぞ。……………仲が悪い理由はおおよそ、分かるがな』

最後のボヤきは聞こえなかったが、私の身近に犬猿の仲のような人たちがいるとは。

ゲームのシナリオではそういった記述はなかったというのに。

貴族だし、会ったことがあってもおかしくないけど、あの二人の間に何があったのだろう。

「それにしても今日のクリムゾンは、毒しか吐いてないわね」

『虫の居所が悪かったのだろう』

「それに、殿下。あそこまで怒るのを初めて見た。私の方をほとんど見向きもしなかったし」

『……いや、それはご主人に自分の怒り顔を見せたくなかったからだと思うが』

ますます分からない。私が殿下の怒っている顔を見たところで特に何かあるわけでもないし、次に会った時に引き摺ったりしないのに。男心は難しい。

そのまま孤児院の裏口に向かおうとした時だった。

「おや。レイラ嬢ではないか。技術提供の件で来訪しているのかな？　ご苦労様」

「サンチェスター公爵。ご無沙汰《ぶさた》しております」

私は反射的に淑女の礼を取った。私自身が会うのはあの時の夜会以来だ。

黒髪長髪の壮年の男性――サンチェスター公爵がにこやかに微笑みを浮かべて立っていた。

「君の叔父のセオドア君も忙しくて、結果、君に負担をかけることになったのは申し訳ないけれど。聞くところによると、孤児院の皆の君への評価も、急上昇しているそうじゃないか」

「ありがとうございます。もったいないお言葉です」

「苦労をかけると思うけど、これからも頼むよ」

「はい！」

柔らかな声音と物腰。公爵様はどこか安心するような空気を纏っていて、今も、子どもたちが楽しげに遊ぶ姿を、優しい瞳で見守っている。

その様子を傍で見ていると心が温かくなって、何気なく声をかけた。

「公爵様は優しい瞳をなさるのですね」

「ああ。もし、私の子どもが今も生きていたら、あのように遊んでいたのかもしれないなと思うことがあってね……。そう思うと子どもたちが眩しく感じるんだ」

「あ……」

公爵は、昔、ある魔術犯罪集団の事件に巻き込まれ、妻子を失った。

その時から、妻と子を忘れることが出来ず、独り身でいるらしいというのは有名な話だった。

跡取りを取ったのは数年前の話だという。

「すまないね。気を使わなくても良いんだよ。これでも毎日充実しているんだ。慈善事業をしているのも、なくなった子どもの分まで他の子どもたちに幸せになって欲しいと思ったからなんだ。どうも重ねてしまってね」

「そうだったのですね……」

慈善事業の話はよく聞いていたが、具体的な理由を聞くのは初めてだった。

この方は、どうしてこんなにも強いのだろう？　思わず涙腺が緩みそうになるのを堪えるために、私は何度か瞬きをして誤魔化した。

「ところで、ブレインは見なかったかい？」

「そういえば、先ほど、王太子殿下とお話を」

喧嘩をしてました。それもかなり険悪でした。もちろん言えるわけがない。

「公爵」

適当に伝えておく？　と逡巡しているうちに、ふとすぐ後ろから、どこかで聞き覚えのある声が。

「ああ、ブレインか。どこにいたんだ？」

「少し、王太子殿下と挨拶をしていました。殿下も帰られましたし、僕たちもそろそろ帰りましょうか。……おや、レイラ嬢ではありませんか。お久しぶりですね」

し、白々しい！　さっきまで会っていたんですけども!?　何、この変わり身の早さ。

「ごぶさたしております」

思わず固い声になってしまうのは仕方ないと思う。

嘘くさい満面の笑みにドン引きしながらも、私も表向きはしっかりと挨拶しておく。

サンチェスター公爵はクリムゾンと合流すると、にこやかな人好きのする笑みを浮かべながら帰っていった。

「殿下との話し合いは終わったのかしら」

『話し合いというよりも、むしろ王太子との修羅場ではないか？』

「喧嘩の痕もなさそうだったし、何もなかったということにしておきましょうか」

ちょっと色々と不穏だったから心配していたけれど、無事に帰ったということで、ひとまず解決ってことで良いのかな。

今度こそ荷物を取りに戻るべく、来賓室の部屋の扉をガチャリと開ける。

誰かソファに座ってるなあと思って「失礼いたします」と一言声をかけたところで。

「ええと、フェリクス殿下？　そこで一体何を……」

「……強いて言うなら、レイラを待ち伏せ？　あと、名前。戻ってるよ」

「………フェリクス様」

うう……。呼ぶ度に私の中の常識が悲鳴を上げている。これ、大丈夫なの？　と。

殿下自身がそう呼べと言っているとはいえ、慣れないものは慣れない。リーリエ様もよく呼べるなあ……。彼女も心臓に毛が生えている族に違いない……。私の周り、精神が強い人多すぎない？　クリムゾンといい、リーリエ様といい。私には出来ないことをやってのける方々だ。

いや、それよりも。これは一体どういう状況？　なんと、帰ったと思った殿下が足を組み、優雅にお茶を飲んでいた。音もなくカップを置いて、こちらを見る目は普段と変わりないように見える。

「どうされたのですか？」

だから、何の警戒もしないで近寄っていった。

「警戒心が強いくせに、妙なところで無防備だよね。貴女は」

憂いを帯びた表情の殿下にそう言われて、「あっ」と声を上げる間もなく、手首を掴まれ引き寄せられて。

「なっ……にを」

「捕まえた」

気付いた時にはフェリクス殿下の膝の上にいて、おまけに腰を掴まれて逃げられなくなってしまっていた。

目線がいつもより近くて、もはや何がなんだか分からない。

これって、不敬なのでは⁉ ただの友人枠の私が、殿下の上になど……！

全身が熱くなって、顔もかあっと赤くなる。完全に動揺し切っていた私は、わたわたと、あからさまな反応を見せてしまった。

慌てて退くつもりだったけれど、その瞬間フェリクス殿下が私の顎に指をかけてきた。

しかも、不機嫌な声で私に単刀直入に聞いてきたのである。

それも、私の唇を親指でなぞりながら、顔を近付けて。

「気になるから、ハッキリ聞くけど。さっき、ブレインと口付けしてたよね？」

どことなく、仄暗い声。間近で目が合った殿下は無表情だった。

私の心臓の音はうるさい。相手に伝わってしまいそうで怖いと思った。

「ここに、あの男が触れた？」

「っ……！」

ぷにぷにと指先でつつかれ、私は思わず息を詰めた。ゆ、指が……。殿下の指が。

というか、触り方……っ！

「なんだろう。自分ではよく分からないんだけど、貴女があの男に触れられたというのが、なんだか気に食わないんだ。すごく嫌だって思った……」

「え……？」

とくとくと心臓の鼓動が速まっていく。

それってどういうこと？　私は、月の女神ではなくて、医務室のレイラなのに？

唇に、彼の爪が軽く立てられて、息が止まった。なぜか、飢えた獣の前に放り出されたような気分になったのだ。殿下が私を喰らったりなどしないはずだと知っているのに。

答え方を間違えたら、何かが起こるような気がした。空気の温度がいくらか下がっているような気がするのは気のせい？　同時に触れられている部分だけは熱いという、矛盾も抱えていて。

私は、慌てて首を振った。

「し、してません！　そのようなことは」

「本当に？」

嘘など許さないとその青の瞳が告げている。

嘘なんてつくわけがない！　今の殿下に嘘をつくなんて出来るわけがない！

目のハイライトが消えている気がするもの。お兄様がたまにする目と似ている。

「ただ、顔を近付けられただけです。もし、あの時殿下が来なかったら、魔術を使うところでしたし」

「……してない？」

間近にあったフェリクス殿下の目にハイライトが戻った気がした。

こくこくと必死で頷いてから、殿下の腕の中からも慌てて脱出した。もちろん、適切な距離感へと調整させてもらって。

「クリ――こほん、ブレイン様は私が本当に嫌がることをご存知のようですから」

私が何を嫌がるのか熟知しているだけあって、クリムゾンは本当に嫌なことはしてこない。そういう点では信用出来る人だ。そんな内容のことを触りだけ伝えてみれば、フェリクス殿下の顔が険しくなった。

そういえば二人の仲は最悪なんだった……。友人が、仲の良くない相手とつるんでいたら、面白くないかもしれない。慌てて私は付け足した。

「どうやら、人間観察が趣味のようですね。よく知らない方なんですけれども」

実際、あまり彼のことに詳しくないので、あながち間違ってないはずだ。

「良かった。では、ブレインとは恋仲だったり、婚約者候補だったりはしないということで良いね？」

「……？　はい。そうですけれど……？」

確認するように問われて私は頷いた。何がどうしたのだろう？

「そういえば、殿下はなぜここに？　先ほどブレイン様にお会いした時、殿下は帰られたとお聞きしましたので、少し驚きました」

「ふうん。あの男に会ったの？　二人で？」

あ、なんか機嫌が急降下している。クリムゾンの話題は禁止した方が良いかもしれない。

「サンチェスター公爵とお二人で帰られるところでした。その時にご挨拶させてもらったので、殿下が既に帰られたということも、その場でお聞きしたんです」

「そう。サンチェスター公爵も一緒なら良かった」

「は、はい……」

前世の――あれだ。あれに似ている。ドミノを立てている時のような緊張感に似ている。危うい綱渡りの気分。

殿下は、くすっと悪い笑みを浮かべる。

「フェイクだよ。帰るフリをしただけ。思っていたよりも騙すのは簡単だったなあ」

「あの、殿下?」

「彼に邪魔される前に、行動しないとだからね」

そう言いながら殿下は、隣に座っていた私へと、おもむろに体を寄せてくる。突然縮められた距離に、私はビクンっと肩を大げさに跳ねさせてしまった。

そんな私の動揺を知ってか知らずか、殿下は何やら悩ましげな声と神妙な面持ちでこう切り出した。

「実はここだけの話なんだけど、レイラに協力してもらいたいことがあるんだ。どうか私を助けて欲しい」

「な、なんでしょうか?」

耳に唇が寄せられて、彼は声を潜めてそう言った。

「単刀直入に言うよ？　私と婚約してくれないか？」

「え」

婚約!?

「こ、婚約って、いきなりどういうことでしょうか？」

待って。落ち着いて、私。まずは冷静になろう。フェリクス殿下が私に助けを求めた。何やら悩ましげな表情を浮かべていたので何かと思えば、私と婚約して欲しい……と。

待って。これがいわゆるシナリオ補正!?　悪役令嬢ポジションに世界が誘導している？

『ついに追い込みに来たか。どうするご主人。王族のご指名だ……って聞こえてないようだな』

死亡フラグの展開が頭の中でグルグルと回って、ルナが言っていることも頭に入らなかった。

婚約したら、私はリーリエ様を邪魔する展開に巻き込まれるのでは？

「レイラ、落ち着いて？　もちろん理由は説明するよ」

フェリクス殿下が私の頬を撫で、その端正な顔を近付ける。

なんか今日の殿下、近くない!?

私がとっさに身を引こうとすれば、距離が縮まっていることに気付いたのか、彼はごく自然に身を引いてくれたけれど。

改めて殿下は、私に事の次第を説明しようと話を切り出した。

「最近、精神的負担が祟ってか、胃腸が悪くてね。ついに魔法薬に手を出してしまったんだ。

まだ若いというのに……」

「ええ⁉　胃に来てしまったのですか⁉」

この若い年頃でストレス性胃炎ですと？　確かに仕事は抱えすぎだし、たまに憔悴していたりしていた。

ただ、人前に出る時の殿下はそれを、おくびにも出さない。平然とした顔で難なく全てを熟す超人だった。

明らかに溜め込んでいるのは理解してはいたものの、基本的に殿下は人に弱みを見せたがらないというか、平気な振りをすることに長けている。

友人である私にはたまに見せてくれるが、それもほんの一端なのだろう。

その殿下が！　助けを求めている⁉

しかもこんなにも弱った声。これは非常事態だと、前世の記憶持ちの私は警報を鳴らしている。なかなか本音を吐き出さない人の「助けて」を見逃してはならない。

私はシナリオ補正だとか、悪役令嬢のことは横に置いておくことにした。

まずは、話を聞こうと向き直る。

「詳しく、話を聞かせていただいても？」

戸惑い声から一転した私を見て、殿下は呆気に取られたように目を瞬かせてから……なぜか申し訳なさそうに目を伏せた。

「レイラ、心配してくれるのは嬉しいんだけど……うん。なんだろう。物凄い罪悪感が……」

「……？　フェリクス殿下。貴方が罪悪感を覚えることなど何もありませんよ？　さあ、話を聞かせてくださいませ」

一心に彼を見上げると、今度は熱い目で見返してきて、それから気持ちを落ち着かせるためか目を閉じて……しばらくしてから目を開けた。

フェリクス殿下は憂いを帯びた表情で私を見下ろして、ことの詳細を語り始める。

「リーリエ嬢の周りに配置していた皆を分散して、私が全て対応することになったのは知っていると思うけど……」

「はい」

リーリエ様と二人きりになったからこそ、私は気が気でなかった。ふとした拍子で何か想いが芽生えることもあるかもしれないと。

殿下の方はリーリエ様を苦手にしていたようだけれど、人の感情がどうなるかなんて誰にも分からない。往生際が悪い私は、それに怯えていた。

恋人関係でも将来を約束したわけでもないのだから、私がウジウジして何かを言う権利などないというのに。

「こんなことを言うのは一人の令嬢に対して失礼だと思うし、陰口になるから卑怯だと思うけど、そろそろ私も限界なので一言だけ言わせて欲しい」

苦虫を噛み潰したよう、とでも言うのだろうか。十代の男の子がする顔ではなかった。

なんだろう。よくお父様がしていた顔に似ている。お兄様が何か言った時とかに……。

「私は、リーリエ嬢のことが苦手なんだ」

「え」

こんなにハッキリと口に出したことに衝撃を受けた。

基本的に人を嫌いになったり、苦手になったりしない殿下が。品行方正で温厚で、懐の深いあの殿下が。

ここまでハッキリと口に出すということは、相当なものだと思う。

な、何をリーリエ様はやらかしたの？

「これを言うのはどうかと思うのだけど……、最近リーリエ嬢の顔を見るとね、こう頭がズキズキと痛んで、胃の辺りが重く感じることが増えて、これはマズイと思い始めて……」

『ご主人、これは……今のこれは、素だと思うぞ……』

ふっと目が虚ろになった殿下を見たルナはそう零した。

「好きでもない人と噂にはなりたくないと、私の婚約者は侯爵家以上からだと公表したのだけど、それでも効果はなく……一部で彼女との噂が流れ出し……まあ、私には婚約者もいないし、そんな状態で彼女と二人きりだったのだから、それもいけなかったんだろうな。それで……」

視線を向けて先を促すと、彼は心得たように頷いた。

「光の魔力の持ち主とはいえ、リーリエ嬢とどうにかなるつもりは王家としても私個人としても一切ないんだ。だというのに、噂は執拗で……」

「確かに、望んでもないというのに、周りからあれこれ言われるのは、かなり……嫌ですね」

そこで殿下は、なぜか顔を隠すようにして口元を手で覆うと、「それで……」と続きを口にした。

「信用の置ける者と婚約しようと思って、頭の中に浮かんだのが、貴女だったんだよ、レイラ」

「……！」

フェリクス殿下は私を見て、弱ったように、そして照れたように微笑んでいた。

助けを求められている。それから信用出来ると、私を頼りにしてくれている。

「私は、何もかも自分でやってきたし、今までどうにかなってきたことがほとんどなんだ。だから、助けを求めるなんてしたことないし、たぶん初めてなんだろうけど……」

は、初めて⁉　確かに、人に頼ることはなさそうだと思ってはいたけれど……。

「情けないことこの上ないけど、どうか私を助けてくれないかな。婚約は一時的な――仮婚約で構わないし、もし貴女に好きな人が出来たら、相談してくれれば良い」

それはいつも余裕そうな殿下にしては珍しい口調で。

そっと、縋るように伸ばされた手を私は思わず取ってしまった。

「心配、してくれている？　……ありがとう、レイラ」

「…………」

『ご主人、絆《ほだ》されている。絆されているぞ。しばし待て。少し冷静になるのだ。仮とはいえ婚約だぞ、婚約。常日頃から嫌だと言っていただろう』

ルナはそう言うけど、別に私は絆されているつもりは、なかった。

しかもきちんと冷静だ。

「……私が婚約者を決めればリーリエ嬢との噂も大人しくなると思う。ただ、レイラにはきっと迷惑をかけてしまうだろうから……無理は言えない」

そう言って顔を伏せる殿下の手を私はぎゅっと握った。

「……無理くらい、たまに仰ってくれても良いんですよ。……その話、私で良ければ」

緊張で口が回らなかったが、私はハッキリと言の葉を口にした。


「――お受けします」


殿下には周りに頼って欲しかった。普段、あれだけ押し殺しているのだから。私じゃなくても、ハロルド様やユーリ殿下、ノエル様にだって。周りには仲間がいるのだから。

「本当に、良い？」

緊張したように尋ねてくる殿下は、本当に真面目な人なのだ。チラリ、と彼の目が私の様子を窺っている。

「だって仮、でしょう？　あと……もし、殿下にも好きな人が出来たら、必ず仰ってくださいね？　その時も婚約破棄の相談をしましょう」

「いや、私の心配までしてくれるのは嬉しいけど……」

『私のご主人は男心が分からぬな』

あれ？　なんでルナに呆れられているの？

殿下は安心したように笑うと、私に身を寄せて囁いた。

「何があったとしても、貴女のことは全力で守る」

守るって大袈裟な……と一瞬思ったが、確かに王太子と婚約したら色々あるのだろう。

やっかみもあるかもしれないし、リーリエ様とも色々あるかもしれない。

だけど、これは私が決めたことだ。好きな人を助けたいと思ったから、助ける。それだけの話。

もちろん、死亡フラグなど不安なところはあるけれども、戦闘訓練をしてきたのは、生き残るためだ。怖気付いてどうするのだと自らを奮い立てる。

あと、気になることは……。

「ですが、殿下。私はともかくとして、兄は……納得しない可能性があります」

『それがあったな。むしろ、それしかない』

うわあ。ルナが言い切った。

「ああ……メルヴィン殿ね。うん、今から念話で連絡してみるから。聞いてて」

「今からですか？　それは唐突な」

念話ということで、魔術を発動させた殿下は、私の手を握ってきた。

「相手の声と私の声、両方そちらにも伝達するから」

「なるほど」

今日のクリムゾンの感覚共有みたいなものか。

『私も聞きたい。敵のことは知りたい』

ついでに私もルナとの感覚を深めておく。契約精霊とは、繋がりを深めることが出来るのだ。

それにしてもルナはお兄様のことが関わると、過保護になる気がする。敵は言いすぎでは？

でも正直、お兄様が面倒なことを言い出して、交渉決裂になるのではないかと思っていた。

殿下はまず、お兄様にこう切り出した。

『たまたま、リーリエ嬢と向かった先で、貴女の妹が男に絡まれていたんだ』

突然ぶっ込んだ。兄の反応は、予想通り。

『なんですって⁉　レイラは！　レイラは無事なのですか⁉　その不届き者はどこのどいつですか！』

うわあああああ！　と錯乱した様子が相変わらずすぎて、私は真顔になった。

ルナに至っては『これを跡取りにして良いのか？　本当に良いのか？』と呟いている。

『落ち着いて。相手はブレイン＝サンチェスターだ。決定的なところで邪魔させてもらったよ。どうやら口付けの寸前で――』

『口付け⁉　はあああ⁉　あの男……公爵家でなければ闇の中に葬《ほうむ》ったものを……！』

お兄様が絶賛荒ぶり中である。収拾がつかないような気がしたけれど、殿下はお兄様が叫び終わるのをひたすら待っていた。

私とルナはどんどん目が死んでいった。

『私も好きではない女性と噂になってしまって大変困っているからね。お互い苦労するよね。それにしても公爵家か。今気付いたんだけど、向こうから婚約なんて言われたら断れなさそうだね』

『ああああああ！　レイラあああああ！』

もはや、これは念話ではない。ただの叫びである。

『そうなると、公爵家より、高い身分の者に守ってもらうしか方法が……あ、今思いついたんだけど聞いてくれる？』

真実を知っている身からすると、物凄く白々しく聞こえる。殿下はさり気なく提案した。

『私はリーリエ嬢と噂になりたくない。貴方は妹をブレインから守りたい。利害が一致するし、いっそのこと、私と貴方の妹が婚約を結ぶというのは――』

『それも嫌です！　結局、レイラは他の男のものになるじゃないですか‼　ああああああ！』

ヒステリックに兄は叫んだ。もう一度言うが、もはやこれは念話ではない。

『ご主人。この兄は、そなたの叔父の精神錯乱する新薬の被検体にでもなったのか？』

ああ、『満月の狂気』ね……。

ここにはいない兄に、ルナはいつものようにドン引きしていた。声がもうそんな感じだ。分かる。さすがに情緒不安定すぎるもの。

フェリクス殿下は発狂するお兄様に苦笑しつつ、こう付け足した。

『婚約……と言っても、事態が落ち着くまでの仮婚約だよ。他に望む相手が出来た時は相談するという契約で。ほら、彼女が兄である貴方と離れたくない可能性もあるし』

ピタリ、と兄の呻き声が止まる。

『なぜ、そこで呻き声が止まるのか』

ルナがぼそりと呟いた。

それをきっかけにフェリクス殿下は、言葉を重ねていった。畳み掛けると言い換えても良い。

『もちろん、仮に婚約したとして、夜会では義務としてエスコートとファーストダンスを頼むことはあるだろうけど、それさえ終わればすぐに貴方の元に妹さんは返す。公務も婚約期間はそれほど多くないし、彼女には医務室の仕事があるから必要最低限の他は免除という措置も取れる。仲の良い兄妹を引き離すことはしたくないし』

『仲の良い兄妹……』

なぜかお兄様はそこで反応した。

『王太子妃教育も、彼女にはほとんど必要ないみたいだから、それに時間を割かれることもない。妹さんとの時間を失わないように配慮はさせてもらう。あなた方の関係性は尊いものだ。私がきっかけで破綻させたくないし、何よりブレインに奪われてしまえば、二人は離れることになる。それを見るのは私としても忍びない』

『殿下……。貴方というお方は……』

え？　何この感動的な空気感は。

『私と婚約すれば、確実にブレインは手を出せないだろう。身分の差もあるし。対策出来るのは、向こうから婚約を促される前の今だけだよ。そう、今が好機なんだ』

巷で噂の、今だけ商法に聞こえるのは私だけだろうか。もしくは、期間限定商品か。

本気でお兄様が熟考し始めている気配を感じる。

『大切な妹さんを守るためなら、この世の全てを利用する覚悟でいけば良いよ。私を利用してくれて構わない。……問題は、私の方があなた方に迷惑をかけないか、ということだけど』

後半、殿下はとたんに申し訳なさそうな口調になった。

『殿下！　僕たち兄妹のことをそこまで思ってくれる貴方に、僕たち兄妹が文句を言うことはありません！　貴方は何も悪くない！』

申し訳なさそうにする殿下に、お兄様は感極まったように言葉を返した。

え？　お兄様、良いの？　それで良いの？

『……いずれ出会うであろう妹さんの結婚相手が、貴方たちの間を邪魔するような相手でないことを祈るよ。あなた方を気にかけるのは……やっぱり仲の良い兄妹には一緒にいて欲しいからかな。仲の良い家族って良いよね』

殿下は言葉の端々に羨望のような気配を込めて、そう締め括《くく》った。

『殿下……。貴方というお方は、なんて慈悲深い……。分かりました。その提案、乗らせていただきます。あの男に渡すくらいなら、理解のある殿下に助けを求めて……』

お兄様は見事に陥落《かんらく》していた。え？　嘘。本当に良いの？　お兄様？　チョロくない？

というか、殿下、本当にやり遂げた。絶対に無理だと思っていたのに。

念話を終えた殿下は、何やらやり切った表情で、ぐっと指を立てて、こちらを振り向いた。

なんだろう、殿下の仕草が年相応の男の子っぽくて可愛い。少しだけ私は現実逃避をしていた。

『私はかつてない伝説を目の当たりにしている』

鼻を引っ込めて、既に影の中に戻っていたルナは何かに慄きながら、そう感想を漏らした。

二日後、ヴィヴィアンヌ家に来訪したフェリクス殿下は、なぜか上機嫌だった。

「よっぽど解放されたのが嬉しかったのかしら」

思わず零した独り言に、ルナは即答した。

『それは違うぞ』

上等の来賓室に案内したところで、お父様の代わりにお兄様が駆け込んできた。

「はあっ……はあ……レイラ。待ったかな……ぜえ、はぁ……」

しかも物凄く息が切れてる。

「お父様はどうされましたの？」

「……僕が、代理で……はあっ……はっあ……」

私の事情でお父様の予定を変更するのは申し訳ないと思っていたけど、そうではなかったようだ。お兄様はどうやら走ってきてくれたらしい。

「ヴィヴィアンヌ侯爵は仕事だったと聞いてね。しばらく話し合いは出来ないかと思っていたんだけど、メルヴィン殿は早めに対策をしたいだろうと思ってね。だから彼を代理ということで諸々の手続きを進めてみた。侯爵の仕事の代理もこなしていると聞いたし、大切な妹のことなのだから関わりたいかと思ったんだ」

まさかすぐに話し合いが行われるとは思わなかったけれど、思っていたよりもトントン拍子で決まっていく。息を整え終えたお兄様が教えてくれた。

「殿下が早めに予定を立てて伝えてくれたおかげで、僕も時間を捻出出来たんだ。……諸々の手続きが早くて、とても助かりました。殿下。父上に任せるのも良いですが、レイラのことです。蚊帳《かや》の外にいたくないのです」

ただの手続きだというのに、お兄様にとっては譲れなかったらしい。

お兄様とフェリクス殿下が手続きをしていくのを半ば夢心地で私は眺めていた。

もちろん、話はしっかりと聞いていたし、今後のことなども頭に入れていたが、どうも実感が湧かない。婚約なんて絶対に受けるつもりはなかったのに、本当に人生は何があるか分からない。

書類にサインをして封をした後、殿下はそれに魔術をかけた。

ふわりと白い鳩の姿になった書類が窓の外へ出ていくのを眺めながら、これで婚約者になるのだと思えば、不思議な気分だった。

「そういえば、陛下の許可が呆気ないくらい簡単に出たんだよね。それだけが不思議だ。まるで私がそれを言い出すのを待っていたみたいな……。まさかそんなことはないと思うけど」

「陛下も、リーリエ嬢の件では頭を抱えていたのでしょう」

「……」

あっはっは、と笑っている二人だけど、私は叔父様に聞いて知っている。伏線があったことを。

あの時は、不穏だとブルブル震えていたけど、まさか私が了承するなんて。やはり運命や因果というのは侮れない。何が起こるか分からないのだから。

「名ばかりとはいえ婚約者になったから、王城への立ち入りも前より簡単になると思う。せっかくだし、二人のための客室も用意しようか。後は……図書館の書庫。これまでと比べて解放される範囲が増えるんじゃないかな」

「書庫！」

思わず目を輝かせる私の頭を、お兄様は撫でてくれている。

『微笑みというより、ニヤケ顔だな』

それは言ってはいけない。私も少し思っていたのだから。

「兄妹で気軽に……とはいかないかもしれないけど、機会があれば探索するのも楽しいと思うよ」

「王家の素晴らしく芸術的な庭園で佇むレイラ……良い！」

『自分の家の庭でも似たようなことを言っていた気がするが』

お兄様は私が何か行動する度にこうなので、いい加減、私も慣れている。それでも習慣で、ついジト目で眺めていたら。

フェリクス殿下は、クスクスと楽しそうに笑っていた。

「私も一応、兄だからね。メルヴィン殿の気持ちも分かる。立場上、弟を溺愛っていうのも表立って出来ないから、二人を見ていると少し羨ましいな」

『王太子の発言は、どこからどこまでが本気なのか、本気で分からんな』

「そういえば、殿下も兄上ですからね。なるほど……道理で僕の気持ちを分かってくださると思いました」

お兄様が感動で打ち震えている。基本、シスコンでドン引きされることしかなかったから、殿下のように普通の反応をされることは珍しいのかも。

「レイラは本当に女神ですし、可愛らしくもあり、美しくもあり、ただそこにいるだけで僕の心を清く洗ってくれる存在なんです」

『この兄の心が清く洗われたことなど、一度でもあっただろうか』

いつものことだけど、本当にルナはお兄様に辛辣だ。ブツブツと『やはり燃やすべきなのだろうか』などと物騒なことを言い始めているのが怖い。

何がルナをここまで駆り立てるのか。ルナがぼやいている間、フェリクス殿下はと言えば、延々と続くお兄様の妹話に相槌を打ってくれていた。

というか、お兄様。恥ずかしいから止めて欲しい。お願いだから普通の会話をして欲しい。

「とにかく！　変な虫がつかないか心配で心配で！　だって、こんなにも可愛いでしょう!?」

「彼女は社交界でも有名ですからね。今までさぞかし大変だったでしょう」

「分かってくれますか！」

フェリクス殿下がすごい。お兄様の面倒くささを見事に神回避している。

「可愛いでしょう!?」って同意を求めているが、ここで私の容姿を素直に褒めた場合、「お前もレイラを狙っているのか!?」とか言い始めるし、適当に返事をすれば、「お前の目は節穴か！」と返してくる。非常に面倒なので、正直まともに会話が出来ない。

殿下のすごいところは、お兄様を刺激しないようにあくまでも客観的な意見や一般論で返事をして、さり気なく話を逸らすところである。

あと、お兄様の前で私に必要以上に話しかけないところも正直助かった。

あくまでも私とお兄様の二人に、友好的な微笑みを向けているのだ。しかも、物凄く健全で爽やかな空気を纏っている。

この間、目のハイライトをなくしていた人とは思えない。あれはなんだったのか。

この人、もしかしなくてもヤバい人？

最終的には、「ドレスは兄である僕が選びたい」やら何やら言っているお兄様に「メルヴィン殿は彼女の似合うものを一番知っていそうだね」とフェリクス殿下が返していた。

なぜ、私の着るものの会話になっているのか。というか、私のことだけで、よく長時間も会話が持つよねって思った。フェリクス殿下もヤバい人だけど、お兄様もヤバい人だ。

しばらくして話し合いが終わり、フェリクス殿下が馬車に乗り込むのを見届けた後、お兄様も帰っていった。

なんだろう。何もしていないのにすごく疲れた。称賛されて疲れるって、普通におかしいと思う。

『たまに思う。ご主人のするーすきるとやらが上がったのは、あの兄のせいであると』

否定出来ないのが悲しい。疲れたまま部屋に戻ると、見慣れないテディベアが置いてあった。

可愛らしいチョコレート色のテディベアの瞳は、フェリクス殿下の瞳の色に似ている宝石で。

テディベアが抱えているのは、可愛らしいメッセージカードだ。

「殿下の字……」

名前だけ書かれているそれを私は指でなぞる。

「あれ？」

メッセージカードを取り外したその下。首にかけてあったのは、テディベアの瞳と同じ宝石で作られたブルームーンのペンダントだった。三日月の形をしていてダイヤモンドも使われている。控えめだが趣味の良いアクセサリーだった。

メッセージカードで隠され、一見すれば、アクセサリーがかけられていることには気付かない。

『もしあの兄に見つかったとしても、気付かれないようにと苦肉の策だったのだろうな……』

「ああ……なるほど」

なんだか、そんな気がしてきた。恐らくお兄様は、そういう婚約者っぽいイベントを見るのは嫌がるだろうとの配慮なのかもしれない。

でも何も持ってこないのもアレなので、テディベアを贈ったと。本命のペンダントを隠して。

これが噂に聞く婚約者への贈り物！　……私の方からも何か贈り物をしたい。ベタだけど刺繍のハンカチ……とか？

「まさか、初日にこんなに素敵なプレゼントを……。それに、何から何までご迷惑を……」

お兄様のせいで胃炎が悪化したら、どうしようと少し思ってしまった。

私は、ペンダントを手に取って、そっと胸元に当ててみる。

「ふふ……」

好きな人からもらう初めての贈り物。

私は不思議な高揚感を胸に、その日はテディベアを抱き締めて眠ったのだった。

第八章　フェリクス殿下の婚約者

予期せぬ贈り物をいただいてから二日後、これから殿下が来られるということで、私はそわそわしながら待っていた。

何を差し上げるべきか迷ったあげく、実用的なものが一番良いだろうという結論になり、夜空の魔法石を使った連絡用魔具をお揃いで作ってみた。

刺繍の贈り物をするには時間がなかったため、その機会はまた今度だ。刺繍は魔術とは関係ないため、普通に時間がかかるものなのだ。

「ルナ。これどう思う？」

『先ほどから似たような質問ばかりだぞ』

「……ご、ごめんなさい。つい」

机の上には対になる指輪。銀の指輪に夜空の色をした宝石が嵌《はま》っている。

何かあった時にお互いに助けを求められるものが良いと思ったのだ。

指輪型の通信魔具。私にも死亡フラグが立つかもしれないし……。

クリムゾンは魔力を阻害する魔術を使うらしいし、お兄様は魔力を吸収するし、世の中には色々な魔術師がいる。だから、魔術以外の連絡方法も確保するべきだと私は判断した。

夜空の魔法石は、以前に私が採集に行った時に洞窟で発掘した、微弱に魔力を生み出すだけの、宝石の原石を加工したものだ。

この原石は微弱すぎて大がかりな魔術具にはならないけれど、あまりにも綺麗だったので、つい持ってきてしまったのである。

夜空を切り取ったみたいな夜の色に、その中を星と星屑が混ざったような小さな光がきらめく不思議な宝石。夜空をバックに瞬くように、よく見ると小さな光が絶えず移動している。

本当に微弱な魔力なので、ささやかな魔術具しか作れなかった。

ただ、この魔術具のおかげで、指輪をつけた者同士は魔力がなくても連絡を取ることが出来る。

魔術師以外にはよく使われているものだ。

それは贈り物というにはささやかなものだけれど、備えあれば憂いなしと言うし！

指輪なのは、ポケットに入るから。それと、非常事態の時、私以外の誰かが使う時に便利かな？　と。

『兄はどうした？　二人で会えば、ぎゃあぎゃあうるさいだろう』

「少し遅れて駆けつけると思う。今は、仕事をバリバリ捌いているところかな」

そこはさすがフェリクス殿下。お兄様に『行くよー』と連絡を入れていたらしい。

今でも実感は湧かないが、私たちは婚約者である。

婚約者……って言っても何をすれば良いのだろう？　どんな顔をしていれば良いのだろう？　肩書きだけなのに、何かが大きく変わった気がする。少なくとも、彼のことを無邪気に友人と言うわけにはいかない。

フェリクス殿下は、「今まで通りで構わない」って言っていたけど、そういうわけにもいかないと思う。仮とはいえ、婚約者としての責任だって漏れなく付いてくるのだから。

その振る舞いの一つで彼に迷惑をかけることだってある。

分からないことはきちんと聞いて、協力出来ることは協力させてもらう。とりあえずそのスタンスで間違いないはずだ。

そうして、うんうんと頷いていればルナが影の中へと引っ込んでいった。

『どうやら来たようだぞ』

来賓室に顔を出せば、フェリクス殿下の輝く笑顔。

今日も絶好調というか、最近の不調は本当になんだったのかというくらい、満面の笑みである。

まさしくご機嫌。

「ご機嫌よう。フェリクス殿下」

「久しぶりだね。……実際のところ久しぶりではないんだけど、そんな気分だな」

使用人の者たちも多いので、親しい名前呼びは免除してもらう。彼の方も特に文句はないようで、相変わらずご機嫌なまま。

婚約したことで少しでも気が楽になったのなら、何よりである。

ヴィヴィアンヌ家御用達《ごようたし》の紅茶とお菓子を振る舞いつつ、まずは殿下から色々と情報を聞いておくとして。贈り物は、渡せるタイミングの時にさり気なく渡そう。うん。

私は彼の正面のソファに座った。

「婚約発表があると思いますけれど、その……リーリエ様にその件はお伝えしたのですか？」

そう切り出した瞬間、フェリクス殿下の目が死んだ。すうっと光がなくなっていく様を私はまさしく目の前で目撃してしまった。

これは……贈り物どころじゃないかもしれない。

「……私が婚約する……って伝えたら、目を輝かせるから何かと思えば、『これからよろしくね』と言い出して……。相手が自分だと勘違いをしていたのかな？　とにかく、その誤解を解くところから始まって――」

うわあ。ここまで来ると、すごい。

年頃の男の子たちに囲まれて、殿下に特別扱いされていたら勘違いしてしまうのも仕方ないところもあるけれど。

フェリクス殿下本人は気付いていらっしゃるか分からないけど、彼の微笑みは破壊力があるのだ。

「さすがに誰と婚約するとは言えなかった。言ったら突撃しそうだし」

「まあ、その前科がありますからね」

穏便になんて、元々無理だったんだろう。

「私が婚約すると言っても、身を引くつもりはないようだった。リーリエ嬢と行動する機会も徐々に減らしていく予定だったんだけど。……期待通りにはなかなかいかないね」

婚約者のいる男性と二人きりというのは、リーリエ様自身の評判にも関わってくるのではないだろうか？　彼は苦々しげに嘆息《たんそく》した。

「リーリエ嬢と二人きりというわけにはいかないし、仕方ない。私の護衛ということでハロルドを召喚するか。ああ……でも彼には騎士団内部を洗ってもらっている最中だったか。さて、どうしたものか」

騎士団内部、ということは、例の事件の犯人と関わりのある者が身近にいるということ？

「ノエルもちょうど、魔術の痕跡を辿ってもらっているところだし。違法な魔術具の流通は、魔術に長けて、良い目を持っている者が最適だし……」

違法な魔術具。不穏すぎるワードばかり出てくるんだけど……。

「今、空いているのはユーリかな。だけど、王家の者が二人付くのはどうなのか……。以前と同じメンバーの方が違和感はないんだけど……。うん。問題はあるけど、情報操作してどうにかしよう。なるべくユーリにも迷惑をかけないように対策をするとして……」

悩む殿下に、私は声を上げていた。妙案な気がしたから。

「殿下の婚約者で、女性の私ではどうでしょうか？　医務室のこともありますし、あまり時間は割けないかもしれませんが、私も彼女の傍にいるというのは？」

『自ら重荷を背負うのか、ご主人』

ルナの言う通りだった。恐らくコレは茨の道だと私も思う。

それでも、他に方法は思い当たらなかったし、今のリーリエ様に必要なのは、同じ女性な気もした。

「レイラ⁉」

名案だと思っていたのに、フェリクス殿下は予想外のことを聞いたとばかりに瞠目《どうもく》した。

「殿下がこのまま彼女と行動されますと、婚約者を放置して他の女性と逢瀬を重ねていると、周囲に誤解されてしまいます。それよりはマシかと思いまして……」

正直、殿下の婚約者という肩書きがある私では、リーリエ様を色々な意味で刺激しかねないとも思ったのだけど、そうも言っていられない。

「そうなんだよね……。ただ、それだとレイラに多大な負担がかかる」

「有力な他の貴族の方に頼むのも今からでは大変ですよね？　信用出来る協力者を探すのも大変ですし」

「……まあ。今から候補を探すのも時間がかかるし、そうなんだけどね」

殿下は乗り気ではなさそうだけど……。

「もしかして、何か問題があるのでしょうか？」

提案してみたは良いものの、私はあまり状況を良く知らないのだ。もしかしたら私の知らない問題があるとか？

殿下は憂鬱そうに目をそっと伏せると、言いにくそうに続けた。

「……正直に言うとね、リーリエ嬢と私の例の噂を掻き消すためにも、婚約者であるレイラ本人が一緒に行動した方が、確かに助かる部分はあるよ。……だけど、リーリエ嬢に何を言われるか……。レイラへの風当たりが強くなるだろうから」

どうやら私の精神的負荷を心配してくれていたらしい。

確かに彼女との接触は、憂鬱だ。風当たりが強いというか、かなりの精神疲労を伴うだろう。なるべくなら私も距離を置きたいが、ここまで来たらいまさらだ。

婚約者になった時点で、既に巻き込まれていると思うし、そのくらいの覚悟はあった。

「このまま殿下に不名誉な噂が流れ続けたら、私も婚約者として責任を問われますし、どっちにしろ蚊帳の外ではいられません」

「レイラ……」

フェリクス殿下は、浮かない顔のまま小さく溜息をつくと、事情を打ち明けてくれた。

「実は、リーリエ嬢との熱愛疑惑が深刻なんだ。正直、婚約者のレイラに一緒にいてもらった方が、それが噂の収束には一番効果的だと、……理解はしている。だけど、矢面に立たせたくはなかったんだ。そこまでレイラを巻き込みたくはなくて」

殿下は、リーリエ様関連のことは自分で解決したかったんだろう。その声を聞くだけで、彼の懊悩《おうのう》が伝わってくるようだ。

彼は、机を指で軽くトントンと叩きながら、独り言のように言葉を紡いでいく。

「……いや、レイラをリーリエ嬢から遠ざけたとしても、リーリエ嬢の方から突撃する可能性があるのか。そう考えると、むしろ最初から一緒にいた方が良い、のか？　どうせいつかは知られることではあるし、ならばいっそ……」

そして、その直後。フェリクス殿下は申し訳なさそうに頭を下げた。

「ごめんね。ここまで迷惑をかけるつもりはなかった。だけど、どうか協力して欲しい」

頭を下げた⁉　あまりの恐れ多さに私もさすがに慌てた。

「殿下。そのようなことは、お止めください……！　……私は、貴方に忠誠を誓う身でもあるのですから、協力は当然のことです」

友人関係ではあるが、忠誠と言えるような感情もあるのは確かだった。助けたい、とか支えたいと思うこの気持ちを言葉にするならばきっと、そう。

さり気なく周りを見渡すと、廊下に続く扉は開いていたけど誰もいなかった。

ひとまず、私は安心した。殿下が私に頭を下げるなんて、見られてはいけない。

「忠誠……忠誠か……」

少し切なそうにそう呟いたフェリクス殿下は、おもむろに私の髪に手を伸ばす。

それで、何を思ったのか、彼は優しい手つきで私の髪をそっと梳き始めて。

「殿下？」

「いや、なんでもないんだ。……私と貴女の仲だ。そう堅苦しくならなくて良いんだよ」

「……そのつもりはございませんよ？　私は殿下を尊敬しています。噂の収束に効果があると分かっていても、貴方は私のことを気遣って、一緒に来て欲しいって仰らなかったり……」

「いや、そうじゃない。単に中途半端で優柔不断なだけだよ。……本当に、申し訳ない」

殿下が少し気まずそうにしていたので、私は慌てて否定した。

「いいえ！　私は、貴方のそういうお人柄が素敵だと思うのです。ただ頼んでくれればそれで良いのに、貴方は情によって時折、非効率的な判断をされる……。非効率的なことはお嫌いなはずなのに」

今回だって、真っ先に私に頼めば良かったのに、そうはしなかった。恐らく、私が気付く前から、その方法に気付いていただろうに。

私はそういう効率的になり切れない、人間味のある殿下が好きだ。

殿下の立場上、非情な判断を下すこともあるだろうし、するしかない状況なら、するかもしれない。それは重々承知。綺麗事なんて言っていられないことも分かっている。

だけど……。

「人間を止めてしまったら、人々が付いていくことはない……と私は個人的に思っています。だから、それで良いと思うのです」

時折、非効率になるくらいがちょうど良いのだと私は思っている。無駄なことをしたって良い。人という生き物は感情に振り回される生き物なのだから。

それに殿下は、必要な時に必要な行動を取れるお方だと思うから。

殿下は私を驚いたように見つめていたけれど、しばらくしてから、おずおずとこう切り出してきた。

「レイラ。ちょっと良い？　抱き締めても良い？」

「へ？」

思わず変な声を上げてしまったが、その間にもフェリクス殿下は、横にいた私の肩をゆっくりと引き寄せて。なんと、自らの腕の中へと閉じ込めた。

え、ぇぇぇぇ!?　どういう状況!?　待って!?　抱き締められてる!?

「……少し、疲れてしまった」

すぐ近くからの声に思わず肩が跳ねた。囁くような吐息混じりの声に、どきりとした。殿下の胸元に寄せた耳に伝わってくるのは、トクントクンとほんの少しだけ速い鼓動の音だ。

私を抱き締める力は少し強くて、考えすぎかもしれないけれど、それが縋っているようにも感じられた。

おそるおそる殿下の背に触れてから、ゆっくりと摩ってみる。すると、私の手に驚いたのか、彼の体がぴくりと反応した。

「……」

私はというと、彼の腕の中で身じろぐことも出来ないまま、大人しくしているしかなくて。

「あの……殿下」

「今は二人しかいないから名前で呼んで」

周りに誰もいないことに、彼も気付いていたらしい。

「フェリクス様。突然ですが、貴方にお渡ししたいものがあります」

なんとなく、このままリーリエ様の話を続けるのも忍びなかった。

「……贈り物？」

彼の胸元に手を添えて、さり気なくズラそうとしたらなぜだろうか。身体を離すより先に肩を抱かれてしまった。

「……！　フェリクス様、これでは何も出来ません」

「ごめんね、つい」

彼は悪気なさそうに笑うと、名残惜しげに手を離す。

私はそそくさと離れて、ポケットから小箱を取り出した。

「フェリクス様が私に贈り物をくださって、嬉しかったです。せっかくなので私からも、ちょっとしたものですが……これを」

少し照れくさかったので、彼の手の中に小箱をさっさと預けるやいなや、ぱっと距離を取って離れた。

わ、渡してしまった。殿下に。

……少し強引に渡してみたけど、いらないとか迷惑だったらどうしよう。

相手の了承を得てから渡すべきだったのでは？　こうゆっくり差し出して、受け取ってくれるのを待つとか……。はたまた執務室に隠してもらうとか。

『ご主人。謎の迷走はしなくて良いぞ』

うう……つい。

ルナに声をかけられて気を取り直した私が、おそるおそる顔を上げてみると。

お、驚いているみたい？

フェリクス殿下は少し驚いた様子で、私を一心に見つめていた。そんな彼のサファイアのような瞳に、思わず吸い込まれそうになる。

「指輪の魔術具？」

銀色の指輪に、夜空の魔法石。小さな星たちが夜色に瞬く幻想的な宝石は、微弱な魔力を発していた。殿下も、その薄らとした魔力の存在に気付いたらしい。

「ずいぶん昔に洞窟で見つけた原石を宝石にして、このように魔術具として加工したのです。魔力は微弱ですけど、とても綺麗だと思って」

フェリクス殿下は、嬉しそうにふわりと微笑むと、いそいそと自らの左手の親指に指輪を嵌めた。殿下の指の太さに合わせて金属が調整されていく。

前世では考えられないが、これも魔術だ。恋人にサプライズをして指輪のサイズが違う、なんていう災難をこの世界は克服しているのだ。

というか、早速つけてくれるのですか!?　ちょっと嬉しいような、恥ずかしいような。

まさか、身につけてもらえるとは……。指輪……いまさらだけど、これで良かったのだろうか？

「ありがとう。大切にするよ」

わずかに頬を朱に染めて微笑む殿下を見る限り、贈り物を喜んでくれたように思える。ほっと安堵した私は、その恥ずかしさから、早口で説明し始めた。

「魔術具といっても些細なもので、連絡用の魔術具なのです。私が持っているこちらの――」

私の指輪は鎖を通してペンダントにしていた。それを服の中から取り出した瞬間、殿下は「え?」と声を上げた。

どうされたのだろうかと首を傾げると、殿下はそわそわとした様子でこう尋ねてきた。

「もしかして、対の指輪?」

「……? はい。男性用と女性用で少しデザインは違うのですが……」

ペンダントを首から外して、私の女性用のデザインを彼に見せた。

「ほら、魔法石が同じでしょう? デザインが対になっていて、こんな風に少し違っているんです」

我ながら良い品物になったと自負している。思わず声が弾んでしまう。拘りの意匠について解説すべく、意気揚々と顔を上げたところで。

あれ? フェリクス殿下が柱に手をついて何やら悶絶している? いつの間に移動していたの?

「ええ!? ど、どうされたのです? 何か具合が――」

「いや、具合が悪いわけではないんだ。そうじゃなくて、なんか胸にこう……込み上げるものがあるというか、胸にクるものがあるというか。ときめき? いや、そんな言葉じゃ軽い?

なんだろう。凄まじい破壊力だったけど、むしろ具合は良くて、本日は絶好調！　と言うべきか。待って……今、見せられない顔をしているから少し待って」

だ、大丈夫なのだろうか？　何か無作法でもしたとか？　殿下は指輪が地雷とか⁉

思わず、ルナを探そうとして、そういえば影の中にいたことを思い出す。私のそんな気配を察したのか、ルナはいつも通り落ち着いた声を私にかけてくれた。

『健全な青少年が健全な理由で感極まっているだけだろう。ご主人、何も言わずに察してやれ』

まあ、特に嫌がっているわけではなさそう？　ってこと？　嫌だったら指輪を外すだろうし。

先ほどから「ああ……」とか「うう……」とか悶えながらも、指輪を大切そうに撫でているし。

『ご主人、放置だ。分かったか？』

とりあえずルナは、常識狼のはずだ。そのルナがそう言うんだから、ここは深く追及せずに、素直に従うことにしよう。

ちなみに、少ししてから復活した殿下は、ぱっと花が咲くような素敵な笑顔を向けてくれて。

「こうやってお揃いの――対のものをわざわざ作ってくれるなんて、嬉しい。夜空の色と星の瞬きのような小さな光がとても綺麗だ。こんなに素敵な品を、手ずから作ってくれるなんて。それも、対で……」

最後の方はじっくりと喜びを噛みしめるような口調だった。

「喜んでいただけたなら、何よりです。連絡用になりますが、念話ではなくて音声になりますので、少し不便ですけれど。非常事態の時……たとえば魔力を使えなくなった時の対策として作ってみました。ほら。私の兄は……魔力を吸い取る魔術を使うでしょう？」

クリムゾンも魔力阻害だし、というのは口にしないでおいた。クリムゾン――貴族としての名はブレインだった――の名前を耳にするだけで、殿下の機嫌が急降下しそう。

せっかく笑ってくれているんだし、わざわざその話題を出すのは、……さすがに。

私たちの知らない間に何があったのか。まさしく犬猿の仲、水と油という二人だ。

指輪のペンダントを直していたら、殿下が私に声をかける。

「ところで、貴女は指に嵌めないの？」

ごもっともな疑問である。

「ああ……それは深い理由がありまして」

顔を引き締めて真剣な顔をした私につられて、殿下もほわほわとしていた空気を引き締めた。

「……何か問題でもあったの？」

「それがですね――」

説明しようと口を開いた時だった。

「レイラああああああ！」

『何か、湧いたぞ……』

ルナ……。お兄様を虫か何かみたいに……。

そう、お兄様が特攻してきたのである。

真剣かつ悩ましげな表情を浮かべながら向き合う私たちを見て、お兄様はパチクリと目を瞬かせる。肩透かし、といったところだろうか。

「おや？　イチャイチャではなくて、思っていたよりもシリアス？」

お兄様はそんなことを呟いてから、ほっと安堵の息をついていた。私と殿下が二人きりになるのを危惧していたらしい。相変わらずのお兄様である。何かあるわけがないだろうに。

思わずシラーっとした目を向けると、お兄様は私の視線を受け止めて恍惚としていた。

お願いだから、そんな目で見ないで欲しい。切実に。顔を赤らめるのも、ちょっと止めて欲しい。

『ご主人。変質者がいるんだが』

うん。ルナ。無茶かもしれないけど、慣れた方が色々と楽だと思うよ。うん。慣れたら何も思わなくなるから。

……数分前にお兄様が来ていたらド修羅場だったのかもしれない。プレゼントを渡していたところだったもの。そういう意味では、フェリクス殿下は本当に運が良かった。

本当に。冗談抜きで。

「ちょうど、リーリエ様のことについて話すところでした」

フェリクス殿下は「そうだったの？」という表情を微塵も浮かべることなく、あたかもそれが真実かのように重く頷いている。先ほどまでその話をしていましたと言わんばかりの堂々たる態度は、いっそ見事なものである。

『この王子、ちゃっかりしすぎだろう』

ま、まあ……世を渡っていくうえで必要なスキルなのだと思う。うん。

それに、お兄様も疑ってはなさそうだし。

「ほら。リーリエ様は、殿下のことを想っていらっしゃるから、必要以上に仲良く見せると刺激を与えるかもしれないという話です」

そう。だから指輪も、見えるところに私がつけていてはいけない。

どちらか一方がつけるならともかく、お揃いはいけない。リーリエ様が暴走しそう。

「ああ……だから」

フェリクス殿下はそれだけで、お兄様が来る前に私が言おうとしたことを察したようだった。

つまりは、リーリエ様対策。

そして――。

「はっ！　フェリクス殿下の指にあるのは！　はっ！　レイラの指には！　何もない！　よしっ！」

ぐっと手を握って何かを疑い、何かに安心するお兄様を見ながら、思う。

隠していて良かった、と。

『婚約者同士に気を使わせるとか、論外すぎるのだが』

気を使うのは当たり前だ。私は、少しでも火種をなくしたいから。

この日は、お兄様のシスコンが暴走して、まともな作戦会議が出来ないのでは？　と懸念《けねん》したが、意外にもお兄様は割とノリノリで作戦会議に参加したのだった。

そう。どうやらフェリクス殿下は、このお兄様にも協力を頼んでいたらしい。


私の婚約者が可愛い。とにかくその一点に尽きる。

抱き締めたレイラの体は柔らかくて、力を入れれば潰れてしまうのではと思うくらい華奢で、しかも彼女からは花のような、かぐわしい香りが仄かに漂っていた。

思わず首筋に顔を埋めそうになったのは、ここだけの話だ。それをしたら確実に嫌われる。それは嫌なので、そんな己の欲求は無視した。

王太子としての執務、日頃の精神疲労、その他諸々によって私は疲れ切っていたが、そんな私を労るように背を撫でる白くて細い手は、普段から手入れをしているのか艶々としていた。

彼女が貴族令嬢だからという理由に加えて、治癒系の魔術や薬草が手荒れなども克服しているのだろう。実際に働いている姿を見なければ、彼女が医務室勤務だとは気付けないかもしれない。

それにしても、好きな人に触れてもらえることが、こんなにも嬉しいとは！　それに、私のために贈り物を用意してくれた。彼女が私のためにしてくれた一つ一つが尊くて、衝撃に取り乱してしまった。

どうして、こんなにも可愛いのだろう、と悶えた。

無意識なのだろうか？　それなら、なおのこと罪深い。込み上げてくる感情が大きすぎて、上手く制御が出来なくなってしまうから。

彼女が既に身につけていた指輪は、首にかけられていた。それは、お揃いの品をずっと身につけてくれるということを意味している。

些細なものだとレイラは謙遜するけれど、私からしてみれば、些細なものどころじゃない。何しろ対である。対の指輪だ。期待するなと言うのが無理な話では？

その後に現れたメルヴィンの前で、平常心を装うのが大変だったし、なんならその日は高揚し切って眠れなくて、結局徹夜した。

婚約。その響きが特別神聖に聞こえる。今までなんとも思わなかった単語なのに。

私は、紆余曲折を経て、レイラの婚約者という立場を得ることが出来た。

彼女の兄であるメルヴィンを宥めすかし、押さえ込み、理詰めで迫り、半ば騙すような手口を使った。

今しか好機はないと彼を煽り、最終的には己の手のひらの上で転がした。

レイラも様々な手練手管《てれんてくだ》を駆使して丸め込んだ。彼女は頼られることに大変弱かったため、最終的には善良な彼女の同情を引く形で、己の望む結果を得ることが出来た。

……嘘をついたわけではなかった。リーリエの件で胃が痛くなったり頭が痛くなったり、魔法薬を使い始めたことは本当だったし、内心疲れ切っていたのは本当のことで。

嘘の中に真実を混ぜると効果的だと知っていたから。

これを利用出来るのではと思い立ったから。だから、苦しげな表情を盛った。

今の状況が使えるなら使うし、そのことに躊躇いはない。……喉から手が出るほど欲しいものを前にして躊躇ってはいけない。初めて欲しいと思ったのなら、なおさらのこと。

とにもかくにも、そうして好きな女性と仮婚約の形へと持ち込み、彼女の兄とも定期的に交流を図ることになった。

メルヴィンの様子を見て面白い人だと興味を抱いた……という理由もあるけれど、レイラと共にあるためには、彼女の兄の信頼を得るべきというのが一番の理由だ。

リーリエ嬢対策に彼女の兄をあえて巻き込んで完全に味方に引き込むつもりだった。人間は、ある程度の長い時間を共に過ごすと、警戒心が緩んでいく生き物だ。

メルヴィンの場合は、妹のことについて語る相手があまりいなかったようだから、私がその話し相手になれば良い。きっと良い相乗効果を狙えるだろう。

我ながら性格が悪いな。

素直なヴィヴィアンヌ兄妹を相手にしていると自分の性格の悪さが露呈した。

友好的な彼らを見ていると罪悪感が込み上げてきて、さすがに私の良心も疼くのだが……。

正直に言うと、反省は大いにしているが、後悔はしていない。

あの日から数日間。私とレイラ、彼女の兄のメルヴィンと、リーリエ嬢対策について話し合った。

レイラは慈善事業の件で孤児院に足を運んでいたが、ブレイン＝サンチェスターの件もあってか、メルヴィンもしばらく王都に滞在すると決めたらしく、レイラに付き添って孤児院にも顔を出しているらしい。領地に戻らなくて良いのか、は聞かない方が良いんだろうな。

対策会議は、その合間をぬって行われ、レイラが婚約者という立場になってからの今後について皆で話し合っていた。

基本は三人で話し合っていたが、レイラが彼女の叔父上の世話を焼く間は、メルヴィンと私の二人で会議が行われた。レイラの前では出来ない会話が主だった。

そしてある日のこと。王都のヴィヴィアンヌ邸の来賓室で、私は彼女の兄と向き合っていた。レイラは、彼女の叔父上――ヴィヴィアンヌ医務官の世話をしているとかで、席を外しているそうだった。

無理やり叩き起こして研究室の外に引き摺り出しているらしいと聞いて、少し耳を疑ったが、メルヴィンは「レイラに世話をされるなんて、羨ましい！」と言うだけで、彼女の叔父上が叩き起こされていることに関しては何の疑問も持っていないようだ。

もしかしたら、彼らにとっては日常茶飯事なのかもしれないし、あまり気にしないようにしておくか。私がそのように納得していると、メルヴィンから予想外の提案があった。

「フェリクス殿下。貴方からレイラに話しかける回数を二回だけ増やしても良いですよ。あの女とはさり気なく距離を取っていくつもりなのでしょう？　なので今回は特別です」

まさか、あのメルヴィンがレイラとの会話を許可するなんて。それも二回も。

普段のメルヴィンを見ている人には、これがどれだけ凄いことなのか分かるはずだ。

だいぶ毒されていた私は、極々自然にお礼が口から滑り出た。

「ありがとう。婚約者とそれなりに上手くやっているように見せないと、リーリエ嬢対策にならないから助かるよ。レイラとの距離感は、友だち以上恋人未満を保つから安心して。設定としては、友情よりの信頼、三割の恋情に見えれば良いかな？」

「一割にしてください。レイラに気付かれない程度で！　誑《たぶら》かすのは禁止です！」

「……分かった。百戦錬磨の恋愛達人が見抜ける程度に押し隠した恋情、にしておく。これで、リーリエ嬢との噂は掻き消せる？」

「問題ありません！　その手の友人をさり気なく配置するので！　彼は商人なのですが、彼の商談を操作して、そこに居合わせるようにさり気なく誘導します！　きっと次の日にはその友人が噂をばら撒くでしょう！」

意味の分からない会話だと誰しも思うだろう。正直、私もそう思う。商談を操作するってなんだろう。メルヴィンは領地だけでなく、王都においてもある程度は影響力があるのか。

普段は妹のことばかりだが、彼は確かに優秀だった。

ちなみに今の、この会話。今度、別の孤児院に訪問する際の計画――簡単に言ってしまえば、私がレイラに話しかけて良い回数や、周りに関係性をどう見せるか、についての話題である。話しかける回数が云々なんて、本当に意味が分からないと思うが、提案したのは何を隠そう私自身だ。

次回の孤児院訪問のメンバーとしては、私、レイラ、メルヴィン、リーリエ嬢。

この四人で向かう際に、リーリエ嬢に張り付かれてしまっては大変困る。物凄く困る。

フェリクス王太子は婚約者のレイラ＝ヴィヴィアンヌと良好な関係を築いている。リーリエ＝ジュエルムとの噂は眉唾ものだったのだ、と皆に認識してもらわなければ意味がないからだ。リーリエ嬢を刺激しないように気をつけながら、レイラが私の想い人であるという噂をばら撒き、そうしてリーリエ嬢との不名誉な噂も消えてハッピーエンド。これが理想の幕引きだ。

もちろん、そう簡単に上手くいかないのが人生だ。そこでレイラの兄、メルヴィンが立ちはだかるのである。

あまり最初から警戒されるのは今後のためにも都合が悪いので、彼の顰蹙を買うことなく、レイラと仲睦まじい婚約者同士を演じなければならない。なんという無茶ぶり。

――メルヴィンがシスコンじゃなければ、堂々とレイラを口説けるのに。

なので、苦肉の策。

いっそのこと、メルヴィンに許可をもらおうという逆転の発想に至った。

我ながらとち狂っているとは思うが、レイラに話しかけるタイミングや回数を最初から決めておき、あらかじめ作られたマニュアルに従って行動する方法だ。

例えば、リーリエ嬢に引っ付かれた場合のマニュアル。これは、リーリエ嬢に近付かれた際に他の者に声をかけ、さり気なく逃れられるように作られている。

この流れならば、レイラに声をかけて良し。こちらの流れならば、メルヴィンに声をかける……などと、対応を出来うる限り予測しておいて、その通りに行動していくのだ。

さらに、一時的にリーリエ嬢の話し相手になる回数も定めて、個々の負担を軽減する試みもしている。

あらかじめ決められていれば、兄のメルヴィンに目くじらを立てられることもないし、一応彼に誠意を持っていることは伝わるはず。

私から提案したという事実もあってか、メルヴィンの信頼も多少は得られただろうし……。

……自分で言い出しておいてなんだけど、冷静に考えてみると、正直意味が分からないな。

なぜ、私はこんな回りくどく面倒なことをしているのだろう？　と我に返る瞬間だ。

ついでに、なぜメルヴィンはこんな面倒な話に乗ったのかな。……妹への愛かな。

その事細かな決まりを平然と頭に叩き込めるメルヴィンは、さすが名領主になると噂されているだけのことあって、優秀な頭脳を持っている。

だけど、その優秀な頭脳の使い方がとても残念な気がする……！

「よーし！　レイラに変な噂が立たないためにも頑張りましょう！　殿下！」

「そ、そうだね……？」

「レイラに頼られるなんて、久しぶりなので。腕が鳴ります」

「そ、そうか……」

ちなみにこのメルヴィン。レイラにちょっと頼まれただけで、即了承したらしい。

レイラをこんなことに巻き込むなんて、と言われたらどうしたものかと心配していたけど、レイラが上手いこと彼を懐柔してくれたらしい。

「可愛らしく上目遣いで『お兄様だけが頼りなのです……』って言われたのですが、凶悪だと思いませんか？　うちの妹は世界一……」

「……」

え。羨ましい。上目遣い。それは凶悪的に可愛いかもしれない。

と、まあこんな風に、レイラの与《あずか》り知らぬところで、私たちは暗躍していた。

我ながら何をしているんだと自問自答したくはなるけど、こういう積み重ねが信頼に繋がるわけだし、良いか。

将来、レイラと穏便に婚姻を結ぶためにも、少しでも心証を良くしていきたい。

家族に祝福された方がレイラも嬉しいに決まってる。うん。その方が良い。

私の中で、彼女と結婚することは決定事項だったが、二人の兄妹は仮婚約という言葉を心から信じている。

さて、今後はどうしようかな。

「なぜ、レイラさんがいるの？」

リーリエ様を伴って出かける当日。リーリエ様は私が一緒にいることが不思議だったようで、首をこてん、と可愛らしく傾げながらそう尋ねた。

私が殿下の婚約者になったという話は、調べれば簡単に知ることが出来るのだが、彼女は知らなかったらしい。

いずれは知られることだ。腹を括って、彼女に婚約のことを伝えておかなければならない。きちんと、誤解する余地もないくらいにハッキリと。

「正式な発表はまだですが、この度、私――レイラ＝ヴィヴィアンヌは、フェリクス殿下の婚約者となりました。改めてよろしくお願いいたします」

「え……？」

リーリエ様の目が溢れんばかりに見開かれた。

うう……。なんか居心地が悪い。物凄く凝視されている……。

まるで、未知の生き物でも見ているかのよう。

居心地の悪さと、小さな罪悪感を覚えながらも、追い打ちをかけるように私は続けた。

「これは両家の話し合いによる決定事項です」

ここまで言えば理解してくれるはずだ。

乙女ゲームのシナリオではハッピーエンドを迎えるわけだし、フェリクス殿下との婚約は決定事項と言いつつも、破棄する方法はいくらでもあるのだろうけど。

「婚約……婚約……」

リーリエ様はうわ言のように何度も呟いてから、やがて聖女のような微笑みを私に向けた。

ん？　微笑み？　微笑んだ？

「政略結婚っていうものでしょ？　好きでない人と無理矢理、結婚するなんて間違ってるよ」


はい？


「二人とも無理はしなくて良いんだよ？　レイラさんは仕事を続けたいだろうし、それに私が口添えすればどうにかなるかもしれないから」

どうにかなる？　つまりこれは婚約破棄のお誘いだろうか？

「は？」

いつも爽やかなアルカイックスマイルを絶やさずにいた、あのフェリクス殿下が真顔だった。

……真顔が、普通に怖い。素でキレてませんか？　殿下。

何を言っているのか分からないと言わんばかりの剣呑《けんのん》とした雰囲気を一瞬感じたけれど、すぐにそれは霧散した。

彼は、すぐに微笑みを浮かべたから。

……さすが、殿下。何事もなかったかのように王子スマイルを浮かべてる。

「最近、そういうことに決まったんだ。身分も条件も問題ないし、何より信用出来る相手だ」

そして、柔らかな口調ながらも、有無を言わせぬとばかりに断言した。

この時の殿下は、真顔から、いつも通りの優しそうな笑顔にすぐに戻ったけれど……。

少しだけ、私が気になったこともあった。

殿下の中で何かがカチリと切り替わった瞬間を、見てしまった、かもしれない。

——今、もしかして。彼の中で、リーリエ様が切り捨てられた？

表面上はニコニコと穏やかに微笑みながらも、彼の中では何かが決定事項として判断されて。

真顔から笑顔になる間の——その一瞬にだけ浮かんだ、彼の瞳に宿る冷え冷えとした諦念。

空恐ろしいものだった。人が人を諦める瞬間は。

きっと殿下のことだから、表面上は今までと変わりないはずだとは思うけれど……。

「えっ？　でも二人とも好き合っているわけではないよね？　結婚は好き同士でないと、意味ないよ！」

「貴族に政略結婚なんて当たり前のことだよ。いまさらすぎる」

フェリクス殿下が応戦している間、お兄様がチョイチョイと私の手をつついた。

「リーリエ嬢っていつもあんな感じなの？　話が通じなさそうだね？」

『お前が言うな、お前が』

ルナは少々食い気味で言葉を重ねていた。周りの人にルナの声は聞こえないから、気付かれてはいないけど。

それにしても今日もルナは、隠形魔術をその身に念入りにかけている。リーリエ様の精霊とよっぽど顔を合わせたくないんだろうな。

「レイラ。助けに行った方が良いと思うよ？」

「え」

『は？』

私とルナから呆気に取られた声が漏れ出す。

私と男を絶対に近付けさせないと病的なまでに暗躍している、あのお兄様が。

シスコンが行きすぎて変人扱いされるうえに、好きなタイプは『うちの妹』とか豪語しているあのお兄様が。

『ご主人を、王太子の……他の男の元へ送り出す……だと？』

私たちがあまりの衝撃に目を白黒させていると、お兄様はニコリと微笑みながら言った。

「彼とは協力者だからね。誠意には誠意で返すと僕は決めているんだ」

何やら私の知らないところで交流があったらしい。殿下、お兄様と何を話したんだろう？

気になることは多々あったけれど、それよりまずは、やるべきことはやらないと。

苦戦している様子のフェリクス殿下の傍に近付くと、優しげだが、どこか呆れを含んだ声音が聞こえてきた。それと、若干の疲れも混じっている。

「私は貴女を好きではないんだ。そもそも、どうして婚約の話がこんなにも早く了承されたのか、貴女は分かっていないようだね。……そもそもの発端は――」

言いにくそうだが、はっきりと口にしようとする殿下。それを彼本人に言わせるのはどうかと思ったから、彼の口にしかけた言葉を私が引き取る。

「そもそもの発端は貴女です。――リーリエ様」

ああ。こうして悪役令嬢っぽくなっていくのね。

言わなきゃ分からない。はっきり伝えなければ、きっと伝わらない。

もしかしたら、ゲームに登場していたレイラ＝ヴィヴィアンヌも同じような気持ちだったのかもしれない。彼女が勘違いをしないように、端的に伝えたに過ぎないのかも。

もう、こうなればシナリオと戦ってやろうじゃない。これはゲームではなく、紛れもない現実なのだから。

「光の魔力の持ち主。確かにその存在は非常に珍しく、その力を持つ貴女は大切にされるべきなのでしょう。だけど王家は、フェリクス殿下と貴女を結婚させるつもりはなかったのですよ」

「そんなの分からないよ！　それにもしもだよ？　もし、好き合ってたらそんなの関係ない！」

さっき、殿下は好きではないと、はっきり仰っていたはずなのに……。

私に噛み付いてくるリーリエ様を見て、フェリクス殿下が手で制した。

「レイラ。私から言うよ。王家の者として、それから当の本人としてね」

「は、はい」

再び、フェリクス殿下がリーリエ様を真っ直ぐ見据えると、彼の整ったその双眸《そうぼう》を見て、リーリエ様はポッと頬を染めた。

カッコイイのは分かるけど……。今はそんな場合じゃないのでは？

「リーリエ嬢。……正しく言わせてもらうと、貴女の振る舞いを見て、王家が断固拒否したというのが正しい」

「そんな……なんで!? 私、悪いことなんかしてないよ！」

リーリエ様は悲鳴のような声を上げながら、彼をまん丸な目で縋るように見上げた。

「貴女が貴族らしい振る舞いをしないから、なおさら、結婚はあり得なくなった。王家や貴族たちにとって、私と結婚させたくない相手が貴女なんだ。そんな貴女と不名誉な噂が立っていたから、こうして速やかに婚約者が決められた。まあ、理由は他にもあったけどそれは割愛《かつあい》するよ」

「私は変な振る舞いなんてしてないよ？ 皆が酷いだけだよ」

まだそれを言うのかと、フェリクス殿下が疲れた溜息を漏らしたのを見て、私は少し前の出来事を思い出した。

「酷い……ですか。貴女が以前、問題を起こして私に謝罪してくださったことがあったと思います。その時のことは、もう……お忘れなのですか？」

あれだけ泣いて、あれだけ殿下に窘《たしな》めてもらったというのに。あの時の振る舞いは貴族と言えたのだろうか。

　せめて取り繕うことが出来たなら――貴族社会に馴染む努力をしていたら、殿下と結ばれる可能性だって確かにあったはずなのに。

「そんな前のことを持ち出すなんて、レイラさん……意地悪だよ！」

「……」

　なんと言って良いのか分からなくなった。彼女にとっては耳が痛いかもしれないけれど、このまま伝えずにいたら、そっちの方がきっと酷いことになる。

「リーリエ様。貴族の女性は婚約者以外の男性に、人前で無闇矢鱈に触れたりしないのですよ。男子生徒の肩を叩いたり、手を掴んだり、真横にぴったりくっつくのも良くないことです。このままだと、貴女は学園で……その、周りから変わった令嬢だと思われてしまいます」

　私は、結局口を噤んでしまった。貴女は学園で仲間外れにされます、なんて言いにくくて、遠回しな言い方をしてしまった。

　彼女のさり気ないスキンシップは、学園でも波紋が広がっている。女子生徒たちがそうした苦情を零しに医務室へやってくることも、やっぱりたまにある。

　せめて人前でなければ、ここまで評判は悪くなかったはず。……まあ、人前じゃなければ良いというわけでもないけれど。

　殿下もこの辺りは指摘しているとは思うけど、日頃の習慣は、なかなか変えられないのかもしれない。

仲良くしながら指摘するのは、やっぱり難しいの？　今も、私はただリーリエ様に嫌な思いをさせただけで終わってしまった？

私が言葉を失っていると、リーリエ様は何かに気付いたように手を叩いた。

「あっ……。分かった。レイラさんもフェリクス様のこと好きなんでしょ？　意地を張ってるけど、好きなんでしょ？　だから、私に突っかかってくるんだよね？」

リーリエ様は意図せず、私に真実を突き付けていた。背後関係も色々あるけれど、確かに私は彼に恋をしている。近付いて欲しくないという感情が全くないとは言えなかった。

だから、私がいくら偉そうなことを言ったとしても、これは嫉妬の発露でしかないのかもしれない。私は彼のことが好きで、それは紛れもない真実なのだから。

私、あれだけ付き合う気はないと言っておきながら、いざ婚約してみたら、独占欲みたいなものを抱いてる。最低だ……。

なんて女々しくて、なんて自己中心的なんだろう。仮の婚約だというのに、それでもなお謎の執着と独占欲を私は、育ててしまっている。

リーリエ様の言葉で、それを嫌でも自覚してしまって。

平静を装いながらも、私の声は固くなった。

「今は、そういう話をしていません」

「それならそうと言ってくれれば良いのに」

どういうつもりなの？

思わず動揺してしまったのは、リーリエ様がさっぱりとした笑顔だったから。

リーリエ様は邪気のない顔で、恋敵である私にも友好的だった。

「フェリクス様は誰のことを好きでもない。でも私たちはフェリクス様のことが好き。これってライバルっていうんだよ？　だから正々堂々恨みっこナシ！」

「……ちょっと待ってください。今、そういう話では――」

「私、さっきレイラさんにキツいこと言われたけど、レイラさんのこと嫌いにはなれないの。きっと私たち仲良くなれると思うよ！」

なにゆえにフレンドリー？　彼女に悪意がないことも、純粋な性格であることも、良くも悪くも前向きなのも分かったけれど、とにかく話が通じない。

フェリクス殿下がハッキリ言ってもなお、話は流されて結局、有耶無耶になっている。

なんだろう。すごくモヤモヤして気持ち悪い。

フェリクス殿下の方に視線を向けると、彼は衝撃に固まっているようだった。リーリエ様の発言の数々は、さすがの彼も予想出来なかったに違いない。

無意識に胃の辺りを押さえているのは癖だろうか？　王太子なのに……。まだ十代だというのに……。

「私の頑張り次第では、王家に認められるかもしれないもの！　好きな気持ちは負けないよ！恋心は世界を変えるし、それに――」

おかしな方向へ突き進みそうになるリーリエ様。

そしてこの時、フェリクス殿下も少しおかしくなった。

内心慌てていたのかもしれない。リーリエ様があまりにも一人でベラベラと夢物語を語るから、それを止めようとも思ったのかもしれない。

彼は、喋り続けるリーリエ様に慌てて割り込んで遮った。

「ちょっと待った、待って、待って。お願いだから待ってくれ！　リーリエ嬢。あまりにもアレすぎておかしな方向へ直行しそうだから、言うけど、私はこの婚約に賛成しているどころか、レイラのことを心から愛している！　だから貴女のことを好きになるなんてあり得ない！　ついでに言うと私は一途だ！」

フェリクス殿下は何を言っているんだろう。先ほどまで兄の手前、私の名前を呼び捨てになんてしなかったというのに、いつの間にかレイラと呼ばれているし。それに焦っているせいか、若干、早口だった。

それにしても、あ……愛って。その単語に顔が熱くなって、ドキドキと胸が高鳴る。

最近の殿下はおかしい。彼は、私じゃない私のことが好きなはずでは……？

まさか本気で彼が私のことを愛しているわけではないはず。その証拠として、私の正体は未だバレていない！

そりゃあ、友人として仲間意識みたいなものは芽生えているだろうけど、これはアレかしら？　いわゆる言葉の綾《あや》という……。

ついに疲れすぎて、あんな風になったのではないだろうか。

「どうしよう。疲労でフェリクス殿下が壊れた……」

『ご主人は、さり気なく残酷だな』

ん？　今、私、ルナに呆れられた？　いや、今はそんなことを言っている場合ではないよね。

何しろ、こうして私がルナに呆れられている間も、リーリエ様は自分にとって前向きな言葉を次々に紡いでいっているのだ。あたかも、それが真実なんだと言わんばかりの口調で。

「ふふ。フェリクス様ったら、そんな無理しなくて良いのに！　そう言わされているんだよね？　だって相手は侯爵令嬢だもの」

「そうですよ。フェリクス殿下。無理して好きなんて言わなくて良いんですよ！　あ。でもリーリエ嬢。貴女とフェリクス殿下の結婚だけはあり得ないから。殿下は侯爵家以上の令嬢と結婚するって公表しているからね」

と、ここで脈絡もなく、お兄様が話に割り込んできたのだけど。

『そこの兄。お前はどちらの味方だ……』

非常に混沌《こんとん》としていた。なんだろう。この会話は。

あ。フェリクス殿下の目が死んでる。

リーリエ様は、お兄様に言われたことにも、「まだ分からないじゃないですか」と反論していてめげていない。心が強すぎる。

そんなリーリエ様を相手に、お兄様も遠慮など一切ないようで、「リーリエ嬢だと身分も教養も足りないんだって」とはっきりと言い返して応戦していた。

この、何にもへこたれない、太陽のような明るさが、いわゆるヒロイン力なのだろうか？

どうしよう。頭が働かなくなってきた。さっき、決定事項って言ったよね？

私の間違いじゃないと思うんだけど。

そういえばゲームのヒロインのリーリエは、こんな風にレイラに爽やかに宣戦布告をして、切磋琢磨すべく努力を始めた。けっこう序盤で。

これは遅れに遅れたシナリオの一つなのだろうか？

いや、既にシナリオは破綻している。

私はフェリクス殿下に想いを伝えるつもりなどないし、この婚約だっていずれは破棄されることになるのだから。

『ご主人。茫然自失としているところ悪いが、周りに人が集まってきたぞ』

様子のおかしさに人が集まってきたらしい。街道の端に馬車を停めたとはいえ、お兄様とフェリクス殿下が並んでいるから目立つのだろう。

「リーリエ嬢。今は人の目があるし、この話は止める。……色々と言いたいことはあるけど、とりあえず少しだけ。これ以上レイラに余計なことは言わないように。それと貴女との結婚だけはないから」

フェリクス殿下がリーリエ様にハッキリと言い放つと、彼女はむうっと頬を膨らませる。

「フェリクス様が私を好きになるかもしれないじゃない」

「いや、だから——っと」

周囲に人が集まってきたので、フェリクス殿下は口を噤んだ。

とりあえず私も、今は引き下がることにした。

だけど、事態は予想がつかない方向に向かっていた。

この日、頑張ると息巻いていたリーリエ様だったが、彼女はフェリクス殿下に近付くことが出来なかったのだ。

孤児院に行く前の王都散策でも偶然か必然か……いっそ見事すぎるくらい、近付けていない。

なぜ、近付けないいって？

『何……だと……？　王太子とあの兄が見事な連携で、女の接近を許さない……だと？』

「どう見ても事前に計画していたとしか思えない……」

つまりは、お兄様とフェリクス殿下の息の合った連携プレイである。

リーリエ様がある一定の距離に踏み込もうとした瞬間、さり気なくフェリクス殿下は私に笑顔で話しかけて、すぐ横のリーリエ様をすらりと避けて、私を少し先へと連れていく。

もしくはお兄様が、リーリエ様にダル絡みをする。

「レイラと同じ女子として聞きたいんだけど、どっちのバッグが可愛いと思う？」

「えっ……？」

「妹に買ってあげたいんだよね。どちらの品が彼女に相応しいと思う？」

と、まあこんな感じによく分からない絡み方をして、殿下へ一定の距離以上は近付けさせないし、踏み込ませない。こちらもまたスマートにさり気なく行われる。

リーリエ様がフェリクス殿下の元へ、肩がピッタリくっつくくらいの――非常識な接近を試みる度に、二人は交互に動いた。見事なコンビネーションで私に話しかけたり、リーリエ様に話しかける。

お兄様はさり気なく、私とフェリクス殿下をリーリエ様から守るように立ちはだかりながら、私にシスコン全開で話しかけている。

二人、案外仲が良いのかしら？

時折、さり気なく目配せしているのも見受けられる。

こういったことは自然に行われているので、リーリエ様は全く気付いていない。フェリクス殿下の方からリーリエ様に直接声をかけることはなかったが、彼女を蔑ろにしているわけでもなく、会話はそれなりに成り立っている気もする。

とはいえ、私とリーリエ様が話す機会もあまりない。さり気なく、違和感ないように妨害が行われているのがすごい。

殿下とお兄様の独壇場みたいな。

それに、シスコン全開のお兄様もさすがに今日は自重したのか、フェリクス殿下が私に声をかけても目くじらを立てたりしていない。

そしてある時――雑貨屋の前にいた時のことだ。

焦れに焦れたリーリエ様は勢い良く、店先の品物を眺めているフェリクス殿下の背中に突進しようとした。

騒ぎまくるのが目に見えていたのか、お兄様がハンカチでリーリエ様の口を塞ぐと、店の裏口へとササッと連れていった。

えっ。今の、誘拐？

「おそらく、五分で帰ってくると思うよ。私が言うより年上が言った方が効果あるかと思って、メルヴィンには頼んでおいた」

五分って。やけに明確というか、細かいというか。

どうやらリーリエ様にお小言を言うらしい。

そういえば、お兄様の怒ったところを見たことがないけれど、どうやって怒るのだろう？

「さて、ようやく訪れた五分間の自由だけど」

「……？　五分間の自由ですか？」

「制限があるのは不都合だし、窮屈《きゅうくつ》極まりないけどね。裏を返せば、その制限のうちは自由が保証されているとも言えるんだ。メルヴィンにとっては盲点だったね」

「意味がよく……え？」

突然何を言い出したのだろうと見上げていれば、ふいに彼が身をかがめて。

柔らかくて熱いものが、私の頬に掠めるように触れた。

え？

金髪の髪がすぐ近くで揺れているのが、どこか現実感を伴っていて。

え？　今、頬にキスされた？

それを見ていた周囲の人がざわめいた。フェリクス殿下は唇に人差し指を当てると、悪戯めいた表情で彼らに微笑んでから、すぐ私に向き直った。

「レイラ。君のお兄さんには内緒にしてね。私が怒られるから」

頬が紅潮した私に何かを渡すと、殿下は店の中へと先に一人で入っていった。

「え⁉　どういうことなの⁉」

『落ち着け。ご主人。兄に露見するぞ』

それはマズイ！　だけど、この熱はなかなか治まってくれそうになくて、その間にも。

「どうしたの？　レイラ？　そんな真っ赤な顔して」

何やら青ざめたリーリエ様を連れたお兄様が帰ってきてしまった。

えっと？　お兄様、リーリエ様に一体何を……？　青ざめているけど？

いやいや、待った。それも気になるが、今はそれどころでもない。

どうしよう？　明らかにフェリクス殿下と何かありましたと言わんばかりの状況だ。

お兄様に知られるのも恥ずかしい。だって、頬にキスって。

待って。殿下にとっては軽い挨拶なのかもしれない。ほら、友人同士のキスって外国ではあったじゃない。それか婚約者同士の仲の良さをアピールしているのかもしれない！　たぶん。

と、とりあえずまずは落ち着こう！　うん！　お兄様に変な風に思われる。

とは言いつつも、頬に触れた柔らかな感触が蘇ってきて、平静ではいられない。

「レイラ、もしかして」

ああ、終わった。面倒なお兄様が降臨する……。

覚悟し始めた瞬間だった。

「その手に持ってるの、巷で有名な恋愛小説じゃない？　ほら、そこに。この雑貨屋の店先に並べられてる」

「え？」

お兄様が指差した先。店先にあったもの。それから私の手の中にあるのは、さっき殿下が私に渡したものだ。

それは一冊の本。

「あはは。レイラってば可愛いなあ。恋愛小説でそんなに顔を真っ赤にするなんて。うん。照れたレイラは可愛い。ようし。それが欲しいならお兄様が買ってあげるよ」

なでなでと頭を優しく撫でられる私は、若干戸惑いながらも、とりあえず理解した。

どうやら殿下のおかげで、危機を脱したらしい。

『あの男、抜け目ないな……』

ルナが呆れながらも感心していた。

その後、雑貨屋の中へ入っていたフェリクス殿下が何事もなかったように、「これ、弟の土産にしようと思って」と上機嫌で出てきた。

殿下はどういうつもりで私にあんなことをしたのだろう？

こっそりと物言いたげな視線を差し向けても、彼はどこか嬉しそうに笑うだけ。

「フェリクス殿下は、弟が好きなんだなあ。兄として、その気持ちはよく分かる……」

『いや、そなたと一緒にされるのは、王太子も不本意だろう』

的の外れたお兄様の感想には、ルナがすかさず突っ込みを入れていた。

お兄様が何を言ったのか分からないけれど、リーリエ様は青ざめ切って少し大人しくなっていた。

そうしてしばらく散策した後、孤児院に向かうのかと思っていたのだが……。

「はい？　今日は孤児院訪問は中止ですか？」

「うん。向こう側がね、迎えられる状況じゃないから、またの機会にね」

「そうそう。レイラ、今日は帰ろうか」

「孤児院、行かないの？」

状況が分からず、置いてけぼりにされる私とリーリエ様。

フェリクス殿下とお兄様の間で何かやり取りされていたのか、帰る準備が粛々と行われ、皆別々の馬車に乗り込んだ。

「えっ？　もう帰るの？」

この時には、青ざめていた顔が戻っていたリーリエ様。納得のいかないリーリエ様だったけれど、彼女も男爵家へと帰されることになった。

だから、私とお兄様も王都にある屋敷に帰り、殿下も王城に帰られると思っていた。

しばらくガタゴトと馬車に揺られていたが、やがて扉を開けられて。

「お疲れ様。二人とも」

なぜか孤児院の前に馬車は停止していて、同じく馬車から降りたと思われるフェリクス殿下が迎えてくれた。

「……!? 帰るのではなかったのですか!?」

お兄様を振り返ると。

「ごめんよ。レイラ。孤児院訪問の予定は変わらないんだ。ああ……やっとレイラを抱き締められるよ……! ずっと、我慢していたんだ……」

『変態!』

ルナが短く叫ぶ。

後ろからお兄様に抱き締められ、思わず私は振り解こうと藻掻いた。

ううっ。離してくれない!

「ごめんね。リーリエ嬢も一緒なのはちょっと問題があるから、彼女には外してもらおうと思ってね。気が付けば一芝居してた」

「殿下も突然すぎますよ。いきなりの計画変更だなんて」

ん? 計画変更? お兄様と殿下、やっぱり示し合わせてたんだ。

「忙しなくて、すまない。……まあ、そういうわけだから、孤児院訪問をするよ」

目の前には、前とは別の孤児院。結局、この日は予定通り訪問が行われたのだった。

ちなみに、お兄様が何をリーリエ様に言ったのか気になったので、後で聞いてみたところ。

「もしもフェリクス殿下に完全に嫌われたらどうなるか、その末路を物語風に分かりやすく、語ってみせただけだよ？　五分で。最終的には、リーリエ嬢の目の前で他の女と睦み合うシーンを……」

Ｒ18展開を堂々と語るのは止めて欲しい。

『なるほど。青ざめるわけだ』

そういえばお兄様は、私に物語を読み聞かせたいと努力した結果、臨場感溢れる語りが出来るようになっていたんだっけ。ふと、そんなことを思い出した。

第九章　恋慕

「っ……、あの男。……権力に物を言わせやがったか」

普段の俺らしくもない、乱暴な台詞。辺りにガラスの破片が散乱し、零れた薬液が飛散した。

サンチェスター公爵家の実験室で俺が毒づく様が、あまりにも目に余ったのだろう。

契約精霊であるアビスが一言物申した。

『我が主。珍しく口調が乱れておりますよ。何があろうとも平静を装い、紳士的かつ、優雅でスマートな男を演出しなさい。感情を乱されたとはいえ、振る舞いすらも乱すのは得策ではありません』

「……、コホン。……………はぁ。…………申し訳ございません。取り乱しました」

アビスの言う通り、感情を乱して無様な男に成り下がってはいけない。人目がなかったとしても、普段の振る舞いこそが自分を形作るものなのだから。

アビスの尻尾がゆらりと揺れる様を眺めつつ、俺は調査報告書の束を机の上に乱雑に投げ捨てた。

「まさかあの男が、こんな強硬手段を取ってくるとは。権力で囲い込むなど、余裕のなさだけは窺えますね？　必死すぎていっそ哀れですよ」

　あの男。この国の王太子。

　フェリクス＝オルコット＝クレアシオン。俺と同じくレイラを求める男。

『主。一つ言っておきますが、元はと言えば、貴方が無駄に煽りまくるからですよ。権力のある男を相手にあそこまで煽ったら、こうなるのも当たり前です』

「レイラには、強力な番犬がいたはず。彼女の兄の執着ぶりを見たでしょう？」

　公爵令息ブレインとして参加した夜会で、レイラの兄のメルヴィンは事あるごとに俺を目の敵にしていた。

『ふむ。そういえば、あの兄君の警戒網は信用に値したような……。やりますね、フェリクス王太子』

　あの警戒網をどう潜り抜けたのだろうか？　いや、潜り抜けたと言うよりも。

「結局、権力には抗えないんですよ」

　最終的には、やはり権力か。フェリクスは、権力を使ってレイラを己の婚約者にした。王家の者の命令ならば、レイラは断ることなど出来ない。

　侯爵家の長男であるメルヴィンの存在があるから、普通ならばそう簡単に婚約出来ないはずだった。

「権力で無理矢理、手に入れてそれで満足なのですかね？　婚約以来、あの王太子の警戒網がこれでもかと言わんばかりに敷かれているせいで、レイラに近付けやしません」

異界を経由して入り込むことは可能だが、恐らく異界から出た瞬間に捕縛されるだろう。

『ああ。あれはすごいですね。魔力の糸が雁字搦《がんじがら》めになっていますからね』

細い細い魔力の糸は目に見えない。下手すれば精霊ですらもそれを見破れないほど、細い。空気中の魔力と同化しているためだ。

実験に耐えてきた俺は、人一倍魔力探知に長けていたから、たまたま気付いたが普通は気付かない。

その不可視の糸が、レイラの主な行動範囲に張り巡らされている。

少しでも触れたら、その糸が集まって侵入者に絡みつく。どうやら俺の魔力反応を王太子は覚えていたようだ。

で、レイラの兄と共謀して、魔力の糸を張り巡らせて、言葉通り囲い込んだと。

……大方、あの王太子と顔を合わせた時に感情を露わにして、魔力が漏れ出てしまい、その時に魔力の質を覚えられてしまったというところだろう。冷静さをなくすと本当に良いことがない。

「あの男の執着の強さが窺えますね。そんな重い愛情に絡め取られるなんて、レイラが可哀想です」

『これは異なことを言いますね。どっちもどっちですよ。王太子も主も似たようなものです。正しくは、面倒な男二人に好かれて……ではないですか？』

否定は出来なかった。自分の執着も相当なものだから。

『あのレディに会うために、己の魔力の性質を完全に誤魔化す術を研究しているのでしょう？』

あの忌々しい糸に察知されないように、クリムゾン＝カタストロフィの魔力でないものに変換する。誤魔化すことは出来ても、全く別の魔力の性質へ変換するのは難易度が高かった。

レイラの叔父は、属性を克服したけれど、魔力というのは、皆一人一人違い、それぞれに特徴がある。

その特徴や個性を、完全に別のものに変換するのは、とてつもない奇跡であり、偉業だ。

それを発明してしまったら魔術犯罪が増えるだろう。

思えば、レイラの叔父の作った人工魔石結晶も諸刃の剣だった。あれの存在で、裏通りでの犯罪は飛躍的に増えた。歴史的な発明品とはそういうものなのかもしれない。

全てが使い方次第。

俺の知る裏通りの連中なんかは人間の屑ばかりだから、世紀の大発明である人工魔石結晶の使い方も、ろくでもない。余計なことばかりに頭が回る輩は、どこにでもいるものだ。

「このままレイラに近付けずに、終わるわけにはいきません。俺は彼女の傍にありたい」

彼女の傍にいるべきは、このクリムゾンだ。

決して裏切ることのない、信頼出来る存在が隣にあることが一番自然なのだから。

似たような闇を持つ二人だからこそ、安心感を得て、支え合える。

安心して、無邪気に笑うレイラを見てみたい。己がそれを出来たら、なおさら良い。

俺とレイラは別の人間だけれど、とてもよく似ていて。その危うさを熟知している俺だからこそ、彼女を助けることが出来るのではないだろうか？

救いには、理解が必要不可欠。

「結局のところ、あの男が隣にいたとしても、レイラの心の叫びを聞き逃すことがあるかもしれません。あの男はレイラの抱える闇を知らないのですから。知らない間に、取り返しのつかないことになっていたら……どうするのですか」

『我が主はあのレディのこととなると、とたんに人間のようですね？　普段の貴方は別の世界の住人のようだというのに』

「俺は元々人間です」

何を言っているのかと己の精霊を睨み付ける。人外になったつもりなどない。

『投げやりになって斜に構えるより、そちらの方が幾分かマシですよ。面白いか面白くないかのどちらか云々と、冗談みたいな台詞ばかり吐いていた主よりね。今の方が、からかい甲斐があって愉快ですし』

「それは褒めているのですか？」

少々落ち込んでいたのを悟られていたのかもしれなかった。

『一つ教えて差し上げましょうか、未熟な我が主。どうしようもないほどの焦燥感と執着。身を焼くような嫉妬心。独占欲。焦がれてやまないその情熱的な感情の正体を』

「……言わなくても分かってますよ」

『貴方は一途な獣。一度、番《つがい》と定めたならば、その想いを一生抱え続けるのでしょう』

ああ。それはなんて苦しい呪《あい》いなのだろうか。


婚約してから様々な注意事項を自分に叩き込み、慈善事業の引き継ぎのために屋敷と孤児院を駆けずり回ったり。休暇だというのに全く休暇でなかった夏季休暇が、ついに終わった。

社交もこなさなければいけないけれど、いまさらながらあることに気が付いた。

学園に生徒より一足早く先に戻り、医務室で今期の予算と睨めっこしながら、私はルナに零した。これは大きな問題だ。とても悩ましい。

「そろそろ、私も向き合う時が来たのよ、ルナ」

『何がだ、ご主人』

机の横の簡易冷蔵庫の下。ルナは、仕事をしている私を下からぼんやりと眺めていた。

「フェリクス殿下の婚約者になったということは、私は社交を最低限こなさなきゃいけないわけなの。つまりは、眼鏡で雲隠れ出来るのもそろそろ終わるということ」

『……………………そうだな』

「え、何？　今の間」

『いまさらすぎないか？』

ルナの、にべもない返事。

「何を言ってるの。重大なことじゃない？　あの時の深夜の不審者が私ってバレたら、色々と関係性も変わってしまうし。うう……今まで後回しにして逃げてきたツケが回ってきたのよ」

『覚悟を決めることだな。さすがに今度は逃げるのは許されないぞ、人として』

正論である。

もう友人同士なんて言ってられない。仮とはいえ、婚約者同士になったのだから、それは当たり前の話。

今まで通りで良いとフェリクス殿下は言ってくれたけど、それを真に受けて甘えるのは失礼である。

「うう……分かってはいるの。分かってはいるんだって……」

『ご主人はどうしたい？』

「いずれ、婚約破棄したい」

『直球だな……。それは言わない方が良いぞ。……ならば、なぜご主人は婚約破棄をしたい？』

なぜって。そんなのは決まっている。

好きだと思いつつも、この思いは消えない。

「殿下を信用し切れない私では、彼に相応しくないから」

『それをそのまま伝えれば良い。ついでにこう言えば良い。誰に何を言われてもこの憂いは消えないと。当の王太子が、そんなこと気にしなくて良いと言ったとしても、ご主人にとってはそうではない。そうだろう？』

諭《さと》すように紡がれるルナの落ち着いた低い声は、私を宥めるようにも響いた。

ルナは私の身の安全だけではなく、精神までも守ってくれるのだろうか？

「ありがとう、ルナ」

『そう難しく考えることはない。あくまでも誠実な対応で、落ち着いて話せば良い。普通にしていればそれで良い。それだけのことだ、ご主人』

「普通に……」

雁字搦めになっていた私に染み入っていくルナの言葉。

そうだ。まずは普通に接するところから始めるんだ。

『あの王太子は気が長いと思う。待てと言えばいつまでも待つだろう。忠犬だな』

「その物言いは、とても失礼なのでは？」

精霊であるルナにとっては、国の重鎮とか王太子とか関係ないのかもしれないが、私の心臓に悪いのでぜひ、止めて欲しい。

ああ、でも。今まで言わなかったことを言うのは、やっぱり緊張する。

止まりかけていた手をまた動かした。一番上の書類を捲る手つきは、ぎこちなかった。

ドキドキと高鳴り始めた胸の鼓動は、忙しなく、妙に落ち着かないし。

と、そこで次の瞬間、はたと私は気付いた。

ええっと。私、痛くない？　どう考えても痛い女じゃない？

ルナと今、色々と話していたけど、ふと我に返ればこれは自惚《うぬぼ》れすぎというか、ある意味では殿下に失礼というか、「私のこと好きなのかも？」とか当たり前に考える恥ずかしい人間になってしまったのが辛いというか、とにかく痛い。痛すぎる女である。

自己嫌悪だし、ちょっとした黒歴史になりかねない事態。

「ルナ……。私、傲慢で自惚れ屋の人間にだけはならないように気をつける……。もし痛々しいことをしていたら、説教して欲しい」

『何がどうなってその思考に至ったのかは分からんが、ご主人。とりあえず落ち着いてくれ。体が細かく振動しているぞ』

「あ。本当……」

ふるふるふるふるふるふると、謎の羞恥心に私は震えていた。

とにかく気晴らしに、明日の分のノルマまで終わらせたのだから、本気になった人間の底力って凄い。真の力に目覚めた自分、偉いと我ながら思った。

やるべきことが終わってからも、出来そうな仕事を探した。何もしていないと余計なことを考えて迷走してしまうので、書類整理や医務室の掃除をしてばかり過ごし……。

そうこうしているうちに数日が経った。医務室での日々が再び、始まったのである。

研究漬けで日常生活すら危うくなった叔父様が戻るのは三日遅れることになったが、学園に生徒は容赦なく戻り始める。休暇後の学園は待ってはくれない。

前世とは違い、始業式などはなかったが、休暇明けの学園の正門付近には生徒たちがごった返していた。

空っぽだった寮にも生徒が戻ってきたし、私の滞在する寮にも人が戻ってきた。

それは、学園が始まったその日の朝のこと。

カフェテリアも再開し、優雅に寮の食事を堪能していれば、朝っぱらから突撃された。

「レイラ様！　今日もお綺麗ですね。婚約おめでとうございます」

「ついに！　やり遂げましたのね！　私、ようやく安心いたしましたわ！」

「皆様、ご無沙汰しております」

令嬢たちの勢いに内心驚いていたが、表面上は何事もなかったかのように控えめに微笑んだ。

ティーカップの音を立てないように静かに置いて、姿勢を正す。

「フェリクス殿下と婚約されたと、今話題ですよ！　それに物凄く愛されていると！」

私の周りに座り始める令嬢たち。

ここ、一応、職員寮のカフェテリアなんだけども……。

「声が大きいですわ。皆様、声を小さくしてくださいまし。レイラ様にご迷惑をおかけしますわ」

「あら、いけない」

「気をつけないとですわ」

朝から、このハイテンション。そして元気はつらつな彼女らは口元を押さえながらも、私に興味津々のキラキラした瞳を向けてくる。

そして不自然なくらいヒソヒソ声で。

「この間、私の取引先のお知り合いが見たのです。お二人の仲睦まじいワンシーンを！　キスシーンを……！」

「ええ!?　どこにされたのです？　それは恋人同士のキスでしょうか？」

「惜しいことに頬ですわ！」

きゃらきゃらと興奮したように笑う女の子たち。女子特有の恋バナが展開されていくけれど、当事者じゃなければ、私も混じっただろうなと思う。

これ、恥ずかしすぎる……！

一瞬にして真っ赤になった私を、令嬢たちは訳知り顔でニコニコ……いやニヤニヤと眺めている。皆さん、とても楽しそうだ。

とりあえず私は落ち着こう。うん。

私は上品さを心がけながら、学園のマナー講師にも好評だった淑女の笑みを浮かべてみせた。

なんてこと。殿下！　思い切り、見られているんですが!?

孤児院訪問の折、お兄様がリーリエ様を連れて離れた、あの一瞬の隙を狙うように、頬に唇を付けてきたフェリクス殿下。

何のためにあんなことを、と思っていたけれど、これはもしかして!?

「社交界では二人は仲睦まじいと評判で、皆様、温かい目で見守りましょうということになりましたの！」

なんと、一瞬で噂が広まっている。

「これぞ理想的なカップルですわ。あまりにもお似合いだったので、私どもの中で文字書きをしているある令嬢が、本を出版することにしました」

情報量が多すぎて、私は何も言えなくなった。

『女というのは、集まると強いな』

若干引き気味のルナは、ぽつりと呟いた。

というか、本を出版って何!?

「あの男爵令嬢をモデルにした恋物語に対抗するべく！　なるべく！　早急に！　普及させていただく所存ですわ」

あの……それ、日本でいうところの二次創作中の、いわゆるナマモノというジャンルでは……。

「もちろん、名前は微妙に変えておりますわ！　訴えられることもありません！　挿絵は超有名画家に頼む予定です！」

なんて金のかかった二次創作……。

私はもはや何も言えず、曖昧な微笑みを浮かべながら、「ええと……精進していきますね？」となんとも面白みのない答えを返すのだった。

「あ！　レイラ様！　サインをくださいませ！」

「狡いです！　私にもください！」

「レイラ様。官能小説にはご興味ありますか？」

困り果てた私をカフェテリアのスタッフまでもが微笑ましげに見ていた。

誰かこの状況をどうにかしてくれまいか。

学園生活が始まる前から、疲れ切ってしまったが、一つだけ確かなことがある。

フェリクス殿下、これを狙っていましたね？

「レイラ様！　お二人でお揃いのものはあるのですか？」

「お揃いのもの……ですか」

思わず胸元を押さえる仕草をしてしまった私を、令嬢の皆様方は見逃さなかった。

「レイラ様！　もしかして、ペンダントでしょうか？」

「そ、そうですね。身につけられるものをいただきました」

さすがに指輪も、なんて言えない。黄色い声を上げる女子生徒たちの反応に、思わず熱くなる頬をそっと押さえた。

実は今も、婚約した時にもらったペンダントと、対の指輪に鎖を通したペンダントを、あの日から服の中に重ね付けして忍ばせている。傷が付かないようにトップが重ならないように調整をして、いつでも身につけられるように。

仮の婚約とはいえ、形に残るものがあるのは、なんだか嬉しかった。

——最終的には、破棄したいとか思っているくせに。

学園内の様子は表向きはいつも通りだった。

ただ、私が婚約したらしいという情報が出回っているため、私が学園内を歩くと、皆は興味津々といった様子で挨拶に来てくれる。

特に楽しそうで興奮し切った様子なのがご令嬢の皆様で、少し呆然とした様子なのがご令息の皆様。皆、この婚約に驚いているのだろう。

少し反発はあるだろうと思っていたのだが、今のところ祝福の挨拶ばかりだ。

驚いたのは、ユーリ殿下が私に会うなりお礼を言ってくれたことだ。

今日の昼頃のこと。その時の私は、叔父様が延滞していた本を図書館に返却した帰りだった。

「ありがとう！　レイラちゃん、本当にありがとう！　兄上のこと俺からもよろしく頼むよ！本当に兄上がフラれたらどうしようと思って、夜も眠れなかったんだ。兄上は良い人だよ。ちょーっと愛が重いこともあるかもしれないけど、そんなの些細なことだと思うくらい、完璧超人だから！」

「え、ええ……。そうですね」

「趣味も良いし、装飾品の贈り物も外すことはない。ダンスも上手い。頭脳明晰、容姿端麗、品行方正！　性格も良いし、紳士的だよ！　手先も器用だし、魔術の扱いもピカイチ！　剣の扱いも騎士団並みだし、さらに外面も良い！」

最後のそれは褒めているのだろうか？

それにしてもユーリ殿下は本当にブラコンなんだなあ。

なぜ、私に自分の兄のＰＲ活動をしているのだろう。

「そういうわけで！　兄上の剣術には、努力では補いきれない才能が溢れんばかりなんだよね！　それに加えて日頃から時間を見つけて鍛錬を重ねているから、さらに磨かれていくんだ。思考が柔軟な兄上だから、良いと思ったものはどんどん取り入れていくし、この間なんか、騎士団長が――」

彼は、フェリクス殿下の騎士団での武勇伝をたくさん聞かせてくれてから。

「噂とか色々とあると思うけど、頑張ってね！　兄上とも仲良くね！」

そう言って私の手にハイタッチをして去っていった。

『ご主人。私は既視感があるのだが』

なんだろう。波動がお兄様そっくり。呆然としていれば、後ろから足音。

うわあ……という目を、うきうきと去っていくユーリ殿下に向けているノエル様と、慣れているのか目で追っているだけのハロルド様。二人はたまたま通りかかったらしい。

ふとハロルド様の目が、こちらに向いて、私に視線が固定されたと思ったら。

「婚約おめでとう。フェリクス殿下の婚約者となったからには、俺と訓練をしよう」

なぜいきなりそうなった。

「いきなり何を言い出すかと思えば、相変わらずだな、ハロルド。言っておくが、それをするくらいなら、僕と薬草や昆虫の調合をしていた方が良いに決まってるだろ」

『どちらも婚約と関係なくないか？』

うん。ルナの言葉が正論すぎて、もはや私は何も言う必要がなくなった……。

「お前は訓練なんかしなくてもそのままでも十分に強いだろ。それに殿下が守ってくれるんじゃないか？　………その、婚約おめでとう。祝ってやらんでもない」

と言って渡されたのは、アルカロイドを打ち消す効果を持ったキノコを乾燥させたもの。

それらが袋詰めにされていて、可愛らしいラッピングとリボンが飾り付けられている。

「これは……ありがとうございます。解毒として有名なのになかなか手に入らないという代物の……」

まさか実際に手に入れることが出来るとは。

アルカロイド系の成分を打ち消すキノコだが、このキノコはそれだけではなく、魔力を含有することも出来るらしい。どれくらい溜め込めるんだろう？　それがどういう化学変化を起こすのか……。これって、叔父様の研究に使えそうじゃない？

「このキノコが大量に採れる場所を見つけた。これはほんの一部なんだけど」

「ありがとうございます。採ってきてくださったんですね！」

顔を逸らしながらも耳が真っ赤なノエル様が微笑ましくなって、私は満面の笑みでお礼を言った。

「俺からは最近開発された銃だ。かなりの遠距離から狙えるから、魔獣の素材を安全に手に入れるには必須だろう」

「わっ……ありがとうございます」

最新式の猟銃を手に持たされて、私は事態に驚きながらも目の前のそれに目が吸い寄せられる。これは、アサルトライフル並の大きさで持ちやすいけれど、魔術で加工されているためか飛距離が普通のライフル並だという。

しかも、これって騎士団の中で開発されたばかりの新型モデルで、様々な魔力弾を込めて臨《りん》機《き》応《おう》変《へん》な戦い方が出来るという噂の。

確かに素材を剥ぎ取りにいく時に重宝するかもしれない。

この世界にも銃はあるけれど、こういった弾丸は防御系の魔術で簡単に防がれてしまうため、この世界で一番の殺傷力を持つのは、やはり魔術だった。

遠距離攻撃の魔術も存在するため、銃はあまり脚光を浴びることはなく、使われる機会も稀だ。

とはいえ、魔獣から距離を取ったまま遠方から仕留められるという点で素晴らしいし、魔力持ちでない人が扱う場合や、魔力を温存する時などに重宝される。

それと今回もらった銃の場合、弾丸にかけられた魔術が優秀だ。味方へ誤射した場合に、無効化される機能が付与されている。これは便利すぎる代物だ。

魔獣と突然遭遇してしまったなら、魔術で戦うしかないけど、遠くから見つけてしまった時はこの銃で先手必勝出来る。

これなら体力温存しつつ、低コストで魔獣の核や体の部位を手に入れることが出来る。

そうしたら、珍しい薬が作れるし、それを売れば、医務室の予算も……？

「あ、あと、こんなのもあるぞ」

「ノエル様！　この幼虫は、水を魔力に変換する特殊な子では……？」

瓶の中にうねうねとした生き物が大量に捕まえられていた。

一度実物を見てみたかったので実はかなり興奮している私を後目《しりめ》に、ルナはぽつりと零した。

『ご主人は喜んでいるように見えるが、総じて女性に渡すものではないと思うのは私だけだろうか』

確かにキノコと幼虫とアサルトライフルみたいな銃を抱える女は異様だったかもしれない。

驚きに目を見張りながらも、頬を染めて喜んでいる私を、当の二人は満足げに見ていた。

それにしても、この幼虫とキノコ。ここまで大きいものって珍しいのでは？

虫？　気持ち悪いことは気持ち悪いけれど、素材の効果が素晴らしいので、もはや些細なことはどうでも良い。

「うん。やっぱ、お前。僕の工房で将来働かないか？　虫も嫌がることもないし、その素材の価値を知っている奴は貴重だからな」

「何を言っている。ノエル。彼女はフェリクス殿下の婚約者だぞ。鍛錬をすることが最優先だ」

『婚約の祝いとは、なんだったのか』

少なくとも私は嬉しかったのだから、それで良いと思う。それに、気持ちが籠もった贈り物が嬉しくないはずがないのだ。

そして、二人と別れた後、医務室に戻る途中のことだった。

贈り物を受け取ってホクホク顔な私は、ふと足を止めた。

『ご主人。修羅場の気配を感じるぞ』

角を曲がった先の廊下。人気がないその場所で。

見知らぬ男子生徒と……フェリクス殿下が並んで立っていて、二人の正面には。

「リーリエ様？」

フェリクス殿下が噂を嘆いていたことを思い出しながら、私は、その噂の張本人であるリーリエ様へと視線を移していった。

「どうして……!?」

リーリエ様は悲痛な叫び声を上げていた。

私は思わず、さっと身を隠した。隠形魔術を発動しつつ、じりじりと後退していく。

光の精霊のことはよく分からないけど、ルナはともかく、私の魔術程度ではバレそうな気がしたので、足音も忍ばせる。角からはみ出ないようにして、そっと様子を窺っていると。

「今までずっと一緒にいたのに納得出来ないよ！」

読めない表情を浮かべるフェリクス殿下と、修羅場に巻き込まれたらしい一般生徒。社交界で会ったことがないから、恐らく貴族ではない魔力持ちなのだろう。

学園に通うことがなければ会うことすら叶わない王太子殿下と、今話題の男爵令嬢に囲まれているなんて、彼も運が悪い。

「悪いけど、リーリエ嬢。貴女の傍にいることは出来なくなった。私も婚約者がいる身でね。……ああ。先に言っておくと、束縛されているとかではないよ。婚約者を大事にしたいと思うのは当然だろう？」

何かを言おうとしたリーリエ様を遮って、彼は先回りした。


そう。学園が再び始まって、大きく変わったこと。

リーリエ様の傍からフェリクス殿下の姿が消えた。

他の皆様の姿も皆。ユーリ殿下もハロルド様もノエル様も。今まで護衛に付いていた人たち皆。

リーリエ様の傍にいることは出来ないと、フェリクス殿下は彼女から離れた。

その代わりに男爵令息や令嬢、子爵令息や、令嬢たち、さらに平民がリーリエ様の傍に付いていることが多くなったらしいと、噂で聞いた。

もしや、今、二人の傍にいる男子生徒も、そういった者たちのうちの一人だったりするのだろうか？

医務室にいると、様々な噂が耳に入ってくるのだ。今日半日だけだというのに。

リーリエ＝ジュエルムに近付く者たちが複数いる、と。

リーリエ様を気遣っているようにも見えるし、監視しているようにも見えるらしい、とも。

だが、彼らは光の魔力を目当てにしている者たちでは決してないという。

彼らの家柄に共通しているのは、いずれも没落寸前だったり、借金を背負って傾き始めた家だということ。

おまけに光の魔力を利用するほど、魔術についての造詣は深くない貴族ばかり。光の魔力を目的としない者たち。それが何を意味するのか。

様々な噂が流れていたが、全ては噂であり憶測。どれも信憑性はない。細かなものもあるけど、噂としては大体三つに分けることが出来た。

一つ目。

王家の手駒説。傾いた家の援助の代わりに、絶対的な忠誠を誓わされた手駒としてリーリエ様の近くに配置されているとか。

二つ目。

身分差を鑑みて、王家に采配された説。理由としては、光の魔力の持ち主と懇意にすることで、低い身分のものも貴族社会に参加させ、貴族全体の均衡を保つためだとか。王家に采配されているので、これもまた王家と繋がりがある。

そして、三つ目。これは……流した人の悪意が感じられるような……？

リーリエ様に脅されている説。王家が、脅された彼らを陰で庇護してくださっているらしい。そして脅された者たちは、そのままリーリエ様の監視をして脅された振りを演じ続けている。リーリエ様の罪を陰で把握し、生殺与奪権は王家が持っているとか。この噂は、ほとんど意味が分からない。

突拍子のない、この噂たち、朝の時点でなぜか広まっている。

……どの噂でも、王家との繋がりがあるのは、偶然だろうか。

でも、こんな噂をいきなり流すなんて無理な話だよね……と思った瞬間。

『噂とか色々とあると思うけど、頑張ってね！　兄上とも仲良くね！』

ユーリ殿下の一言が蘇る。

ま、まさか？　いや、でもユーリ殿下なら出来る……かも？

つまり、光の魔力の持ち主と深い繋がりを得ているのは、今のところ王家のみということになって、それは変わらないまま、フェリクス殿下たちはリーリエ様の傍を離れ、かつ手綱《たづな》を取ることに成功したのだ。

恐らく事前に入念な準備があったのだろう。

では、そんなリーリエ様がなぜ、フェリクス殿下に突撃しているのか。

『あれはいつもの突撃暴走だろう』

リーリエ様は変わらなかった、ということ？

とりあえず腰に付けているポーチに、もらったプレゼントを移動させておく。特殊な空間魔術を施されたポーチは本当に何でも格納してしまうので便利だ。

『逃げる準備をしているようにしか見えないが、おそらくそれで正解だ』

爆発寸前のリーリエ様の前にノコノコと私が姿を現したら、各方面に迷惑がかかると分かり切っていた。

最悪、リーリエ様にバレなければそれで良い。

『ふむ。私の魔法も上からかけておくか』

念には念を入れる。ルナが強力な隠形魔術をかけてくれる。

隠形魔術は、闇の魔力の使い手の方が極めやすいと言われているため、闇の精霊のルナが使うものはレベルが桁違いだ。

「今まで一緒にいた時間はなんだったの？　私との絆は婚約者がいるからって消えるものなの？　そんなのおかしいよ！」

とりあえず盗み聞きになってしまうのは避けないと。

だけど、その直後、私は動けなくなってしまった。まるでこの場に縫い止められたみたいに。

あまり、こういう盗み聞きをするべきではない。

「婚約者だからという理由だけじゃない。私は、あの女《ひと》を――レイラを、心から愛しているんだ。リーリエ嬢といる間もずっと、……私は彼女に焦がれてた」

彼の口から紡がれた『愛してる』に、動揺した。真剣に紡がれた言葉に心が揺さぶられる。

私に聞かれていると知らない殿下は、真摯に告白の言葉を重ねていった。

「本当に、不誠実な真似はしたくない。……私が彼女を一方的に想っているだけだから、お願いだからレイラには何もしないで。私の大切な人に手を出すのならば、容赦出来なくなる」

たぶん、私はその時の殿下の姿を見てはいけなかった。

その真剣な声と堂々とした気高い立ち姿を。今まで見たことのない、彼のあの表情《ねつりょう》を。

急に自分の頬が朱に染まった。あんな表情、知らない。

あれだけの想いをいつから？　どれだけ、抱えていたの？　私は、今まで殿下の何を見ていたの？　でも、私は一目惚れした月の女神ではなくて、医務室のレイラなのに？　本当に私のことを好きになってくれたの？　……そこまで本気だったの？

自分の知らない何かでいっぱいになって、思わず壁に手を添えた。足は固まって完全に動かなくなってしまった。……ここから移動した方が良いことは分かっているにもかかわらず。

それに、しっかりとした意識も理性も残っていたはずなのに、思考は単純なものへと変わっていた。これは、喜びだ。

考えるべきことは色々あるはずなのに、その瞬間、私の中に溢れたのは歓喜だった。

剥き出しな想いだけが私の中にあった。ただただ胸がいっぱいになって、私は口元を覆いながら息を整えることしか出来ない。どうやって息をしていたんだっけ。

奇跡なんて言葉じゃ陳腐すぎる。この気持ちは、どう言語化すれば良いのだろう？

涙腺が緩みかけた私の思考を現実へ引き戻したのは、リーリエ様の悲痛な叫びだった。

「嘘だよ！　だって、私と一緒にいる方が多かったのに、そんなはずないよ！」

「そういうのは時間なんて関係ないよ」

「レイラさんとは仲良くなる時間なんてなかったじゃない！」

「だから、時間は関係ないんだって」

そんなやり取りが繰り返されることに疲れてきたのか、フェリクス殿下は溜息をつくと、予想外の解決法を提案した。

「それなら、私に嘘を見破る魔法を使えば良い。精霊が使ってくれるんだよね？」

「えっ？」

リーリエ様は素っ頓狂な声を上げた。意味が分からないと言いたげに。

「その魔法で証明してみれば良い」

「だ、駄目だよ！　フェリクス様に試すみたいな、そんなことは！　こういうのは言葉で分かり合わないと！」

「……色々言いたいことはあるけど、一つだけ言わせてもらう。私の言葉を信じてくれないのは貴女の方だよ」

「だって、フェリクス様が本当のことを言わないから！」

『知りたくもない事実から目を背けているように見えるな。意識的なのか、無意識的なのかは知らんが』

ルナが冷たい口調で淡々と呟いた。

二人の間で、おろおろとしている男子生徒が不憫だった。

もはや、リーリエ様と穏便に向き合うなんて無理だったのかもしれない。私とフェリクス殿下が婚約している限り。リーリエ様にとって私は恋敵なんだから。

『ご主人。もう行くぞ。かなり混乱しているのか、そなたの魔力が大いに乱れている』

「うん……」

どくんどくんと鼓動が痛いくらいに、鳴っている。

いつから？　いつから私に対する想いが変化したの？

フェリクス殿下は外面が良すぎた。完璧な王子様の仮面を被りながら、あの熱量《あい》をひた隠して、今まで私に接していたのだ。

医務室に帰ってきた私は、まだ叔父様のいないその部屋で、しばらく呆然と立ち竦んでいた。

震えそうになる唇をそっと手で覆いながら、俯いて。

「向き合わないと……」

正体がバレるバレない以前に、私は彼のその想いを受け取る準備をしなければいけない。

殿下に今までそんな素振りがなかったのは、きっと私のせいだ。人間不信で臆病な私の部分を無意識のうちに感じ取っていた？　友人になった時に私が喜んでいたから、なおさら何も言えなくなった？　全てが正解な気がする。

孤児院訪問の日も、私を愛していると言ってくださった殿下。

「あの時も、焦っていたから、つい言っちゃっただけだと思っていたけど……」

本気だった？

全ての前提条件が狂っていく。私との婚約をフェリクス殿下はどう思っているの？

嬉しいと思ってくださっている？

もしそうなら、仮とはいえ、この婚約は簡単に受けて良いものではなかった？　もっと真剣に向き合うべきだったの？

想ってくださっているのに、私は「婚約破棄したい」だなんて、これから酷いことを言おうとしていたの？

もし私のことを本気で想ってくださってるなら、私がこれからしようとしたことは……。

私に向けられていた彼の表情の全てが鮮明に蘇ってくる。彼の私に対する好意を前提にすれば……今まで私は。

「ルナ……。私……その、気付かなかったって許される問題なの？」

『場合による。結局のところ、誠意があるかないかだろう』

ルナは正論しか言わない。何か答えを示してくれるわけではないが、その言葉は刺さる。

婚約破棄した後は、その必要があれば政略結婚して、どこかに嫁ぐのだと思っていた。しないかもしれない、とも思っていた。

結婚するか、しないか、今の段階では分からなかったけれど、どうせするのなら、愛のない結婚が良かった。私を愛さない誰かと縁を繋ぐ。それならお互い様で片付けることが出来るし、罪悪感を覚えずに済むからという最低な理由で。

その時点で、私に誠意などない。私を想ってくれている相手にこの仕打ちはあり得ない。

好きな相手が愛のない結婚を自ら望むなんて、それを見るのは苦痛に決まっている。

気持ちが楽になるのは私だけではないか！

私の気持ちが楽になるだけの自分本位な願いだったと、いまさら気付いて、頭を抱えたくなった。

そう気付けば、後は芋蔓式に自分の罪深さを理解していった。愛のない結婚を私に望まれるであろう見知らぬ誰かにも失礼だったという事実も。

これは気付かなかったで済まされる問題なの？

自ら好きな人を傷付けようとしていたなんて。

「殿下に甘え切っていたの、私」

『ご主人はそう思うのか』

「殿下は、私に今まで通りで良いって言うの」

愛のない結婚を望むということの不誠実さに気付かせてくれたのは、フェリクス殿下の愛の言葉だった。ある意味では皮肉かもしれない。

「まずは……私の正体を言うところから……よね」

自分のまずやるべきことは、それだと思い立ったけれど、また新たな疑問が湧き出てきた。

それで、どうするの？

婚約破棄を頼む？　今から？　非現実的だし各方面に迷惑をかけるし、そもそも目的を達するためだったのに本末転倒すぎる。何より私を望んだ殿下に失礼なので論外すぎた。

殿下とお付き合いを始めるとか？

それ、私に出来る？　そんな難易度の高いことを？

じゃあなかったことにする？　これも失礼すぎるのでナシだ。

頭の中が真っ白だった。今までは、どうすれば良いのか、割と冷静に考えることが出来ていたはずなのに、今回ばかりは脳の中が停滞している。

『悩んでいるようだから言うが……ご主人は考えすぎるところがある。もう少し単純に物事を考えれば良いのではないか？』

「単純？」

『好きか、嫌いか』

確かにそれは分かりやすい二択だ。

ルナの声音は私を労るような響きだった。面倒な私の相手を投げ捨てることなく、彼は真摯に向き合ってくれている。

『好きな相手にどうしたい？』

「誠意を見せたい」

『なら、そうすれば良い。簡単なことだろう』

誠意ってどうやって見せれば良いの？　私は結局どうすれば良いのだろう？

『……落ち着いて二人で話し合うべきではないか？　きちんと本音を交えて、な』

「……なるほど。きちんと向き合うってことね……」

確かに当たり前のことを当たり前にする。世の中は難しいことばかりでは、ないのかもしれない。

そんな時。

コンコンコン。

ほんの少しだけ頭の中を整理しかけていた、ちょうどその頃に、医務室の扉をノックされた。

「はい」

私は反射的に顔を上げて、すぐに扉を開けて――。

後悔した。

「……」

「あれ？　もしかして仕事中だった？」

「いいえ……フェリクス殿下」

「もうかしこまらずに名前だけで呼んでくれても良いのに。婚約者同士なんだし、二人きりに限るなんて言わずに、ね？」

いつも通りの表情。先ほど何かあったとは思えないくらいに、平然とした様子のフェリクス殿下が目の前に立っていた。もはや詐欺レベルの表情筋だ。

『ご主人はお約束の展開とやらが多いな』

ルナの声はどこか愉快そうだった。

でも、待って。私、今からどんな顔をすれば良いの!?

だって、何事もなかったような素振りをしているけど、さっき……さっき殿下は！

その口で私を好きと言っていたのだ。

予期せぬ形で本人を目の前にした瞬間、今まで自分がどのように対応していたのかも含め、全てが吹っ飛んでしまった。

「…………」

「……………」

沈黙が辛い。何を話せば良いのか分からない。

私の様子がおかしいのを感じ取っているのか、フェリクス殿下も様子を窺うのみで声をかけてはこない。カチャカチャとティーセットを用意する微かな音以外は何の物音もない。

それにしても、なぜこんなに静かなのか。

「……静かですね」

何の面白みもない感想を漏らすと、フェリクス殿下は合点がいったように「そういえば」と口にした。

「医務室に押しかけられては困ると思って、この辺りに騎士を配置したんだ。用がある生徒以外は来なかっただろう？」

「そういえば……」

生徒たちは私に色々と質問してきたけれど、小さな怪我だったり、授業で使う薬草を分けてもらいに来たりと、それなりの理由を持って訪れていた。

「だから今の時間は、本当に誰も来てないんだと思うよ。来ていたとしても、用がなければ騎士に止められているだろう」

「細やかなお心遣いに感謝申し上げます」

ふっと小さく笑う気配にトキメキを覚えながら、いつもよりぎこちなく紅茶を用意した。どこに視線を向ければ良いのだろう。

「ありがとう。こうしてここでティータイムをするのは久しぶりだね」

「本日はローズヒップティーです。お菓子も薔薇を使用したものです。生徒さんにいただきました」

小さな薔薇をかたどったクリームでデコレーションしたケーキ。淡いピンク色がロマンチックなのだけれど。

「ああ。これって最近王都で話題のスイーツショップのものだね。いただいてしまっても良いの？」

「生徒さんに、婚約祝いでもらったものなので……」

ロマンチックなケーキすぎて、今の気分的に恥ずかしくなった。

「……」

私の勇気どこ行った！　向き合うって、話すって決めたでしょう！　私。

医務室の応接スペース。殿下の座るソファの向かい側に腰を下ろしつつも、内心叫ぶ。

戸惑い半分、緊張半分でそわそわしていた私は、紅茶を口にしながら、どうするべきかと悩んでいた。

ティーカップの水面を眺めながら、「美味しいですね」と無難なことしか言えず、ここでも私の思考は完全に停止している。会話って、こんなに大変なものだった？

「レイラ」

緊張した面持ちの私に殿下の、涼やかな声が届いた。

「……は、はい？　何か」

目を合わせないのは失礼だと思ったので、目線はきちんと合わせる。

よし。大丈夫。今からでも、挽回出来る。今、殿下の話を聞いてから、ウォーミングアップに雑談などしてから、さり気なく……。

などと頭の中でシミュレーションをしていたのだけれど、フェリクス殿下の一言で私は撃沈することになる。


「さっき、私たちの話が聞こえていた？」

どうしよう。今すぐ気絶したい。


いやいや、待って。向き合うと決めたのに、逃げてどうするの！　私！

向こうから話を振ってくれたなら、それに乗るべきでしょう！

ティーカップを持つ手が小刻みに震えている。

とりあえず、テーブルの上にそれらを置いて、居住まいを正した。

落ち着け、落ち着くんだ……私。

普通に、「何のことでしょうか？」って聞けば良いのだから。

「その様子だと、聞こえていたようだね」

ああ。既に思い切りバレている。というか隠形魔術を使っていたのに、どうして私があそこにいたことを知っているの。そんな思いが顔に出ていたのか、彼は聞く前に答えてくれた。

「……あー、レイラが使ってたらしい隠形魔術なんだけど、後半、逃げる時かな？　動揺から か魔術が解けていてね。魔力も少し漏れていて、私でも分かったというか」

なるほど。だからルナは撤退を指示したのか。

というか、私。動揺しすぎだ。魔術は精神と直結しているため、感情が乱れれば魔力にも影響してしまうのだ。

うん。逃げも隠れも出来ないということは分かった。

「……はい。聞きました」

「そう。じゃあ、私の気持ちも聞いたんだね」

「……はい」

「あー……そっか」

待って。顔が熱い。それにしても殿下はなぜ、そこまで取り乱さないのか？「あー」と言いつつも、苦笑のみで留められるのが凄い。

王族って凄い……。いつも冷静。凄い……。

『ご主人、今が本気を出すところだ』

ルナが影の中から応援してくれていた。

そう。逃げるわけにはいかない！

「気にしないでと言いたいところだけど、そういうわけにも――」

「殿下……！」

「ん？」

あ。どうしよう。会話を遮ってしまった。

「申し訳ございません！　失礼なことを……お先に殿下から」

「ううん。レイラが先に言って。なんとなく聞かなきゃいけない気がしたから」

野生の勘!?　いや、殿下に野生という言葉は似合わないから、第六感？

……早めに言わないといけない。私がどんなに言いにくいことでも。

逃げてきた分、余計に話しにくくなっているのは、自業自得だ。

私は顔を上げて、フェリクス殿下を見つめる。彼は私の話を聞く態勢に入っていた。

何でも聞いてくれそうな穏やかな空気の中、私は震える指先で己のかけている眼鏡に触れた。

指先が震えて上手く取ることが出来ない。……これが一番手っ取り早いのだから。

ゆっくりと時間をかけて、魔術具である眼鏡を取り去ると、フェリクス殿下が驚愕で目を見張ったのが分かった。

私は目が悪いわけではないから、その様子はしっかりと視界に入って、瞼の裏に焼き付いた。

「これは、驚いた……」

「そうですよね。正真正銘、私は、あの夜の不審者で――」

「いや、そうじゃない。驚いたのは、貴女が眼鏡を外したことかな。……実はね。レイラの素顔は、もう知っていたんだ」

私は手に持っていた眼鏡を床に取り落とした。カシャン、という音が、どこか遠くに聞こえた気がした。

知ってた？　知ってたって？　何を？　え？　どういうこと？

いつから!?　私の変装は完璧だったはず！

『ご主人、落ち着け。するべきことを思い出せ』

声を出さず魔力を乱れさせる私に、ルナが喝《かつ》を入れてくれている。

「驚かせて申し訳ないけど、私は知っていたんだ。レイラが湖で会った女の子だということを。……それで、貴女の前では気付いていない振りを、していた」

「え？　ですが、なぜ」

なぜ、バレた？　そんな機会が全く思い当たらない。記憶をいくら遡っても。

思い当たる節《ふし》がない！

……ううん。もしかして、派手に動きすぎた？

「いつから、でしょうか？」

「ああ。私が知ったのは――」

彼がいつ気付いたのか教えてもらって、今この瞬間に気絶したくなった。くらっと意識が遠のきそうになったのは言うまでもない。

『気をしっかり持て！　ご主人！　言うべきことは一つだ』

「……！」

ハッとした。ルナの言う通りだ。知られていたとか関係なく、言うべきことは言わなければ。そもそも、まずはこれを謝罪したいと思っていたのだから。誠意のある対応をしたいと私は思っていた。ならばどんな形でも良い。まずは……。

私はフェリクス殿下の瞳の奥を見据えて、再び姿勢を正した。

「殿下……。いまさらですが、ずっと正体を隠していて、申し訳ありませんでした」

「……いや、何度も言うけど、私は途中から貴女のことを知っていた。それなのに気付いてない振りをしていたし、お互い様だと思う」

真摯な声。優しくて誠実なのに、どこか芯のある声。私は彼のそんな声音が好きなのだ。

「いいえ……いいえ！」

殿下が謝ることはないのにと、ふるふると首を振った。

フェリクス殿下が気付かない振りをしていたのは、私のためだということに気付いていたから。私がそれを望んでいたから。

つまりは、見守ってくれていたのだ。

「このままだと不誠実ですから。まずは私がこうやって逃げてきたことをお詫びしたいと思いました。殿下の気持ちを聞いておきながら、逃げ回るなんて真似をしてしまい、申し訳ありませんでした」

フェリクス殿下の目は「気にしなくて良いのに」と語っていた。

ようやっと言えたことに安心していれば、今度は殿下が苦笑した。

「湖で会った月の女神と、医務室のレイラが同一人物だと知らなかった頃は、大いに悩んだりもしたけどね。二人とも好きだったから、自分が移り気で不誠実な人間なのではないかと本気で思っていた」

冗談のように語られるそれ。今は苦笑しながら笑い話にしているけど、当時はとても悩んでいたのかもしれなかった。

「それは……。いらぬ気苦労をおかけしてしまい……」

「いや？　自分の一途さが証明出来た。姿が多少変わっても、貴女に惹かれるなんて運命のようで嬉しい。結果的に私は幸せだよ」

あまりにも真っ直ぐすぎる言葉に、恥ずかしくて顔を俯かせてしまった。彼の瞳には優しい光が宿っていて、甘やかな視線ですら、くすぐったい。

でも、そういうわけにはいかない。

恥じらいながらも自らの気力を総動員して、そっと殿下を見上げてみると、言葉通り本当に嬉しそうな顔がそこにあった。

「だからね、私は貴女のことを前から愛しているんだ」

隠すことなく臆することもなく、その気持ちは私へと注がれた。

正面切って好きだと言われることが、こんなにも泣きたくなるものだとは知らなかった。

「レイラ。貴女の方から秘密を教えてくれてありがとう」

「いいえ。私は隠していただけです。責められはしても、お礼などをしていただくなんて……」

思わず声が小さくなってしまう。

フェリクス殿下の真っ直ぐさはとても眩しい。私はそこまで真っ直ぐに生きることが出来るだろうか？

彼は小さく息だけで笑うと、ニッコリと魅力的な微笑みを浮かべる。紅茶をテーブルに置いて、私が座るソファの隣へと腰をかけた。

悪戯めいた目の輝きに「おや？」と思った頃には遅かった。フェリクス殿下は少しだけ私をからかうことにしたらしい。

耳に唇が掠めるように軽く触れた。

「初めて会った時はね、月の女神が水浴びしているのかと思ったんだ」

「月の女神……水浴び……？」

何これ……。耳元で囁かれる声が蜂蜜を溶かしたみたいに甘い。

ほとんど吐息のような声は凄まじい色香を放っていて、一瞬、彼の実年齢を忘れた。

「水に濡れた白銀の髪が月の光に照らされていて、風景も相まってか、この世の光景とは思えないほど綺麗でね。私は一目で恋に落ちた」

「恋……？　綺麗……？」

『ご主人。復唱しか出来なくなっているぞ』

甘ったるい響きの美声が私の耳を犯していくような、そんな錯覚を覚えた。

身体の奥底が疼くような。

このままではどうにかされてしまいそうな気がした私は、声なき悲鳴を上げながら、すぐ真横の殿下の胸元へと手を置いて、ぐいっと押しやった。

失礼な振る舞いだとか言っている場合じゃない。このままだと私の心臓がやられる！

私を見つめる殿下の熱を帯びた瞳は、視線だけで一心に愛していると伝えているようで。

「そんな、お戯れを……。あの時の私は、裸姿の不審者で……」

ん？　裸？

そして気付かなくて良いことに気付いた。いや、いまさらの話ではあるけれど。

羞恥に顔を真っ赤にしながら、私はぷるぷると身を震わせる。たぶんいまさらすぎること。

「で、殿下は私の裸をご覧に……？」

フェリクス殿下はふいっと私から目を逸らす。

つまりはそれが答えだった。

地面に埋まりたい。誰か埋めてはくれまいか。

目のハイライトが消えたであろう私を見て慌てた殿下は、私の肩を優しく叩くと宥め始めた。

「ちょっと見たけど、ずっとは見ていない！　暗かったし、ほら！　貴女は狼の後ろに隠れていたし」

「狼……。え？」

また新たな驚きが積み重なっていく。

羞恥心は消えないままだったけれど、ここで予想外の新たな事実が発覚した。

「ルナが見えてた？」

「え……あっ」

殿下は、間違えたと言いたげな表情をほんの一瞬だけ浮かべた。

「殿下は精霊を目にすることが出来るのですか!?」

「まあ……うん。色々理由があってね」

同じ属性でなければ普通は見えないはずの精霊。それを殿下は目にしていた？

なぜ見えるの？　殿下は闇の魔力持ちではないのに。

あの夜は焦っていて気付かなかったけれど。

待って。色々なことが起こりすぎだ。私の正体を知っていて、ルナのことも見えていて……。

いやいや！　正体を隠していたことは告げたし、今度はさらに話し合いをすべきで……！

絶賛混乱中の私。

そして、話が脱線したのに焦れたのは、私でもなくフェリクス殿下でもなかった。

『あああ！　焦れったい！』

私の影の中から抜け出したのは、ルナだった。

黒く大きな狼の姿をしているルナを見て、フェリクス殿下は軽く目を見張っている。

「そうそう。この狼だった」

「本当に見えているのですね……」

フェリクス殿下の視線は逸れることなくルナに向いていた。

そういえば、普段からルナは私の影に潜んでいて、鼻くらいしか出していないことが多かった。だから学園にいる間は、特に指摘されることもなかったらしい。

なら、ルナの声は？　ルナはよく影の中に潜みながら、私に声をかけていた。

その瞬間、ふわりと魔力の気配が膨張した。

「私のことは良い！　良いか？　そなたらは話を脱線させずに、深く話し合え！　それと、そこの王太子！　ご主人を口説いて遊ぶな！　真面目にやれ！」

人間の姿になりながら、ルナは恐らく私たちに一喝していた。

そして私とフェリクス殿下は、ルナにより奥の部屋——今は主なき研究室、もしくは叔父様の聖域——つまり個室へと閉じ込められた。

「そなたらが一通り話を終えるまでは閉じ込める！　その間の来客対応は私に任せるが良い！」

問答無用といった雰囲気のルナが本気すぎて、私は思わず頷いた。

扉には魔術がかけられているのか、開けようとしてもガタガタ音を立てるのみ。

殿下はというと、何かに納得するように呟いている。

「なるほど。あの時の使用人の正体は精霊だったか……。レイラと仲が良いのも納得だ。私は思い切り嫉妬していたなあ。それにしても真面目にやれ……か。遊びで口説いているわけじゃなかったんだけどな」

ルナの強硬手段を責めることなく、どこか安心したような様子。私と目が合うと、優しく微笑んでいた。

二人きり。密室。告白。つまりはそういうお膳立てをされたらしい。

この後するべきことを考えると、顔が熱くて仕方なかった。

閉じ込められた医務室奥の叔父様の研究室はそれなりに広いが、正直、部屋の中は少しだけ荒れていた。

積み重なったプリントや資料に、謎のフラスコ、月花草をすり潰して乾燥させてプレパラートに載せられたものが窓側に無造作に置かれている。

実験台には、様々な薬草が無造作に詰め込まれたらしい箱が積み上げられている。

謎の器具はあちこちに置いてあるが、かろうじて整理整頓されていた。

まあ……許容範囲だ。でもね、叔父様……普段から掃除しよ？

最後に見た時はもっと綺麗だったはずなのに、私が知らないうちに少しだけ悪化している。

「へー、これが研究室……さすが物がたくさんだね」

フェリクス殿下は興味深そうに、棚に並んでいる本の背を指で辿っている。

叔父様が出版したらしき書籍が時折見かけられて、フェリクス殿下はどうやらそれを気にしているようで……。少し妙な雰囲気が収まるまで様子を見て……。それで勇気を出して……。

少し落ち着く時間が確保出来れば私も……。

と思っていたところ、予想に反して彼はくるりと振り返った。

「じゃあ、話をしようか」

「……は、はい」

どうやら猶予《ゆうよ》はないようだ。

「ここにソファがあるから、これを借りよう」

椅子は叔父様のデスクに付いているものを除けばそれだけなので、当たり前の流れではあるのだけれど。

「………………」

そのソファ、二人がけにしては小さめだと思うの。

「おいで」

手を差し出されたので、私は言われるままに手を重ねようとして、その直前、我に返った。

はっ！　私今、さり気なく手を重ねようとした？

ぼーっとしている証かもしれない。待って。色々と今の私はおかしい。

いやいや！　そもそも、あんなに優しい笑顔で「おいで」って言われたら、おかしくなるに決まってる！

私は、花に誘われる蜜蜂のごとく、思わずふらーっと彼の元へ誘われるように近付いてしまったのである。

そんな私を愛おしそうに見つめるフェリクス殿下は、不自然に固まった私の手を掬い取り、肩を優しく引き寄せると、私をポスンとソファに座らせて、自らもその隣に腰を下ろした。

やっぱり、このソファ少し小さめだと思うの。

そりゃあ叔父様が使うものだから二人用ではないかもしれないけど。

それにしても、かなりの密着具合だった。その温もりが体に直接伝わってくるくらい。

肩が少し触れ合う度に私はさり気なく体を離そうとするけれど、そのささやかな抵抗は、ほとんど意味をなしていなかった。

姿勢を正しながらカチンコチンと体を強ばらせる私と、私を甘く見つめて見るからに余裕そうなフェリクス殿下。

世の中、不公平すぎやしないだろうか？　私だけが狼狽えているなんて。

「レイラ」

「ひゃっ！」

膝の上に置いていた手の上に私のより大きなそれが、そっと重ねられて、思わず間抜けな悲鳴を上げてしまった。

重ねられた手には、私が以前贈った魔法石の指輪。

本当にいつも身につけてくださっている……。それも見えるところに。

なんだか胸の中が温かいもので満たされて。

気付けば、その上から自分のもう片方の手を重ねていた。硬い宝石の感触と、フェリクス殿下の手の温もりや肌の感触を感じて。

「はっ……！」

私はなんて恥ずかしいことを！　慌てて重ねていた手を外して、赤面しながら俯いていると小さくクスクスと笑う気配。

「レイラは無意識に男を煽る真似をするよね」

「失礼いたしました……！　フェリクス殿下、お伝えしようと思っていたことが他にもありまして……。私の契約精霊が強硬手段を取ったのは、そのためなのです」

「うん」

フェリクス殿下は重ねていた手をそっと離した。密着していた身体も離されて、思わず私は、ほっと息をつく。

緊張で縮こまった私を見たフェリクス殿下は、苦笑しながら立ち上がると、座っている私の前に跪いて目線を合わせた。

目を惹く金髪と碧眼の美貌がすぐ間近に現れて、これはこれで緊張する！

さっきの方がまだマシだったような？　いやいや、さっきの方が密着してたし……。

涼やかな顔。優しげだけど、なぜだか楽しそうに細められた瞳。

私が何か言うのを待ってくれているのは一目瞭然で、さっきと同じように既に聞く態勢に入っている。要するに後は私が言うだけ。

なんて伝えれば、良いのか。

ルナに言われたことを思い出せ。

頭の中をグルグルと回っていく言葉たちは、私の頭の中に留まってくれない。

……大丈夫。そんなに難しいことではないと自分に言い聞かせる。

ただ、自分の状況を言えば良いのだから！

殿下の指が伸びてきて、私の前髪を掬った。こういう触れ合いの一つ一つが甘く胸を締め付けてくるから、困る。触れてくる指と、緊張のせいで心臓が壊れそう。

そうこうしているうちに、フェリクス殿下は私を気遣ってくれたらしい。

私の前髪を指で探っていた殿下は、安心させるように柔らかい笑みを見せてくれた後、そのまま立ち上がった。

「無理はしなくて良いよ」

ソファからも離れてしまった殿下を見て焦燥感が募った。

このままだと、ここぞという時に逃げる臆病者の烙印を押されたまま、彼からの好意だけを受け取る卑怯者になってしまう！

「殿下」

とっさに立ち上がり、殿下の前に立ったその瞬間、想定外の出来事が起こった。

「よし。捕獲」

「……!?」

正面からぎゅうっと腕の中に閉じ込められて、私は彼の胸元に顔を埋める形になっていた。

つ、捕まえられた!?

何か良い香りがするし、これは放してくれないやつだと思うし、何が何やら分からない。

「顔を見るのが恥ずかしいなら、隠せば良い。名案だと思って。無理はしないでとは言ったけど、聞かないとは言ってない」

後頭部を支えられ、服に顔を埋めたまま、目を白黒させている私に無情にも放たれる台詞の数々。

「聞くまで離さない」

今までで一番恥ずかしい体勢のまま、色々と告白することになってしまった！

私がなかなか言い出さないでウジウジしているから！　私の馬鹿！　さっきの段階で言えば良かったのに！

彼の服を掴む私の手は弱々しくて、力がまともに入っていなかった。

叔父様の実験室の中、好きな人に抱き締められているというこの状況に混乱していた。

応援してくれたルナの言葉を思い出そうとすればするほど、空回っているのか、今この瞬間には関係ない台詞ばかりが頭に浮かんでは消えていく。

ルナはお兄様のこと本当に嫌いすぎるよなあ……とか全く関係ないことも考えた。

こんなことをしている場合じゃない！　本当に落ち着いて、私。

今まで貴族令嬢としてやってきた心得をフル動員した。そうして気持ちを落ち着けて、ついには、ルナのありがたいお言葉を思い起こすに至った。

『好きか、嫌いか』

そんなルナの台詞が脳裏を過った。そんなに難しく考える必要はない、ともルナは言ってくれた。だから、私は――。

フェリクス殿下の胸元に顔を伏せながら、小さく最小限のその言葉を呟いた。

「好き……」

とっさに頭に浮かんだ、短いが、明確すぎるその言葉を。

「え？」

フェリクス殿下の声につられて慌てて顔を上げる。フェリクス殿下のこういう顔、初めて見るかも……？

虚を突かれたみたいな、年相応な――純粋に驚いたとでも言いたげな、なんとも無防備な表情がそこにあった。

フェリクス殿下の一瞬だけ浮かべた無防備な顔は、直後、わずかに赤く染まった。

殿下も顔を赤らめることがあるのだなあと他人事のように思って、私は我に返った。

私、普通に好きって言った!?

私自身の恋心を伝える前に、私の面倒くささについて告白して、それでも誠意を見せるつもりだと、まずは伝えるつもりだったのに！

最初はそこからだと思っていたのに、私っていうやつは！

「あっ……ええと、そうじゃなくて……」

ぽふっと胸元に顔を埋めて、しどろもどろになる私を抱き締める腕は、無言で強められた。

「そうじゃない？」

「いえ！　その通りなのですけど、そうじゃないんです。ええと、まず他に伝えるべきことが私にはありまして！　先走ってしまって！　その！」

「ああ……うん、落ち着いて。ゆっくり聞くから」

「あの！　本当に！　嘘は申し上げていません！　あの、順番が……ええと」

「うん。うん」

お互いに顔を見ないまま、抱き合って。

私は髪を柔らかく撫でられる。よしよしと落ち着かない子どもを宥めるみたいに。

「うん。茶化したりなんかしないから、続けて」

背中もトントンと軽く叩かれ、私は顔を朱に染める。

私としたことが、かなり狼狽して、淑女らしさも全てかなぐり捨ててしまっているのだ。

とにかく言うべきことを伝えようと、たどたどしいながらも、一から説明した。

私が人間不信なこと。特に異性に対しては警戒心を持ってしまうこと。

どうしても人に気を許すことが出来ないこと。一線を引いてしまうこと。表面上は普通にしているけれど、常に人を警戒してしまうこと。

フェリクス殿下のことは信用していると思うのに、それでも心の奥底では気を許し切れていないこと。

殿下は相槌を打ちながら聞いてくれた。

「一部でも信用してくれているなら、私はそれで良いけど」

殿下はあっけらかんとしていた。私を抱き締める腕は緩むことはない。

「そう……でしょうか？　殿下は、この国を背負うことになるお方です。その隣に立つのなら……。私は信じることが出来ないのに。想いを返すにはあまりに足りないのでは、と」

「全てを信じるなんてそもそも難しいと思うよ？　難しく考えなくて良いんだ。私がレイラの傍にいたいだけなのだから。そんな簡単な答えだよ。それに想いは返してくれてる」

先ほどの告白のことだろうか？　あんな一言だけで私は彼の想いに応えられているの？

よく、分からない。

「……もしも、このまま私が何も変わらなかったら、貴方をいつか傷付けてしまうと思いました。伴侶って信頼し合うものでしょう？」

「傷付けるかもしれないという憶測だよね、それは。誓って言うけど、私はその程度でレイラを嫌いになったり諦めたりすることはない。当の本人である私が言うんだから説得力あるよ？　結局のところ、それはレイラの想像でしかなくて、実際のところは私に直接聞いてみなければ一生分からない。人それぞれ感覚なんて違うんだし」

それもそうだ。私は、知っている。人の心を完全に理解することは出来ない、と。

どうやら無意識に強迫観念に囚われていたようだ。私はフェリクス殿下をいつか傷付けるという強迫観念に。

髪を掬い取る指先は、労るように優しくて、何でも許してもらえそうなくらい慈悲深く感じた。それも私の願望が生み出した錯覚なのだろうか？

私は、目の前の彼の背中に手を回した。まるで縋り付くみたいに。

「……それで私は貴方に相応しくないと思っていたのですが、逃げ回っていたことは不誠実でしたから……。決めつけて意固地になるだけではなくて、誠意を見せたいと思って……。殿下にこれ以上失礼なことはしたくなかったのです……だから」

しどろもどろで情けなく、拙い言葉の数々だったのに、なぜか嬉しそうな声が降ってきた。

「そっか。だから、今回頑張ってくれたんだね」

頑張ってなどいない。こんなの当たり前だ。今まで逃げ回ってきたツケが回ってきただけ。自業自得。むしろ、ここまでウジウジしたことが申し訳ないくらい。

「……いえ。そんなことは。……誠意を見せたい……と全てを伝えようと決めたのですが、正直これから私はどうしたら良いのか分からないのも本当で……。なかったことにするのも、逃げることももう止めます。そう決めたのですが、これからどうするべきなのかは、よく分かりません。こんなに私は面倒な性格で、本当に……」

私はフェリクス殿下とどう向き合えば良いのだろう？　こんな中途半端な私が彼の隣にいて良いのかも分からない。

ただ今まで通りではいられないのは確実だった。

「簡単なことだよ。レイラ」

耳に唇が寄せられて囁かれた。

「私のことをこれから知れば良いんだ。人間関係というのは、お互いに知ろうとするところから始まるものだ。まずは、そこから始めてみるのはどうかな？　……全て信用なんてしなくても良い。私は私で、貴女は貴女だ。ただ、お互いを知りたいと私は思う」

それは魔法のような言葉だった。私が私のままで良いと許されたような。

淀んだ心の奥に、爽やかで気持ちの良い風が吹き込んだみたいな感覚。

「何度でも言うけど、私は貴女の傍にいられればそれで良い。貴女が面倒だという、その気質ごと、私は愛している。だからそもそも織り込み済みなんだ」

「……それは」

悪趣味だ。こんな性格の悪い私が良いなんて。結局、私はフェリクス殿下に甘える形になっている。このお方は面倒な私を丸ごと受け入れようとしているらしい。

涙を零すのは淑女としてなっていない。それを理解しつつも、目頭が熱くなる。

「殿下……」

「うん」

「私、貴方のことが好きです」

「私も、貴女のことが好きだよ、レイラ」

そこでようやく顔を上げた私は、フェリクス殿下の瞳にあの時と同じ熱量《あい》が宿っていることに気付いた。

「好きだと言ってくれて嬉しい」

「あっ……」

殿下の手が私の頬に添えられて軽く撫でた。金髪の髪が頬に触れて、「あれ？　近いな」と思った時にはもう遅かった。

鼻先が触れて。吐息が触れて、その直後。

唇に柔らかな感触と、私より低いその温もりが確かに触れて、文字通り息が出来なくなった。

「っん……!?」

漏らした悲鳴は目の前の彼の唇によって飲み込まれ、とっさに逃げようとした腰は支えられた。逃げ出すことは最初から許されていなかった。

え？　どういう？　なんで？　いきなり!?

お互いの唇がしっとりと重ねられているという事実と、フェリクス殿下のまつ毛が長いということしか分からなかった。

数秒の間、柔らかく食むように唇を合わされた後に、それは名残惜しげに離された。

唇が離れた瞬間、私の体は、ようやく動けることを思い出した。

「なっ……！　え、あっ！」

「おっと」

後ろに傾いで躓きそうになった私の身体を、この状況を作り出した張本人のフェリクス殿下が支えた。

思わず下から抗議の視線を送れば、彼はそれすらも愛しいと言わんばかりに微笑んで、甘ったるい声で「ご馳走様」とわざわざ私の耳元で囁いた。

茶化さないって言ったのはなんだったのか。それともあれは時効だったのか。早すぎる時効ではないだろうか。

唇に残る感触は生々しくて、顔が火照って熱かった。

未だ感触の残る唇を指で押さえて悶絶する私に対し、フェリクス殿下は上機嫌に笑っていて。どう見ても余裕そうに見えた。

「ふふ、キスしないとは言ってない。……レイラ、私はこういうことをする人間だからね。当分警戒してくれて良いし、信用しない方が良いと思うよ？」

「そういう話じゃ……」

「ごめんね。薄々分かってたと思うけど、私は少々性格が悪いんだ」

紅い舌で自らの唇を湿しながら言う彼の姿は、まるで美しい毛並みを持った獣のよう。なぜか下腹がきゅんと疼いて、その場にへたり込みそうになった。

ううっ……。不意打ちすぎる。この色気は何？

「男は簡単に信用しちゃ駄目だ。何をするか分からないからね？」

とりあえず、また違う意味でこの人も要注意人物なのかもしれない。

なかなか熱は冷めないまま、私はルナが早く様子を見に来てくれることを祈るのだった。

お疲れなレディ

ワタクシの名前はアビス。ブレイン＝サンチェスター いや、クリムゾン＝カタストロフィ？ ですかね？　我が主の忠実なる下僕であり、そこそこ長い年月を生きてきている猫型の闇の精霊だ。今日も今日とて、「情報収集お願いします」とこき使われ——ゴホン、ではなく頼まれたので、ソレイユ・ルヴァン魔術学園の敷地内を歩き回っていた。

名のある学者や魔術師たちが集う魔術の最高機関でもあるため、ワタクシは普通の黒猫の姿に変身して、この場に紛れ込み、そして——。

「すごい……！　この子、逃げないわ……」

目の前には、我が主にとってのただ一人の伴侶《レディ》、私にとっての女主人《レディ》——レイラ＝ヴィヴィアンヌ侯爵令嬢がワタクシを見下ろしていた。学園の裏庭にある長椅子の上での出来事だった。

明らかに触りたそうにワタクシ渾身の毛並みをそわそわと眺めているのに、なぜか手を出さない。紫色の瞳はキラキラと輝き、頬は高揚からか薔薇色に染まっていた。

「この辺に住んでいる子なの？　すごく可愛い……」

年相応のぱっと花が咲いたような微笑みは、ワタクシを本物の猫と信じ切っているからだろう。この笑顔はおそらく狼殿も見たことのない無邪気な笑みだ。

指先の匂いをすんすんと嗅いだら、……なんだか良い匂いがしますね。

レディは、ワタクシの耳の近くをかいてくれた。触り方が気持ち良い。手が温かくて、これは……なかなか悪くない。

「あなた、もふもふね。毛並みが黒くて艶々で綺麗……」

てっきりレディは犬派なのだろうと勝手に勘違いしていたが、どうやら猫も好きらしい。もふもふと毛を撫でられ、たくさん可愛いとかお利口そうとか褒められていたら、さすがのワタクシも気分が良くなるというもの。「にゃお」とひと鳴きして膝の上に乗ってみた。

「……！」

レディは口元を押さえて何やら悶絶し始めた。そこまで、猫との触れ合いに感動しているとは、これは猫冥利に尽きます。

あ……極楽ですね。その顎の下辺りを触られると、さすがのワタクシも、つい喉を鳴らしてしまう。ぽふっと、彼女の手の甲に自らの前足を乗せてみる。

「あっ……肉球……」

ほほう。これはワタクシの身体にもはやメロメロではないですか。あの狼殿が見たら悔しがって地団駄を踏むに違いない。

「睡眠時間を削って、叔父様の書類整理を頑張った甲斐があったわ……」

よく見れば、薄らと目元にクマがあるような気がしますね。なるほど、寝不足ですか。

レディがお疲れ気味ならば、しばらく好きにさせてあげるのも一興かもしれない。

突如訪れたレディとの触れ合い時間。我が主は羨ましがるかもしれないなと、思った。ああ見えて、ワタクシの主は好きな人とのささやかな触れ合いやら日常とやらに憧れている節がある。世間の荒波に揉まれ、擦れているように見える我が主だが、その辺はまだまだ青いのだ。

そんな経緯でワタクシとレディが長椅子に座って日光浴していると、たまたま二人の人間が通りかかった。

「ん？　レイラか？」

「あ、ほんとだ。レイラちゃん、休憩中？」

「ユーリ殿下、ノエル様、ごきげんよう。お二人とも、授業の合間なんですね」

ほう、確かこの二人は。主曰く、見どころのある赤目の魔術師ノエル＝ナントカと、王太子の弟君の——ナマエワスレタ＝ナントカ＝クレアシオンでは？

「申し訳ありません。本当はご挨拶をしたいところなのですが、ご覧の通りお猫さまが膝の上におりますので、座ったままで失礼いたします」

「あ、気にしなくて良いよ！　レイラちゃんは休憩中だし、別にわざわざ立ち上がらなくても俺たちは構わないんだけどね？」

「で、なんだって？　お猫さま？」

お猫さま。なぜか、唐突に敬われたワタクシ。人間二人も、レディの口から当たり前のように放たれた敬称に軽く首を傾げていた。

そんな二人にレディは、当然だと言わんばかりに微笑みながらこう答えた。

「ふふ、猫が尊い生き物だから、ですね。猫カフェでは……――ではなく。猫が膝の上に乗ったら、猫の気の済むまで人間たちは椅子にならなければいけないのです」

「は？　椅子……？」

「はい、椅子です」

疑問符を浮かべる赤目の魔術師殿に対して、レディは真顔で首肯した。しかも、やけにキリッとしている。

「猫も可愛いけど、俺はどちらかというと犬派かなあ。だけど、なんでお猫さま？」

王太子の弟君の純粋な疑問に、今度は目をきらめかせたレディ。いつもよりも表情が豊かなのは疲れているからですかね？

「犬と猫では付き合い方が違うのです。前提条件が違ってきますから。例えば、犬が人間と関わりを持ち始めたのは、人間が狩りをして生活していた頃に遡り――」

「……レイラ。その話、長いのか？」

「あっ。ノエル様、すみません。つい……。私、犬も猫もどちらも好きなもので」

長くなりそうだった語りをピタリと止めると、レディは恥ずかしそうに頬を染めて小さく笑う。花も恥じらう乙女とはこのこと。今のレディの表情を我が主が見たら、心臓を撃ち抜かれて悶絶していることだろう。なかなか表面には出さないが、ワタクシの主は捻くれ者のようでいて、反応が素直なところもあり、そういう部分もまだ青い証拠だ。

その時、ぽそりと王太子の弟君が小声で漏らした。ワタクシには聞こえてしまった。

「今のレイラちゃんの表情、兄上が好きそうな笑顔だなぁ。きっとグッとくるだろうね。顔には出さずに内心悶えてそう」

なんと。そこまで気が合ってしまうとは。我が主にとっては不愉快でしょうね。

レディには今の言葉が聞こえていなかったようで、その後もとうとうと犬や猫、動物たちとの触れ合いの素晴らしさを語り始めた。……ふむ、これが徹夜明けの高揚感とやらですか。

「こんなにも饒舌なレイラちゃん初めて見た……。今、目元のクマに気付いたけど、これどう見ても寝不足なんじゃ……？　え、過剰労働？」

「ああ、椅子がどうとか言ってる時点で相当キてるな」

ふむ、思っていたよりもレディはお疲れのようですね。


『というわけでレディの膝の上を堪能しました。レディは、ワタクシに癒やされておりました』

もちろん、我が主には全てを報告した。隠す理由は全くないので、それは当然のこと。

「ほう……それはずいぶんとお楽しみだったようですねぇ？　アビス。ちなみにそれは俺に対する自慢か何かで？」

『まさか、自慢だなんて滅相もない。ああ、でも、そうですよね。羨ましいですよねぇ。ああ、それはそうと、今日面白い発見をしましてね。我が主とあの王太子は好みや反応が似ているようでして、愉快なことに、グッとくるツボも一緒なんですよ。我が主と同じように——』

その瞬間、主はピタリと身体の動きを止めた。

おや？　にこやかな微笑みを浮かべてはいるが、我が主の目は明らかに笑っておらず——。

……この後、ワタクシには、なぜか倍以上の書類仕事が追加されたのだった。

あとがき

こんにちは。お久しぶりです！　初めましての方は初めまして。花煉です。

この度は、たくさんの本の中から、こちらの『悪役令嬢は嫌なので、医務室助手になりました。』三巻をお手に取ってくださってありがとうございます。

今回の三巻ですが……今回は急展開です！

まだ読んでない方もいらっしゃると思いますので、あまり詳しくは書けませんが、三角関係が勃発しました。前回はまだあまり出番がなかった、あの彼が、ついに本領（？）発揮です。

今回の巻ではそれぞれの関係性ですとか、レイラの置かれている状況が大きく変わりました。

レイラの抱えている闇や自分の気持ちに向き合うために葛藤する姿が見所ですね。

それから絶対に忘れてはいけないのは、今回の美麗表紙！　眼鏡を外したレイラが、フェリクス殿下と向き合う意味深なシーン！　見た瞬間、「ふぉああっ！」と変な声が出ました。思わず語彙力消失しました。こんなに素敵な表紙にしていただき、本当にありがとうございます！

本編を読み終わってから改めて表紙を見ていただきますと、この言葉に表せない気持ちがきっとお分かりいただけると思います。本当に最高です。（語彙力）

あと小物にも注目していただければと！　いやもう……本当に好きです……ありがとうござ

います。挿絵も好きな構図すぎて、ラフ絵の段階で興奮しました。好きです……。（二回目）

さて、今回は、レイラの過去――これまでは書かれていなかった前世の記憶にもフォーカスする形になりました。既に読んでくださった方はお分かりかと思いますが、この前世の記憶編はかなり暗く重い話です。なぜ、レイラは精霊にルナと名付けたのかという理由も明かされています。

それから、三巻から本格的に関わり始めたクリムゾンですが、少し膨らませてみたいと思ったので、『小説家になろう』のサイトで連載していた時より、彼の発言が増えています。具体的に言いますと、レイラとの会話が少し増え、フェリクス殿下に対しては余計な一言が追加されました。

今回の書き下ろしのアビス視点を見て分かると思いますが、この主従……余計な一言が多いですね。普通の猫の振りをしてレイラに撫でられるアビス。シリアスな本編とは一転。せっかく猫キャラがいることですし、ぜひもふもふ成分を入れたいと思い、今回少し入れてみました！　楽しんでいただければ嬉しいです。

最後になりますが、ここまで読んでくださった読者の皆様、いつもお世話になっている出版社の皆様、担当様、校正の皆様、今回も可愛らしく素敵な挿絵や表紙を描いてくださった東由宇様、三巻を無事に発行することが出来たのは皆様のおかげです。本当にありがとうございました。またお会い出来たら嬉しいです。

アティルブックス

悪役令嬢は嫌なので、
医務室助手になりました。3

2024年4月28日　第１刷発行

著　者　花煉　©KAREN 2024
編集協力　プロダクションベイジュ
発行人　鈴木幸辰
発行所　株式会社ハーパーコリンズ・ジャパン
東京都千代田区大手町 1-5-1
04-2951-2000（注文）
0570-008091　（読者サービス係）
印刷・製本　中央精版印刷株式会社

Printed in Japan K.K.HarperCollins Japan 2024
ISBN978-4-596-77674-7

※この作品はフィクションであり、実在の人物・団体・事件等とは関係ありません。

※本作はWeb上で発表された小説『悪役令嬢は嫌なので、医務室助手になりました。』に、加筆・修正を加えたものです。